HAUM
하움출판사

올바른 조직문화를 구축하기 위한 인사노무의 이론과 실무

인싸되는 인사관리

지속가능경영을 위한 인사노무관리

———————————————— 일과 사람에 대한 이해

저자 경영지도사 **정성훈**

감수 공인노무사 **이화태**

조직
문화

인사
관리

노무
관리

지속가능경영을 위한 인사노무관리

지 은 이 정성훈
1판 1쇄 발행 2019년 10월 11일

저작권자 정성훈

발 행 처 하움출판사
발 행 인 문현광
교   정 홍새솔
편   집 오현정
주   소 전라북도 군산시 수송동 축동안 3길 20, 2층
I S B N 979-11-6440-067-6

홈페이지 http://haum.kr/
이 메 일 haum1000@naver.com

좋은 책을 만들겠습니다.
하움출판사는 독자 여러분의 의견에 항상 귀 기울이고 있습니다.

이 도서의 국립중앙도서관 출판예정도서목록(CIP)은 서지정보유통지원시스템 홈페이지(http://seoji.nl.go.kr)와 국가자료종합목록 구축시스템
(http://kolis-net.nl.go.kr)에서 이용하실 수 있습니다. (CIP제어번호 : CIP2019039564)

올바른 조직문화를 구축하기 위한 인사노무의 이론과 실무

인싸되는 인사관리

지속가능경영을 위한
인사노무관리

일과 사람에 대한 이해

이책을 펴내며....

 그동안 무수히 많은 인사노무관리에 대한 실무서적이 출판되어왔다. 하지만 필자는 보다 쉽고 재밌게 집필할 수 없을까 하는 고민을 해오다 마침내 이 책을 발행하게 되었다. 이 책의 목적은 단 하나이다. 바로 "경영자와 실무자들에게 인사노무에 대한 기본적인 지식을 전달"하는 것이다. 그렇기 때문에 법률용어나 실무용어를 설명하면서 필자의 개인 경험을 바탕으로 알기 쉽게 가공한 표현들이 자주 등장하게 된다는 것을 먼저 말하고 싶다. 학문적 표현과는 다소 거리가 있을 수도 있겠지만, 이 책을 통해 인사노무에 대한 기본지식을 먼저 습득하고 전문서적을 접하게 된다면, 더욱 수월하게 인사노무 전문가의 길로 접어들 수 있을 것이라 자부한다. 아무쪼록 이 책을 통해 인사노무업무에 대한 기본적이고 필수적인 지식을 습득하고 직무에 대한 자부심을 가지기 바란다.

차 례

1.

인사노무란
무엇인가

1. 인사노무란 무엇인가.

'**인사**가 만사다.'라는 표현은 누구나 한 번쯤은 들어봤을 것이다. 필자 역시 이에 동의한다. 사무자동화가 실현되고 컴퓨터를 통해 업무 수행방법이 상당히 편리해지고 시간이 단축되었으며, 최근에는 스마트 공장의 확산 등 4차 산업혁명 시대로의 진입을 통해 사람이 해야 할 작업의 양이 줄어들고 있다. 하지만 4차 산업혁명의 시대로 진입하는 환경은 사람이 주도한 것이다. 사람 없이 "일"이란 것이 존재할 수 있을까? 결국, 어떤 것을 하더라도 이를 진행하는 주체는 바로 사람인 것이다. 기업의 활동 역시 사람에 의해 이루어진다. 문제의 정의, 대안의 탐색, 해결방안의 선택, 실행, 검토의 일련의 문제해결 방식은 모두 사람에 의해 결정되고 행해지는 것이다.

Simon은 기업의 경영활동은 '의사결정'의 연속이며 경영활동의 효율성은 '의사결정의 질'에 달려 있다고 말했다. 의사결정은 사람에 의해 이루어지기 때문에 사람의 능력이 곧 '의사결정의 질'을 결정하는 것이다.

1) 허쯔버그의 2요인이론

이는 사람에 대한 동기부여 이론 중 '무엇'이 동기를 유발하는가에 관한 연구로서 만족과 불만족이 서로 하나의 연결 선상에 있지 아니하고 각기 다른 두 개의 차원으로 존재한다는 내용으로 이루어져 있다. 즉 만족스럽지 못한 것과 불만족은 다른 개념이며, 마찬가지로 불만족스럽지 않다는 것과 만족한다는 것 역시 다른 개념이란 것이다.

허쯔버그는 회계사와 엔지니어들을 대상으로 그들의 직무수행과 관련하여 '특별히 좋았던 사건'과 '특별히 나빴던 사건'을 조사하였는데, '특별히 좋았던 사건'들은 주로 직무 그 자체와 관계가 있었고, '특별히 나빴던 사건'은 근무여건과 관련이 깊다는 사실을 알게 되었다.

'특별히 좋았던 사건'을 동기요인이라 칭하고, '특별히 나빴던 사건'을 위생요인이라 칭하면서, 이를 다음과 같이 정리하였다.

① 동기요인 : 성취감, 칭찬이나 인정, 직무가 주는 흥미, 성장 가능성, 책임감, 도전성 등
② 위생요인 : 급여, 감시와 감독, 회사 정책, 상사와 하급자 및 동료들과의 인간관계, 작업조건, 직위, 회사의 안정성 등

동기요인은 위 요소들을 충족시켜줌으로 인해 동기를 유발할 수 있다는 것이고, 위생요인은 위 요소들이 부족할 경우 불만을 초래할 수 있다는 것이다. 다시 말해 위생요인을 충족시키지 못하면 불쾌해지는 것이고, 동기요인을 충족시키면 사기가 올라간다는 것이다.

※ 참고 : 2요인이론 (Herzberg, 동기-위생이론)

(1) 의의

허쯔버그는 200여 명의 회계사와 기술자들을 대상으로 12회에 걸친 면접을 통해 직무와 관련된 만족스러웠던 상황과 불만족스러웠던 상황에 대한 자료를 모아서 범주화하여 개인이 직무에 만족하는 동기요인과 만족하지 못하는 위생요인으로 구분하였다. 이러한 동기요인과 위생요인은 각각 다른 차원에서 독립적으로 존재하고 있음을 강조하였다.

(2) 욕구 구분

① 위생요인 : 불만족을 초래하는 요인으로 불만족요인이라고도 부른다. 위생요인은 직무의 외재적 요소를 말하며 주로 임금, 대인관계, 회사정책, 지위 등이 있다. 이러한 위생요인은 불만족을 초래하거나 불만족을 예방하는 역할만 할 뿐 만족을 증가시키거나 동기를 유발하는 것은 아니다.

② 동기요인 : 만족을 초래하는 요인으로 만족요인이라고도 부른다. 동기요인은 주로 내재적 요소를 말하며 성취감, 책임감, 성장, 존경 등이 있다. 이러한 동기요인은 만족감을 주고 동기를 유발시킨다. 반면에 동기요인이 충족되지 않더라도 불만족을 증가시키지는 않으며, 이를 무만족 상태라고 한다.

(3) 특징

만족과 불만족을 동일 선상의 요소로 가정하였던 것과는 달리 만족과 불만족은 별개의 차원이며 각 차원에 영향을 주는 요소 역시 구분되어 있다고 설명한다. 즉 만족의 반대는 불만족이 아니라 만족이 없는 것이라고 주장하였다.

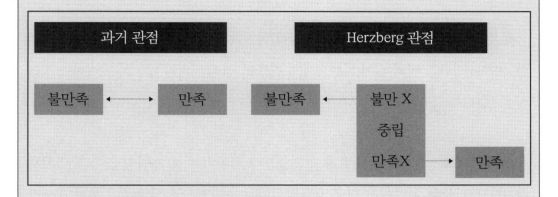

허쯔버그의 2요인 이론은 동기부여의 원천으로 내재적 요인을 중요시하였고, 이로 인해 종업원의 내적욕구를 충족시키는 동기요인의 자극을 위해 직무확대와 직무충실화의 방안이 대두되었다.

2요인 이론은 기업의 경영을 고려한 종업원의 동기유발이론이다. 이는 메슬로우와 알더퍼의 이론이 보편적인 인간욕구에 대한 이론인 것과는 다른 점이다. 또한, 종업원들의 불만족요인을 적절히 관리하여야 하고 동기유발을 위해 직무내용을 개선하고 향상시켜야 한다고 주장한다.

(4) 비판점

귀인오류와 같이 종업원들은 만족스러운 상황에선 자신을 칭찬하고 불만족스러운 상황에선 조직 탓을 한다는 점이다. 그리고 종업원 개인이 직무의 일부분에 불만족이 있더라도 전반적으로는 수용 가능하다는 것과 종업원 개인에 따른 만족요인과 불만족요인이 다를 수 있다는 점을 간과하였다.

2) 노무관리

　　노무관리를 허쯔버그 2요인 이론에 대입하면 위생요인이라 할 수 있다. 노무관리란 앞에서 언급한 바와 같이 기업의 근로자들이 '불쾌'해지지 않도록 관리하는 것이라 하겠다.

　　일반적으로는 인사관리와 혼용되고 있으나 엄연히 다른 개념인 것이다. 인사관리가 근로자들을 기업에서 더욱 효율적이면서 효과적으로 활용하기 위한 것이라면, 노무관리는 근로자들에 대한 기본적인 노동권 및 생활권 등을 보호하기 위한 것으로 노동관계법의 준수를 의미하는 것으로 생각하면 된다. 이중 가장 중요한 것은 「근로기준법」의 준수인 것이다.

　　노무관리는 기본적으로 「근로기준법」의 준수를 의미하기에 관리방안에 대한 계획이나 구체적인 실천방안이 사전에 확정되어 있다고 표현해도 과언이 아닐 것이다. 왜냐하면 「근로기준법」등 노동관계법에 그 내용이 이미 규정되어 있기 때문이다. 현실에서는 쉽지 않겠지만, 그래도 아주 쉽게 표현하자면 법만 잘 지키면 노무관리는 완성된다고 감히 표현할 수 있을 것이다.

※ 참고 : 근로자의 정의

관련법령 - 「근로기준법」

제2조(정의)

① 이 법에서 사용하는 용어의 뜻은 다음과 같다.

1. "근로자"란 직업의 종류와 관계없이 임금을 목적으로 사업이나 사업장에 근로를 제공하는 자를 말한다.

※ 근로자의 정의 해설

1. 근로자의 정의

근로기준법은 사용자와 근로자의 권리·의무 등을 규율하는 법이다. 근로자와 사용자의 정의가 무엇인지에 따라 근로기준법이 적용되는 범위가 달라지기 때문에 사용자와 근로자의 정의, 특히 근로자의 정의는 그 무엇보다도 중요할 것이다.

1) 근로기준법상의 근로자

① 직업의 종류와 관계없이 : 어떤 일을 하고 있는지는 상관없다는 것으로, 계약의 형식이 도급인지 위임인지, 근로의 내용이 육체적 노동인지 정신적 노동인지, 근로의 형태가 상용인지 일용인지 단시간인지 등을 구분하지 않는다는 의미이다.

② 임금을 목적으로 : 아래에 후술하는 임금을 말한다. 임금이 목적이므로 현재 임금을 지급받고 있을 것을 요하지 않으며, 임금의 수령을 예상할 수 있는, 즉 무급휴직자 또는 무급의 노조전임자도 이에 해당한다.

③ 사업이나 사업장에 근로를 제공 : 현실적으로 근로를 제공하고 있을 것을 의미

하기 때문에 당해 사업이나 사업장이 영리를 추구하는지와는 관계가 없고, 실업자나 구직희망자는 현실적으로 근로를 제공하고 있지 않기 때문에 「근로기준법」상의 근로자에 해당하지 않으며, 사업이나 사업장이 아닌 가사사용인 같은 경우도 해당하지 않는다.

2) 효과

① 근로기준법에서의 근로자란 위의 3가지 요건을 모두 충족하는 자를 의미한다. 즉 본문 그대로 직업의 종류와 관계없이 임금을 목적으로 사업이나 사업장에서 근로를 제공하는 자를 말하는 것이다.
② 근로기준법에서 규정하고 있는 근로자에 해당하는 자는 근로기준법의 보호를 받는다. 다시 말해 근로기준법상의 근로자에 해당하지 않는 자의 경우에는 근로기준법의 보호를 받지 못한다는 것이다.

3) 구체적인 판단기준

현실에서는 무수히 많은 형태의 직업이 존재한다. 그렇기 때문에 그들에 대한 구체적인 근로자성 여부를 판단하는 데 근로기준법상의 근로자 정의를 기준으로 어떻게 적용할 것인가에 대한 문제가 발생할 수 있다. 판례에서는 다음과 같이 근로기준법상의 규정을 근거로 근로자성 여부의 판단기준을 구체적으로 제시하고 있다.

① 업무의 내용이 사용자에 의해 정하여지는지, 취업규칙 또는 복무규정 등의 적용을 받는지, 업무수행 과정에서도 사용자로부터 구체적이고 개별적인 지휘·감독을 받는지, 사용자에 의하여 근무시간과 근무장소가 지정되고 이에 구속되는지, 근로자 스스로가 제3자를 고용하여 업무를 대행케 하는 등 업무의 대체성

이 존재하는지, 비품·원자재나 작업도구 등의 소유관계가 누구에게 있는지, 보수의 성격이 근로 자체의 대상적 성격이 있는지, 기본급이나 고정급이 정하여져 있는지, 근로소득세의 원천징수 여부, 근로 제공 관계의 계속성과 사용자에 대한 전속성의 유무와 정도, 사회보장제도에 관한 법령 등 다른 법령에 의하여 근로자의 지위를 인정받는지 아닌지를 기준으로 각각의 내용을 종합적으로 검토하여 근로자성 여부를 판단해야 할 것이다.

☞ 위 내용 중 사용자의 임의로 결정될 수 있는 요소로 기본급이나 고정급이 정하여져 있는지, 근로소득세의 원천징수 여부, 사회보장제도에 관한 법령 등 다른 법령에 의하여 근로자의 지위를 인정받는지 아닌지에 대한 것은 사용자가 경제적으로 우월한 지위를 이용하여 임의로 정할 여지가 크다는 점을 들어 이와 같은 내용들이 부정된다는 것만으로 근로자성을 부정해서는 안 된다는 추가적인 견해를 밝히고 있다.

② 위의 판단기준을 요약한다면 정신적·육체적으로 사용자에게 종속되어 사용자의 지휘·감독을 받으며, 사용자에 의해 정해진 근무시간과 근무장소에서 근로자 자신의 노동력을 제공하는 자를 근로자라 할 것이다. 다시 말해 근로자 자신의 노동력을 온전히 제공하지 않았을 경우 단순히 채무불이행의 책임을 지는지 아니면 불성실 또는 무능력한 근로의 제공을 이유로 사용자로부터 징계를 받게 되는지에 따라서도 판단해 볼 수 있을 것이다.

근로자의 정의에 대해서 위와 같이 설명하였다. 그렇다면 근로자이고 아니고의 문제가 어디에 어떻게 영향을 미치는지도 확인해보아야 할 것이다. 이는 다음과 같이 규정되어 있다.

관련법령 – 「근로기준법」

제11조(적용 범위)

① 이 법은 상시 5명 이상의 근로자를 사용하는 모든 사업 또는 사업장에 적용한다. 다만, 동거하는 친족만을 사용하는 사업 또는 사업장과 가사사용인에 대하여는 적용하지 아니한다.

② 상시 4명 이하의 근로자를 사용하는 사업 또는 사업장에 대하여는 대통령령으로 정하는 바에 따라 이 법의 일부 규정을 적용할 수 있다.

③ 이 법을 적용하는 경우에 상시 사용하는 근로자 수를 산정하는 방법은 대통령령으로 정한다.

제12조(적용 범위)

이 법과 이 법에 따른 대통령령은 국가, 특별시·광역시·도, 시·군·구, 읍·면·동, 그 밖에 이에 준하는 것에 대하여도 적용된다.

"근로자"를 사용하는 사업장에는 당연히 「근로기준법」이 적용된다. 다만, 근로자의 수에 따라 적용되지 않는 조항들이 있는데, 그렇다면 근로자 수를 산정하는 기준을 확인해보아야 할 것이다. 이는 「근로기준법」 시행령에 규정되어 있지만, 그 내용이 복잡해 보일 수 있기 때문에 쉽게 표현해보고자 한다.

먼저 근로자 수에서는 모든 근로자를 포함한다. 단시간 근로자, 비정규직, 일용직을 구분하지 않고 기업에서 임금을 지급하는 근로자는 모두 합산해야 한다. 계속해서 그 숫자가 5 이상이라면 당연히 「근로기준법」의 규정 대부분이 적용되는 것이고, 5 미만이라면 일부 조항만 적용되는 것이다. 하지만 그 숫자가 4와 5 사이를 왔다 갔다 하는 경우이거나 편차가 커서 5 이상이라고 단정하기 어려운 경우라면 다음의 것을 한 번 더 확인해보아야 한다. 5인 이상인 날수가 최근 한 달 동안 절반 이상이거나 총 사용근로자의 수를 한 달간의 영업일로 나눈 값이 5 이상인 경우라면, 5인 이상 사업장으로 판단하게 된다. (법에서는 영업일을 가동일수라 표현하고 있다.)

상시 5명 미만의 근로자를 사용하는 사업 또는 사업장에 적용하는 내용 중 중요한 것으로는 근로계약서의 작성 및 체결, 퇴직금, 해고의 예고, 휴게 및 주휴일, 임산부의 보호 등이 있으며 연장·야간·휴일근로수당의 50% 가산, 해고, 연차유급휴가 등은 적용되지 않는다.

일시적인 사업이라 하더라도 근로기준법의 적용대상이 된다. 단, 동거하는 친족 즉 동거하고 있는 8촌 이내의 혈족 및 4촌 이내의 인척과 배우자만으로 운영되는 사업에는 근로기준법이 적용되지 않으나, 한 명이라도 동거하고 있지 않거나 친족이 아닌 자가 있는 경우에는 근로기준법이 적용된다. 일반적으로 법은 지극히 사적인 생활이나 가정이라는 울타리를 침범하지 않으려는 경향이 있기 때문이다.

또한 「근로기준법」은 속지주의 원칙에 따라 국내에 있는 외국기업에의 적용은 물론이고 국내의 기업이 해외에 지점이나 출장소를 운영하는 경우에도 적용을 받는다. 하지만 우리나라의 기업이라 하더라도 해외의 현지법인일 경우에는 적용되지 아니한다.

3) 인사관리

인사관리를 허쯔버그 2요인 이론에 대입하면 동기요인이라 할 수 있다. 인사관리란 앞에서 언급한 바와 같이 기업의 근로자들에게 '사기'를 불어넣어 자신의 직무에 보다 집중하고 노력할 수 있도록 동기를 불러일으키는 것이다.

그렇다면 '사기'를 진작시키는 방안이 무엇인지 고민해볼 필요가 있을 것이다. 우리는 허쯔버그 2요인 이론의 내용이 아니더라도 누군가의 '사기'를 불러일으키는 방법을 이미 알고 있다. 진심 어린 배려와 격려, 칭찬, 호기심 자극, 성장 가능성 제시, 관심 등이 바로 그것이다. 이를 기업에서의 사람 관리에 적용해본다면 직무수행에 대한 편의성 제공, 직무성과에 대한 칭찬 (보상), 성과향상 방안 제시, 직무능력 및 교양 등을 위한 교육훈련, 승진기회의 제공 등이 될 것이다. 즉 근로자들이 자신의 직무에 더욱 몰입할 수 있도록 편안한 환경을 제공하고, 조직문화를 개선함으로써 '사기'를 불러일으키는 것이 인사관리인 것이다.

2.

인사노무관리의
핵심 성공 요인

2. 인사노무관리의 핵심 성공 요인.

Critical Success Factor를 CSF, 즉 핵심 성공 요인이라 한다. 이는 목표성취를 위해 필요한 요소를 뜻하는 용어이다. 전략적 분석이나 핵심 성공 요인 접근에서는 조직의 정보 요구사항이 소수의 핵심 성공 요인으로 결정된다고 강조한다. 다음에서는 노무관리와 인사관리를 구분하여 각각에 대한 핵심 성공 요인을 언급해보도록 하겠다.

1) 노무관리의 핵심 성공 요인

필자는 앞에서 노무관리는 바로 「근로기준법」등 노동관계법의 준수라고 하였다. 결국, 노무관리의 핵심 성공 요인은 바로 노동관계법령을 이해하고 이에 대한 준수를 어느 정도 실현하는가에 있다고 할 수 있을 것이다. 하지만 기업의 인사노무 담당자나 관리자가 노동관계법을 모두 이해하려면 많은 시간과 노력이 들게 된다는 것에 문제가 있다. 물론 기업에서 공인노무사나 경영지도사와 같은 전문가를 고용하여 관련 업무를 담당케 한다면 더할 나위 없이 좋겠지만 기업의 규모나 비용적인 측면에서 볼 때 매우 어려울 방안이 될 것이다.

더욱이 근로자 수 100인 미만의 중소기업은 노무관리와 인사관리를 구분해서 관리할 수 있는 상황도 아니고, 대부분 한두 명의 관리자가 세무회계와 인사노무를 함께 담당하고 있는 형편이기에 사실상 불가능에 가까울 것이다.

그렇다고 이를 외주화한다는 것은 더욱 위험할 수 있다. 기업의 의사결정은 되도록 기업 내부에서 스스로 해야 할 것이지, 그 결정 권한 자체를 위부에 위임한다는 것은 결국 경영을 포기하는 것이나 다름없기 때문이다.

결국, 기업은 스스로 의사결정을 하기 위한 어느 정도의 판단능력을 보유하고 있어야 하는데, 그러려면 노무관리에 관한 전반적인 지식도 중요하겠지만 최소한의 지식은 보유하고 있어야 할 것이다. 그래야지만 외부 전문가 혹은 고용노동부와의 의사소통에 문제가 없을 것이기 때문이다. 즉 기업의 노무담당자는 최소한도의 「근로기준법」에 대한 지식은 반드시 보유하고 있어야 한다. 이를 필자는 노무관리의 핵심 성공 요인이라 칭한다.

2) 인사관리의 핵심 성공 요인

필자는 인사관리를 근로자들에게 '사기'를 불어넣는 것이라고 정의하였다. 그렇다면 누군가에게 어떻게 '사기'를 불어 넣을 수 있을까? 필자는 이에 대해 정답이 아닌 무수히 많은 모범답안이 존재한다고 생각하며, 누군가에게 적용되는 모범답안은 다른 누군가에겐 적용되지 않을 수도 있을 거라 판단한다. 즉 그때그때 다른 방안을 생각하고 적용하여야 하는 것이 바로 인사관리인 것이다. 서울대 최종태 명예교수님께서는 '인사관리는 물 흐르듯이 흘러가는 학문이다.'라고 말씀하신 바 있다.

※ 학문적으로는 인사관리와 인적자원관리, 전략적 인적자원관리를 구분하고 있으나, 실무에서는 그 차이를 크게 구분치 않고 혼용하고 있다.

- 인사관리 (personnel management) : 인사관리의 개별기능인 확보·개발·평가·보상·유지·방출에 초점을 둔 독립적인 관리방식을 말한다.

- 인적자원관리 (human resource management) : 기업의 구성원인 직무수행자를 기업의 성과목표 달성에 중요한 자원으로 보고 개별인사 기능 간의 유기적인 상호작용을 강조하는 관리방식을 말한다.

- 전략적 인적자원관리 (strategic human resource management) : 개별인사 기능 간의 상호작용뿐만 아니라, 기업의 경영 전략에 인적자원관리의 목표를 부합시킴으로써 기업의 경제적 효율성과 사회적 효율성의 달성 측면에 초점을 둔 관리방식을 말한다.

인사관리 시스템을 다양하게 분류해볼 수 있겠지만, 가장 보편적으로 통용되는 것이 확보관리, 개발관리, 평가관리, 보상관리, 유지관리, 이직관리, 직무관리로 나눠보는 것이다. 직무관리는 인사관리 시스템을 꿰뚫고 있는 것이며, 나머지 관리체계는 기업 내 종업원의 시간적인 흐름의 것과 유사하다고 볼 수 있다. 즉 기업은 누군가를 채용하고 그를 개발하며 평가하고 보상하며 고용관계를 유지하면서 최종적으로 고용관계를 종료시키는 과정을 관리하게 되는 것이다.

인사관리에서 가장 중요한 핵심 성공 요인은 다음과 같다.

① 신뢰성 : 인사관리 제도가 안정적이고 일관적인지에 관한 것이다.
② 타당성 : 인사관리 제도의 내용이 관리 목적에 얼마나 부합하는지에 관한 것이다.
③ 실용성 : 현실에서 활용하기 용이하며, 그 효율성이 높은지에 관한 것이다.
④ 공정성 : 균형의 유지와 정확성에 바탕은 둔 것으로 자신의 것과 타인의 것을 비교하여 얻어지는 주관적인 가치에 관한 것이다.

이는 인사관리가 기업에서 사람을 대상으로 하는 관리이기 때문에 인간적인 면모가 반영된 것으로 개인은 특정 사물이나 사람을 볼 때 모두 동일한 감정이나 생각을 하지 않고 각기 다르게 받아들인다는 점에서 도출된 것이다. 즉 사람은 누구나 지극히 주관적이라는 것이다. 동일한 노력과 능력에 대한 성과를 기준으로 보상을 책정한다고 하더라도 사람마다 다르게 받아들이기 때문이다. 누군가는 칭찬과 인정을 최고의 가치로 받아들이지만, 또 어떤 누군가는 그보다는 금전적인 보상을 더욱 중시한다는 것이다. 이를 다양성이라고도 표현할 수 있는데 인사관리에 있어서 다양성이란 개인의 성격, 가치관, 성, 인종, 신분, 연령, 학력, 지역 등 여러 가지 요소에 의해 사람은 각기 다른 생각과 판단 및 행동을 하게 된다는 것을 의미한다. 결국, 동일한 성과에 동일한 보상이 이루어진다고 하더라도 근로자마다 이에 대한 가치를 다르게 인식한다는 것이다.

※ 공정성이론 (Adams) - 동기부여 이론

1) 의의

아담스의 공정성이론은 사회적 비교이론의 하나이며, 형평성이론이라고도 한다. 페스팅거의 인지부조화이론을 동기유발과 연관시켜 종업원 자신의 직무수행 과정에서 조직에 공헌한 투입과 산출의 관계를 타인의 그것과 비교하여 자신이 느끼는 공정성이 동기유발에 영향을 미친다는 것이다.

2) 내용

공정성이론은 자신의 투입과 산출의 비율을 타인 특히 준거집단이나 준거인물과 비교하여 비율의 형평성을 유지하는 방향으로 동기부여 된다고 한다. 즉 자신의 투입과 산출의 비율이 타인의 그것보다 낮은 경우와 높은 경우에 불공정성을 인지하여 이를 해결하기 위해 자신의 투입과 산출을 조정하거나 타인의 투입과 산출을 조정 또는 준거집단이나 준거인물을 변경하게 된다는 것이다.

자신의 투입 대비 산출이 높은 경우를 과다보상이라 인지하고, 이런 경우에는 자신의 투입량을 높이거나 자신의 산출량을 낮추게 된다. 또는 타인의 투입대비 산출량을 향상시키기 위해 타인의 투입량을 낮추게 하거나 타인의 산출량을 높이게 한다. 반대의 경우에는 과소보상이라 인지하고, 일치하는 경우에는 공정성을 지각하게 된다.

3) 특징

① 투입과 산출의 비교를 통해 동기부여의 수준이 결정된다.

② 종업원의 동기수준은 절대적 보상뿐 아니라 상대적 보상에 더욱 영향을 받게 된다.

③ 불공정성을 지각하게 되면 이를 해소하기 위해 노력하게 되며 해소방안은 과다보상과 과소보상에 차이가 있다.

④ 불공정성 해소방안 (동기부여 방안)으로 자신이나 타인의 투입·산출을 변경하거나 투입과 산출의 인지적 왜곡, 이직, 준거인물 또는 준거집단의 변경 등이 있다.

4) 비판점

① 준거집단이나 준거인물의 선정과정에 대한 설명이 부족하며, 준거집단이나 준거인물의 선택에 따라 결과의 차이가 상당하다.

② 공정성을 판단하는 기준이 개인마다 다르므로 투입과 산출의 객관적인 측정이 어렵다.

③ 과다보상의 경우에 불공정성을 지각할 것인지에 대한 의문이 존재한다.

결국, 인사관리에서의 핵심 성공 요인을 굳이 한마디로 요약하자면 각기 다른 상황과 각기 다른 근로자에 대한 성향 등을 반영한 개별적인 관리 정도로 표현해 볼 수 있을 것이다.

3.

인사노무관리에
꼭 필요한 직무관리

3. 인사노무관리에 꼭 필요한 직무관리.

기업에는 기업이 실행하고자 하는 일과 그 일을 수행하는 사람이 필요하다. 이를 일과 사람이라 하면서 사람에 대한 관리를 인사관리, 직무에 대한 관리를 직무관리라 표현하고 있다. 하지만 직무와 사람을 명확하게 구분할 수 있을까? 기업에 필요한 건 일이 먼저일까 아니면 사람이 먼저일까? 한 번쯤은 고민해봐야 할 문제일 것이다.

필자가 좋아하는 표현이 있다. 미국의 경영컨설턴트이며 스탠퍼드 경영대학원 교수인 짐 콜린스(Jim Collins)가 그의 저서 <좋은 기업을 넘어 위대한 기업으로>에서 언급한 것으로 버스에 적합한 사람을 태우고 부적합한 사람을 내리게 한 후에 어디로 갈지를 생각했다.라는 것이다. 기업의 경영활동에 대해 여러 가지 생각을 하게 만드는 표현이다.

※ 직무에 대한 인사관리 이론.

Ⅰ. 직무분석

1. 직무분석의 개념

인적자원관리에 필요한 직무정보를 제공할 수 있도록 직무와 관련된 정보를 체계적으로 수집·분석·정리하는 과정을 말한다. 즉 직무의 성격에 관련된 모든 중요한 정보를 수집하고 이들 정보를 관리 목적에 적합하게 정리하는 체계적인 과정이라고 할 수 있다. 이러한 직무분석은 사람 중심의 관리가 아닌 일 중심의 인적자원관리를 하기 위해서는 반드시 선행되어야 한다.

※ 과업은 급여계산, 전화응대, 자료정리 등과 같이 독립된 목적으로 수행되는 하나의 명확한 업무활동을 말하며, 직위는 한 개인에게 부여된 과업의 집합을, 직무는 작업의 종류와 수준이 비슷한 직위들의 집합을, 직군은 유사한 내용을 가진 직무들의 집합을, 직종은 유사한 직군들의 집합을 의미한다.

2. 직무분석의 목적

인적자원관리 제 기능 분야의 활동을 보다 효율적으로 수행하는 데 필요한 정보를 제공하는 것에 그 목적이 있다. 이러한 직무분석은 직무기술서 및 직무명세서를 도출해내며 인적자원관리 제 기능 분야의 활동에 합리성과 공정성을 확보할 수 있는 기초가 되고, 성과주의 인사관리를 실현할 수 있으며, 종업원의 직무 만족을 끌어내 효율성을 달성할 수 있도록 한다.

3. 직무분석의 절차

① 직무분석 목적설정 : 먼저 직무분석의 목적을 설정해야 한다. 목적에 맞는 직무 분석을 하지 않게 되면 그 직무분석 자료를 활용하기 곤란할 것이다.

② 배경정보 수집 : 조직도, 현존 직무기술서 및 직무명세서와 같은 이용 가능한 배경정보를 수집한다.

③ 대표직무 선정 : 모든 직무를 분석하는 경우 시간과 비용의 문제가 발생하기 때문에 일반적으로 대표직무를 선정하여 그것을 분석한다.

④ 직무정보 수집 : 이 단계를 직무분석이라고 하며 직무의 성격, 직무수행에 요구 되는 종업원의 행동, 자격요건 등을 분석한다.

⑤ 직무기술서 및 직무명세서의 작성 : 직무기술서는 직무의 내용을 중심으로 기재되는 문서로서 직무수행과 관련된 과업 및 직무 행동(직무명칭, 수행되는 과업, 직무수행 절차, 직무수행 방법, 사용되는 재료 및 도구, 작업 인원 등)을 중심으로 작성된 것을 말하며, 직무명세서는 해당 직무의 수행에 필요한 종업원의 행동, 능력, 지식, 경험, 자격(필요한 교육수준 및 기술, 기능, 창의력, 판단력, 육체적 능력, 작업경험 및 책임의 정도 등) 등을 기록한 문서를 말한다.

4. 직무분석 방법 (직무정보 수집방법)

① 관찰법 : 훈련된 직무분석자가 직무수행자의 직무수행 과정을 관찰함으로써 직무정보를 수집하는 방법이다. 직무수행 과정을 관찰하는 것이기 때문에 정보 수집이 용이하며 생산직, 기능직에 적합하다. 하지만 정신적인 작업은 관찰이 어렵고 직무분석자의 주관이 개입될 여지가 크다.

② 면접법 : 훈련된 직무분석자가 직무수행자와의 면접을 통해 직무정보를 수집 하는 방법이다. 직접적인 대면을 통한 것이기 때문에 직무수행 시간이 긴 작업

이나 정신적인 작업의 정보를 수집하기 용이하나, 직무수행자가 올바른 정보를 제공하지 않으려고 할 수 있으며, 시간과 노력이 많이 들고, 직무분석자의 능력이 부족할 경우 직무분석이 제대로 이루어지지 않을 우려가 있다.

③ 질문지법 : 표준화된 질문지를 활용하여 직무수행자가 직무에 관련된 항목에 표시하거나 평가하도록 하는 방법이다. 표준화된 질문지를 활용하기 때문에 모든 직무에 적용할 수 있고 시간과 비용이 절약된다. 하지만 직무수행자가 질문지에 성실한 답변을 하지 않는 경우가 있고, 표준화된 질문지를 개발하는 것에 많은 시간과 노력이 소요된다.

④ 중요사건기록법 : 직무수행자의 직무 행동 중에서 더욱 중요하거나 가치 있는 행동에 대한 정보를 수집하는 방법이다. 직무 행동과 성과 간의 관계를 직접 파악할 수 있으나, 시간과 노력이 소요되고, 직무수행자의 직무에 대한 포괄적인 정보를 획득하기 어렵다.

⑤ 작업기록법 : 직무수행자의 작업일지를 분석하여 정보를 수집하는 방법이다. 정신적인 작업을 주로 하는 관리직이나 연구직 등 관찰이 어려운 직무를 분석하는 데 용이하고 신뢰도가 높다. 하지만 직무수행자의 작업일지를 분석하는 것이기 때문에 작업 기간에 대한 작업일지의 양에 따라 충분한 정보를 획득하기 어려울 수 있다.

⑥ 워크샘플링법 : 관찰법을 보다 세련되게 개발한 것으로, 직무수행자의 직무수행 방법을 무작위적인 간격으로 관찰하여 정보를 수집하는 방법이다.

⑦ 혼합법 : 위 직무분석 방법을 두 가지 이상 혼합하여 정보를 수집하는 방법이다. 각 직무분석 방법의 단점을 보완하여 신뢰성을 높일 수 있으나 시간과 비용이 많이 발생한다.

4-1 직무분석 기법 (직무분석의 또 다른 방법)

① 기능적 직무분석법 : 미국 노동성에 의하여 개발된 직무분석방법으로 실제 직무수행자의 직무 행위 등을 관찰과 면접을 통해 작업내용을 분류하고 정리하는 것으로 직무수행에 요구되는 기능(자료·사람·사물)에 초점을 두고 있다. 직무를 간략하게 분류하는 데 용이하나, 직무분석 자료를 통한 직무평가에는 한계가 있다.

② 직위분석 질문지법 : 멕코믹에 의해 개발되었으며 인간의 속성을 기술하는 6개의 범주로 구성된 194개의 질문으로 구성된 설문지를 통한 직무분석방법이다. 다각적인 정보를 획득하는 데 용이하나 적용직무가 제한적이다.

③ 관리직 직무분석법 : 토나우와 핀토가 개발한 것으로 비교적 복잡한 관리직 직무를 객관적으로 기술하기 위한 질문지를 통해 직무를 분석하는 방법이다.

④ 과업목록법 : 미 공군에서 기원한 것으로 설문지를 이용하여 분석하고자 하는 직무의 모든 과업을 열거하고 이를 상대적 소요시간, 빈도, 중요성, 난이도, 학습의 속도 등의 차원에서 직무를 분석하는 방법이다. 특정과업의 구체적인 정보를 수집할 수 있고 교육용으로 활용이 가능하나 개발비용이 높다.

5. 직무분석의 문제점 및 개선방안

1) 기존 직무분석의 문제점

① 목적의식 결여 : 직무분석의 목적이 불명확할 경우 직무분석 자료의 활용도가 낮아진다.

② 종업원의 저항 : 직무분석 결과의 불이익에 대한 저항이 예상된다.

③ 직무분석 오류 : 각 직무분석 방법의 단점을 해소하지 못한다.

④ 경직성 : 과거 지향적이며 환경변화에 신속히 대처하지 못한다.

⑤ 제 기능과의 연계 부족 : 직무분석 결과가 인적자원관리 제 기능과의 상호작용이 부족하다.

⑥ 직무환경 및 종업원의 행동 변화 : 새로운 공정의 도입과 같이 직무환경이 변화하고 직무분석 시점 이후에 종업원들의 직무수행 행동 등이 계속 변화하는 것을 반영하지 못한다.

Ⅱ. 직무평가

1. 직무평가의 개념 및 목적

1) 직무평가의 개념

직무분석 정보를 토대로 해당 직무의 상대적 가치를 밝히는 것을 말한다. 직무의 가치는 해당 직무의 수행결과(성과)가 기업의 목표달성에 공헌하는 정도를 기준으로 결정된다. 이는 직무급제도의 기초가 된다.

2) 직무평가의 목적

인적자원관리 전반의 합리화를 추구하기 위함이다. 다시 말해 종업원의 능력을 개발하고 공정한 임금체계를 확립하여 인력의 확보 및 인력개발의 합리성을 높이는 것이다.

2. 직무평가 요소

해당 직무를 평가할 때 무엇을 기준으로 평가를 할 것인가에 관한 것으로 일반적으로 직무수행에 대한 기능(지식·경험 등), 노력(정신적·육체적 노력), 책임, 작업환경을 주요 평가요소로 한다.

3. 직무평가 방법

직무수행에서의 난이도 등을 기준으로 포괄적인 판단에 의해 직무의 상대적 가치를 평가하는 비량적 방법과 직무분석에 따라 직무를 기초요소로 분석하고 이를 양적으로 계측하는 분석적 판단에 의해 평가하는 양적 방법이 있다.

1) 비량적 방법

① 서열법 : 가장 오래되고 간단한 방법으로 각 직무를 전체적이고 포괄적인 관점에서 상호 비교하여 상대적인 가치에 따라 각 직무 간의 순위를 결정하는 방법이다. 이는 신속하고 비용이 저렴하지만, 주관적이고 신뢰도가 낮으며, 직무 간의 차이가 명확하지 않거나 직무 평가자가 모든 직무를 잘 알고 있지 않으면 적용이 어렵다는 단점이 있다.

② 분류법 (등급법) : 서열법에서 조금 더 발전한 것으로 사전에 만들어 놓은 여러 등급에 각 직무를 적절히 분류하는 포괄적인 평가방법이다. 간단하고 비용이 저렴하나 사전에 정해놓은 등급의 기준이 모호하고 환경변화에 대한 탄력성이 낮다.

2) 양적 방법

① 점수법 : 분류법이 세분화된 형태로 발전한 것으로 직무를 구성요소로 분해하여 각 요소별로 그 중요도에 따른 가중치를 적용한 점수를 산정하고, 이를 합산한 값에 따라 각 직무의 가치를 평가하는 방법이다. 가치 비교가 명확하고 신뢰도가 높으나 평가요소 및 가중치 산정이 어려우며 시간과 비용이 많이 든다는 단점이 있다.

② 요소비교법 : 서열법이 발전한 것으로 기업에서 핵심이 되는 몇 개의 기준직무를 선정하고, 각 직무의 평가요소를 기준직무의 평가요소와 비교하여 직무의 가치를 평가하는 방법이다. 임금의 공정성 및 신뢰도와 타당도가 높으나, 기준직무의 선정이 어렵고 평가방법이 복잡하다는 단점이 있다.

4. 직무평가 시 유의사항

① 기술적인 한계 : 직무평가 기법에 한계가 있다. 직무평가를 시행할 때 직무분석 자료에 근거하여 평가요소를 선정하는 과정에서 판단 상의 오류를 범할 수 있으며, 점수법 및 요소비교법에서 평가요소별 직무의 순위를 결정하거나 가중치에 따른 점수를 부여할 때 판정상의 오류인 자의성이 반영될 수 있다.

② 종업원과의 마찰 : 직무평가는 직무의 가치에 따른 임금을 결정하는 체계적 과정이기 때문에 임금에 대한 종업원의 불만과 불평 등에 대한 정보를 분석하고 수집하는 것이 필요하다.

③ 평가계획 설정 : 직무평가의 대상이 많으면 모든 직무에 동일한 평가계획을 설정할지 아니면 직무특성이 다른 종업원들에 대한 각각의 평가계획을 설정할지 정해야 한다. 직무특성이 다름에도 동일한 평가계획을 설정하게 되면 이는 적당한 표준척도라고 할 수 없을 것이다.

④ 직무평가의 결과와 노동 시장평가의 불일치 : 노동시장에서의 수요와 공급의 상황에 따라 해당 직무의 가치가 변화되기 때문에 노동시장에서의 가치와 직무 평가 결과에 대한 가치가 상이한 경우에는 별도의 조치가 필요할 것이다.

⑤ 평가위원회 조직 : 평가계획 및 평가결과에 대한 종업원들의 만족도를 높이고 객관적인 평가를 위해 다수의 평가위원이 참여하는 것이 필요하다. 하지만 평 가위원이 너무 많으면 비용이 증가하고 효율이 낮아질 수 있으므로 이를 고려 하여 평가위원회를 조직해야 할 것이다.

Ⅲ. 직무설계

1. 직무설계의 개념 및 목적

1) 직무설계의 개념

기업의 목표달성과 개인의 욕구충족을 위해 기업 내 업무수행에 요구되는 다양 한 과업들을 서로 연결해 조직화하는 것이다. 과업의 조직화 방식에 따라 직무수행 의 효율성과 직무수행자들의 직무만족도가 결정된다. 직무설계의 분야로는 직무구 조설계, 직무과정설계, 근무시간설계로 나누어 볼 수 있다.

2) 직무설계 목적

기업목표의 달성을 위해 종업원들을 동기부여 하기 위함이다. 효과적인 직무설 계를 통해 직무 만족이 증가하고, 작업 생산성이 향상되며, 이직 및 결근율이 감소 하기 때문이다.

3) 직무설계의 형태

직무설계는 그 초점에 따라 다음과 같이 구분할 수 있다.

① 기능별 직무설계 : 체계적인 분업의 원리를 적용하여 효율성을 달성하려는 방법이다.
② 목적별 직무설계 : 단위생산제품별로 직무를 설계하는 방법이다.
③ 의사결정별 직무설계 : 해결해야 할 문제점을 중심으로 직무설계가 이루어지는 것으로 기능요소와 목적요소를 복합적으로 결합하여 수행하는 방법이다.

2. 직무구조 설계

1) 직무전문화

전통적 접근방법으로 직무를 단순화, 전문화, 표준화시켜 노동의 효율성을 증대시키는 것을 말한다. 다시 말해 과업의 수를 줄이는 것을 의미하며 수평적 전문화와 수직적 전문화로 구분된다.

2) 직무순환 및 직무확대

과도기적 접근방법으로 직무순환은 집단을 대상으로 여러 작업자가 일정 기간 다양한 과업을 순환하여 수행하는 것을 말한다. 이를 통해 기업은 인력배치의 융통성과 변화에 대한 적응력을 높일 수 있으나, 순환 근무에 따른 추가비용과 업무의 비효율성에 대한 문제점이 발생할 수 있다. 직무확대는 과업의 내용과 양을 확대하는 수평적 직무확대와 과업에 대한 의사결정 권한과 책임을 확대하는 수직적 직무확대 (직무충실화)가 있다.

☞ 직무순환과 비슷한 개념으로 직무교차라는 것도 있다. 직무교차는 수평적 직무확대의 일종으로 각 작업자의 직무 일부분을 다른 작업자의 직무와 중복되게 하여 공동으로 수행하게 하는 것을 말한다.

3) 직무충실화, 직무특성이론, 사회기술시스템이론, 노동의 인간화

① 현대적 접근방법인 동기부여적 접근법으로 사회기술시스템이론은 생산시스템에서 기술적 요인과 사회적 요인의 상호작용에 의한 동시최적화 (합동최적화)를 추구하면서 환경적 조건에도 부합되는 직무나 작업집단의 설계방안을 제시하는 것이다. 이는 합리적 직무내용, 학습기회, 자율권, 재량권, 사회적 지원과 인정, 직무결과에 대한 믿음 등을 직무조건으로 하고 있다. 이러한 사회기술시스템이론은 자율적 작업집단의 도입에 공헌하였다.
② 노동의 인간화는 노동의 주체인 인간에게 초점을 두고 인간의 동기부여, 만족도 제고, 자아실현에 이바지하도록 직무를 재설계하는 것을 말한다.

3. 직무과정 설계

직무가 수행되는 흐름에 대한 설계를 말한다. 기존의 직무설계는 직무의 내용과 수행방법 등 기능 중심으로 이루어졌지만, 점차 고객지향적인 사고가 중요해지면서 고객에게 가치를 제공하는 업무 프로세스의 재설계에 관심을 두게 되었다.

BPR (Business Process Reengineering)이 그 대표적인 예이다. 직무수행에 대한 전반적인 재설계를 요구하는 리엔지니어링이 추진되기 위해서는 고객 만족을 궁극

적인 목적에 두고 기존의 기능 중심의 업무처리 구조에 대한 문제점 파악과 분석을 수행해야 한다. 이는 기업의 경쟁우위 확보를 위해 사이클 타임, 품질, 서비스, 비용 등의 조직 효율성 지표에 혁신을 불러일으키려는 전략적 시도이며, 업무수행 프로세스 전 과정을 근본적으로 재설계하여 극적인 성과를 추구하는 것을 의미한다.

4. 근무시간 설계

☞ 보상파트의 노무관리 참고.

IV. 직무분류

1. 직무분류의 의의

같거나 유사한 역할 또는 능력을 갖춘 직무의 집단 즉 직무군으로 분류하는 것을 말한다. 이는 하나 또는 둘 이상의 능력승진 계열을 가지며 각각 간단히 대체될 수 없는 전문지식, 기능의 체계를 가진 것이다.

2. 직무분류의 목적

동일한 기초능력이나 적성을 필요로 하는 직무들을 하나로 묶어서 이를 직종 또는 직군으로 분류한 후 이들 직무 내에서 단계적으로 승진이나 이동을 시킴으로써 더욱 쉽게 새로운 직무에 관한 학습을 가능하게 하기 위함이다. 직무수행자에게 하나의 직무만을 수행하게끔 하는 것보다 여러 가지 유사한 직무를 행할 수 있도록 하는 것이 기업의 생산성 향상에 유리하고 종업원의 직무만족 등에도 긍정적인 영향을 미치기 때문이다.

V. 국가직무능력표준 (https://www.ncs.go.kr/index.do)

(NCS : National Competency Standards)

1. NCS의 의의 및 배경

1) 의의

NCS는 산업현장에서 직무를 수행하기 위해 요구되는 능력 (지식·기술·태도)을 국가가 산업부문별·수준별로 체계화한 것을 말한다. 즉 직무수행자의 효과적인 직무수행을 위해 필요한 능력을 국가 차원에서 체계적으로 분석하여 기술한 것이다.

2) 배경

구직자의 채용 노력(스펙 쌓기)으로 인한 사회적 비용, 직무 적합성이 높은 인적자원의 확보비용, 선발된 인적자원에 대한 직무 관련 교육훈련비용 등이 증대되는 문제점들을 개선하기 위해, 기업이 확보하려는 직무능력을 갖춘 인재를 채용하는 데 효율성을 기하고자 국가적인 차원에서 국가직무능력표준을 설정하였다. 쉽게 말해 국가에서 모든 산업에 필요로 하는 직무를 분석하고, 해당 직무에 대한 성장 방향을 제시한 것이다.

2. NCS 기반 채용시스템의 목적

① 적합한 인재의 선발
② 효율적인 자기 계발
③ 기업의 경제적 효율성과 사회적 효율성 증대

3. NCS 기반 채용의 선행요건

① 직무역량의 분석

② 능력 중심의 선발 도구 마련

4.

직원 관리 과정에서
알아야할 인사노무 실무

4. 직원 관리 과정에서 알아야 할 인사노무 실무.

기업이 근로자를 채용하게 되면 퇴직할 때까지 각 과정별로 노무관리와 인사관리를 행하게 된다. (경우에 따라선 채용 전과 채용 후의 관리도 필요하다) 주로 모집, 채용, 유지, 평가 및 보상, 개발, 사직 및 해고의 과정으로 구분할 수 있는데 각 단계별 필요한 실무내용을 다음과 같이 정리해볼 수 있겠다.

1) 모집과 채용(선발)

모집이란 기업이 채용하고자 하는 근로자의 직무나 직종에 맞는 예비 채용대상자들을 대상으로 채용공고를 게재하는 것을 말한다. 채용(선발)이란 모집된 대상자들을 중심으로 실제 근로계약을 체결하고자 하는 인원들을 선별하는 것을 말한다. 즉 우리 기업이 채용할 인재들에 대한 직무, 근로조건, 인재상 등에 대해 홍보하는 활동을 모집이라 하고 모집된 인원 중 우리 기업 내지는 해당 직무에 적합한 사람을 뽑는 것을 채용(선발)이라고 하는 것이다. 다음에서는 모집과 채용(선발)과정에 필요한 노무관리와 인사관리를 구분하여 정리해보겠다.

(1) 노무관리

관련법령 – 「남녀고용평등과 일·가정 양립 지원에 관한 법률」

제7조(모집과 채용)

① 사업주는 근로자를 모집하거나 채용할 때 남녀를 차별하여서는 아니 된다.

② 사업주는 여성 근로자를 모집·채용할 때 그 직무의 수행에 필요하지 아니한 용모·키·체중 등의 신체적 조건, 미혼 조건, 그 밖에 고용노동부령으로 정하는 조건을 제시하거나 요구하여서는 아니 된다.

위와 같이 모집과 채용(선발)과정에서는 차별적 요소 및 직무와 무관한 개인적인 조건을 요구하면 안 된다. 이는 같은 법 제37조의 벌칙 규정에 의거 위 내용을 위반하여 근로자의 교육, 배치 및 승진에서 남녀를 차별하면 3년 이하의 징역 또는 3천만 원의 벌금에 처하게 된다. 결국, 모집과 채용(선발)과정에 있어서 기업에서 필요로 하는 직무와 그 직무를 수행하기 위한 조건 (학력이나 자격 등)을 기준으로 관리를 해야 한다는 것이다.

관련법령 –「근로기준법」

제15조(이 법을 위반한 근로계약)

① 이 법에서 정하는 기준에 미치지 못하는 근로조건을 정한 근로계약은 그 부분에 한하여 무효로 한다.

② 제1항에 따라 무효로 된 부분은 이 법에서 정한 기준에 따른다.

제17조(근로조건의 명시)

① 사용자는 근로계약을 체결할 때에 근로자에게 다음 각 호의 사항을 명시하여야 한다. 근로계약 체결 후 다음 각 호의 사항을 변경하는 경우에도 또한 같다.

1. 임금

2. 소정근로시간

3. 제55조에 따른 휴일

4. 제60조에 따른 연차 유급휴가

5. 그 밖에 대통령령으로 정하는 근로조건

② 사용자는 제1항 제1호와 관련한 임금의 구성항목·계산방법·지급방법 및 제2호부터 제4호까지의 사항이 명시된 서면을 근로자에게 교부하여야 한다. 다만, 본문에 따른 사항이 단체협약 또는 취업규칙의 변경 등 대통령령으로 정하는 사유로 인하여 변경되는 경우에는 근로자의 요구가 있으면 그 근로자에게 교부하여야 한다.

제19조(근로조건의 위반)

① 제17조에 따라 명시된 근로조건이 사실과 다를 경우에 근로자는 근로조건 위반을 이유로 손해의 배상을 청구할 수 있으며 즉시 근로계약을 해제할 수 있다.

② 제1항에 따라 근로자가 손해배상을 청구할 경우에는 노동위원회에 신청할 수 있으며, 근로계약이 해제되었을 경우에는 사용자는 취업을 목적으로 거주를 변경하는 근로자에게 귀향여비를 지급하여야 한다.

제20조(위약 예정의 금지) 사용자는 근로계약 불이행에 대한 위약금 또는 손해배상액을 예정하는 계약을 체결하지 못한다.

제21조(전차금 상계의 금지) 사용자는 전차금(前借金)이나 그 밖에 근로할 것을 조건으로 하는 전대(前貸)채권과 임금을 상계하지 못한다.

제22조(강제 저금의 금지)

① 사용자는 근로계약에 덧붙여 강제 저축 또는 저축금의 관리를 규정하는 계약을 체결하지 못한다.

② 사용자가 근로자의 위탁으로 저축을 관리하는 경우에는 다음 각 호의 사항을 지켜야 한다.

1. 저축의 종류·기간 및 금융기관을 근로자가 결정하고, 근로자 본인의 이름으로 저축할 것

2. 근로자가 저축증서 등 관련 자료의 열람 또는 반환을 요구할 때에는 즉시 이에 따를 것

제40조(취업 방해의 금지) 누구든지 근로자의 취업을 방해할 목적으로 비밀 기호 또는 명부를 작성·사용하거나 통신을 하여서는 아니 된다.

또한, 근로자를 채용할 때에는 반드시 근로계약을 체결하고 교부해야 한다. 근로계약의 내용으로는 ① 근로계약의 당사자, ② 근로자의 직무 및 근무장소, ③ 근로시간 및 휴게시간, ④ 근로일 및 휴일, ⑤ 연차유급휴가, ⑥ 근로자의 임금 및 그 구성항목, ⑦ 근로계약기간을 정하는 경우에는 그 기간 등을 반드시 표기해야 한다.

다시 말해서 근로계약서만 보더라도 해당 근로자가 언제 몇 시에 출근을 하고 한주 (또는 일정 단위기간 동안)에 언제 출근하며 무슨 일을 하며 그에 대한 보상(임금) 이 어떻게 주어지는지를 쉽게 알 수 있도록 자세히 기재하면 된다는 것이다. 예를 들어 편의점 아르바이트를 생각해보자. 각 요일마다 출퇴근 시간 및 출근 여부가 다를 수 있고, 이에 대한 임금이 일급, 주급 또는 월급 형태로 다양하게 지급될 수 있을 것이다. 이러한 내용들을 빠짐없이 기재한 것이 바로 근로계약서인 것이다. 육하원칙을 생각하면 도움이 될 것이다.

「근로기준법」의 대전제는 바로 '근로조건의 최저기준'이다. 근로계약에 있어 「근로기준법」은 최소한의 보장이기 때문에 이보다 불리한 근로조건을 설정하는 것은 위법이며, 위법한 내용에 대해선 「근로기준법」의 규정이 바로 적용된다. 예를 들어 일일 8시간 또는 한주 40시간 이상을 근로하는 경우에는 통상임금의 50%를 가산해서 추가로 지급해야 한다. - 계산과 설명의 편의를 위해 - 시급이 만원이라고 가정하고 하루 8시간을 근무한다면 8만원을 지급하면 되지만 9시간을 근무한다면 기본 8시간 및 추가 1시간에 50%를 가산한 1.5시간분을 더해서 총 9.5시간분을 지급해야만 한다. 하지만 이는 '근로조건의 최저기준'이기에 이보다 적게 지급하는 것은 「근로기준법」에 어긋나지만 이보다 같게 혹은 많게 지급하는 것은 전혀 상관이 없다. 즉 「근로기준법」의 내용과 동일하거나 보다 유리하게 설정하는 것은 괜찮다는 것이다. 이와 같은 논리는 연장근로수당 및 야간근로수당 등 법정수당과 연차유급휴가, 퇴직금 산정, 산전후휴가 및 육아휴직, 유급주휴일 등 근로조건 전반에 걸쳐 동일하게 적용된다.

근로자 채용 시 「근로기준법」에서는 몇 가지 금지사항을 규정하고 있다. 위약 예정의 금지, 전차금 상계의 금지, 강제 저금의 금지, 취업 방해의 금지가 그것이다. 요즘은 이러한 것들을 조건으로 근로계약을 체결하는 사례가 거의 없지만, 과거에는 빈번하게 발생하는 것들이었기에 근로자 보호의 측면에서 규정한 것들이다.

노동관계법에서는 수습기간이나 시용기간에 대한 명확한 규정이 존재하지 않는다. 다만, 학계와 판례에서는 다음과 같이 정의하고 있다.

1. 수습기간 (시용기간)

☞ 법률상으로 시용과 수습을 구분하는 경향이 있지만, 실익이 크지 않고 현실에서는 수습이라는 용어로 통칭해서 사용하기 때문에 여기서는 동일한 것으로 해석하겠다.

1) 수습기간의 의의 및 목적

사용자가 근로자를 정식으로 채용하기 이전에 근로자에 대한 직무수행 능력이나 적성·자질 등을 평가하기 위해 일정 기간 시험적으로 사용하는 것을 수습 또는 시용기간이라고 한다.

2) 수습기간 설정의 효과

① 근로계약이 정상적으로 체결된 근로자를 말하기 때문에 근로기준법의 내용이 그대로 적용되며, 통상적으로 3개월을 기준으로 수습기간을 설정하게 되지만, 특별한 사유가 존재하지 않으면 수습기간 만료 후 또는 수습기간 도중이라도 당사자의 협의를 거쳐 정식 근로계약기간으로 전환할 수 있다.

② 수습기간을 설정한 근로계약도 정상적인 근로계약의 체결이기 때문에 수습기간 도중에 근로계약을 해지하거나 본채용을 거부하는 것은 근로기준법상의 해

고에 해당한다. 하지만 수습기간의 성격상 합리적인 사유가 존재한다면 일반적인 해고의 요건에 비해 넓게 그 정당성을 인정하고 있으며, 계속 근로한 기간이 3개월 미만인 경우에는 해고의 예고 규정이 적용되지 않는다.

수습기간과 달리 사용자가 근로계약의 체결을 입사지원자에게 미리 통보하는 채용내정의 형태도 있다. 사용자가 채용내정을 취소할 경우 발생할 수 있는 법률적인 효과에 대한 논쟁이 있으나, 판례에서는 채용내정으로 인해 근로계약이 성립되지만, 정식발령일까지 사용자에게 근로계약의 해약권이 유보된 상태로서 근로자와 약정한 출근일까지는 사용자가 근로계약을 해지할 수 있다고 한다. 하지만 이 경우에도 사용자가 근로계약을 해지하게 되면 해고에 해당하기 때문에 해고의 정당성을 갖추어야 한다고 한다.

수습기간은 기업과 근로자가 자율적으로 정하는 것이지만, 현실에서는 채용조건이나 취업규칙 등을 통해 기업이 정해두고 있는 경우가 많다. 이는 주로 근로자의 자격요건이나 직무경험 등을 이유로 한다.

수습기간과 비슷하지만 다른 개념으로 근로계약기간이라는 것이 있다. 비정규직이라고도 부르며, 이는 정규직과 대비되는 표현이다. 정규직이란 노동관계법상 기간의 정함이 없는 근로계약을 체결한 근로자를 의미하고, 비정규직이란 노동관계법상 기간의 정함이 있는 근로계약을 체결한 근로자를 의미한다.

관련법령 - 「기간제 및 단시간근로자 보호 등에 관한 법률」

제2조(정의) 이 법에서 사용하는 용어의 정의는 다음과 같다.

1. "기간제근로자"라 함은 기간의 정함이 있는 근로계약(이하 "기간제 근로계약"이라 한다)을 체결한 근로자를 말한다.

제4조(기간제근로자의 사용)

① 사용자는 2년을 초과하지 아니하는 범위 안에서(기간제 근로계약의 반복갱신 등의 경우에는 그 계속 근로한 총기간이 2년을 초과하지 아니하는 범위 안에서) 기간제근로자를 사용할 수 있다. 다만, 다음 각 호의 어느 하나에 해당하는 경우에는 2년을 초과하여 기간제근로자로 사용할 수 있다.

1. 사업의 완료 또는 특정한 업무의 완성에 필요한 기간을 정한 경우

2. 휴직·파견 등으로 결원이 발생하여 당해 근로자가 복귀할 때까지 그 업무를 대신할 필요가 있는 경우

3. 근로자가 학업, 직업훈련 등을 이수함에 따라 그 이수에 필요한 기간을 정한 경우

4. 「고령자고용촉진법」 제2조 제1호의 고령자와 근로계약을 체결하는 경우

5. 전문적 지식·기술의 활용이 필요한 경우와 정부의 복지정책·실업대책 등에 따라 일자리를 제공하는 경우로서 대통령령이 정하는 경우

6. 그 밖에 제1호 내지 제5호에 준하는 합리적인 사유가 있는 경우로서 대통령령이 정하는 경우

②사용자가 제1항 단서의 사유가 없거나 소멸되었음에도 불구하고 2년을 초과하여 기간제근로자로 사용하는 경우에는 그 기간제근로자는 기간의 정함이 없는 근로계약을 체결한 근로자로 본다.

법에서는 '기간제 근로자'라고 표현하고 있으며, 일반적으로 2년을 초과하지 않는 기간 내에서 근로계약기간을 설정하고 갱신할 수 있는 형태를 의미한다. 단, 주의해야 할 것은 근로계약기간을 설정하였다고 해서 그 기간만료를 이유로 근로계약을 정당한 이유 없이 종료시킬 수는 없다는 것이다. 이는 판례에 의한 것으로서 실무상 이해하기 쉽게 표현한다면 다음과 같다. 근로계약기간을 설정한 근로자의 근로계약 종료시점이 도래하는 경우에는 대상 근로자의 성과나 근태자료 등과 같이 업무상 객관적인 자료를 근거로 하여, 최소한 대상 근로자와의 면담을 통해 근로

계약 갱신여부에 대한 논의를 하면서 대화 내용을 보존하는 절차를 이행해야 한다. 즉 근로계약기간을 갱신하거나 갱신하지 않는 이유가 객관적이어야 하고, 그 근거와 과정이 문서로 보존되어 있어야 한다. 합리적인 이유 없이 혹은 그저 마음에 들지 않는다는 이유로 갱신을 거절하는 것은 부당해고에 해당할 여지가 상당할 것이다. 단, 다른 근로자의 공석(육아휴직 등)을 위함이거나, 특정 기간에만 필요한 직무를 위해 채용한 근로자 등 「기간제 및 단시간근로자 보호 등에 관한 법률」 제4조의 예외에 해당하는 경우에는 그렇지 않다.

필자는 앞에서 수습기간과 근로계약기간이 비슷하지만 다른 개념이라고 하였다. 비슷하다고 한 이유는 그 기간이 종료됨을 이유로 근로계약이 당연히 종료되는 것은 아니기 때문이며, 다르다고 한 이유는 수습기간이 대상 근로자의 직무 적합성이나 조직 적합성을 판단하기 위한 것임에 반해 근로계약기간은 해당 기간 동안에만 근로계약을 존속하기 위함이기 때문이다.

근로계약은 기업이 근로자를 채용하는 과정에서 가장 핵심적인 노무관리일 것이다. 근로계약을 체결하기 위해서는 근로계약기간, 법정임금, 직무, 근로장소, 출퇴근 시간 및 휴게시간, 근로일과 휴무일, 연차유급휴가, 퇴직금 등에 대한 이해가 반드시 필요하다. 근로계약 체결에 대한 내용은 후반부에서 다루도록 하겠다.

(2) 인사관리

모집과 채용(선발)과정에서의 인사관리의 핵심은 직무 적합성 내지는 조직 적합성을 들 수 있을 것이다. 사실 적합성은 인사관리 전 분야에서 핵심적인 요소 중 하나이다.

직무 적합성이란 P-J FIT으로 표현하기도 하는데, P는 Person을, J는 Job을 의미한다. 이는 개인과 직무의 적합성을 의미하는 것으로 기업이 필요로 하는 직무에 대한 수행조건이 개인이 보유하고 있는 자격이나 능력 또는 발전 가능성과 비교해 어느 정도나 타당한지를 확인하는 것이다. 예를 들어 사무직을 채용하려고 하는데 채용예정자가 모두 컴퓨터를 활용하지 못한다든가 혹은 한식 요리사를 채용하려고 하는데 채용예정자 모두가 중식 요리사라든가 하는 경우라면 P-J FIT이 부적합한 것이다.

이를 위해 기업은 적합성이 높은 근로자를 유인하기 위한 모집방안과 그중 가장 탁월한 근로자를 채용하기 위한 선발방안을 마련해야 한다.

※ 모집과 채용(선발)단계에서의 인사관리 이론. (확보관리라 표현하기도 한다.)

Ⅰ. 인력계획

1. 인력계획의 개념

현재 및 장래의 각 시점에서 기업이 필요로 하는 특성을 지닌 인원수와 공급인력을 예측하고 계획해서, 인적자원의 수급을 조정하는 활동을 말한다.

☞ 인력계획은 인재의 소요 시기에 따라 계획하는 인력소요계획, 인력소요계획에 따른 인재를 어떻게 모집하고 선발할 것인가를 결정하는 인력확보계획, 확보한 인력을 그의 능력에 맞게 적재적소에 배치하는 인력배치계획, 배치된 인력에 대한 능력향상을 계획하는 인력개발계획, 기업경영에서 인력에 투자되는 총비용에 대한 계획인 인력비용계획으로 구분해 볼 수 있다.

2. 인력확보계획

1) 적응전략방식

미래시점에 필요한 인력을 그때그때 확보하는 방식을 말한다. 단기 가용인원의 융통성을 최대한 활용할 수 있고 예측 위험성에 대한 비용이 감소하며 환경이 급변할 경우 그 환경에 적응하면서 필요한 인력을 충원하므로 직무와 인력 간의 적합성을 극대화할 수 있는 장점이 있지만, 미래시점에 부족한 인력을 충원하지 못하면 시장에서의 기회를 상실할 수 있고 조직의 효율성이 하락할 수 있다.

2) 계획전략방식

미래시점에 필요한 인력을 예측하여 사전에 확보하고 미래의 환경변화를 예측하여 인력의 확보를 준비하는 방식을 말한다. 미래의 직무 자격요건을 확보해둠으로써 외부노동시장의 의존성을 줄일 수 있고, 종업원의 능력개발 및 욕구충족에 따른 조직경쟁력이 강화되고, 인력배치의 유연함이 증가하는 장점이 있다. 반면에 미래의 직무 자격요건에 대한 예측에 실패하였을 경우 예측위험 비용이 발생하고, 종업원의 교육비용이 증가할 수 있다.

- 이론상으로는 – 기업에서는 인력적응전략보다 인력계획전략이 유용하다고 한다. 과다인력을 보유했을 때는 비용의 증가를 초래하지만 과소인력을 보유하는 것은 시장적응기회를 상실하게 되기 때문이다.

3. 인력계획의 수립과정

1) 환경분석

조직의 인력수요와 공급에 영향을 미치는 외부환경을 분석하고, 현재 보유하고 있는 인력의 질과 양의 내부적인 검토를 통해 분석하고 평가하는 과정을 의미한다. 환경분석을 통해 인적자원의 기본 틀을 수립할 수 있다.

2) 수요예측

미래에 필요로 하는 인적자원의 질과 양을 예측하는 과정을 말하며 기업의 전략과 사업계획 등에 직접적인 영향을 받는다. 이 과정에서는 정성적 기법과 통계적 기법 등 다양한 방법이 활용된다.

3) 공급예측

특정 시점에서의 외부공급과 내부공급을 예측하여 충당할 수 있는 인력의 규모를 파악하는 과정이다. 기능목록 분석이나 대체도 분석, 마코프체인 분석 등의 방법이 활용된다.

4) 수급불균형 조정

인적자원의 수요와 공급이 예측되면 그 균형 여부에 따라서 불균형을 조정하는 방안을 마련하는 것을 말한다.

4. 관련이론

1) 거래비용이론

시장거래에는 필연적으로 다양한 거래비용이 존재하며 기업조직 등의 경제적 제도들은 이러한 거래비용을 절약하기 위해 발전되었다고 보는 이론이다. 즉 기업의 조직이나 형태는 결국 기업의 거래비용을 최소화하는 방향으로 결정된다는 것이다. 이 이론은 기업과 시장 사이의 효율적인 경계를 나타낸다.

기업조직이 시장으로부터 형성되는 이유는 일정한 범위 안에서의 거래 발생에 있어 기업조직 경계 안의 내부적 거래로 이루어지는 것이 시장에서 이루어지는 경우보다 상대적으로 비용이 적게 들고 효율적인 경우가 발생하기 때문이다. 결국, 기업은 조직 생산활동의 범위 내에서 어느 부분을 내부에서 생산할 것이며, 어느 부분은 외부거래를 통하여 생산활동을 수행할 것인가와 같은 이른바 '생산과 구매(make-or-buy)'에 관한 의사결정을 이루게 되고 그 결과 조직의 경계가 결정된다는 것이다.

2) 인적자본이론

인간이 교육과 훈련을 통하여 몸속에 축적시킨 지식·기술·창의력 등은 마치 기계가 가진 생산력과 동등한 역할을 하는데, 이때 물적자본인 기계가 가진 생산력과 비슷하게 인간의 몸에 갖추어진 생산력이 있다는 이론이다. 인간을 투자에 의해 그 가치를 증가시킬 수 있는 자본으로 보아 투자를 통해 인간에게 인적자본이 축적된 만큼 생산성이 증가하게 된다는 것을 의미한다.

Ⅱ. 인력수요예측

1. 인력수요예측의 개념

미래시점에 기업이 필요로 하는 종업원의 수와 종업원에게 요구되는 직무수행에 대한 자격요건을 예측하는 것을 말한다. 인력수요예측은 양적 측면, 질적 측면, 시간적 측면, 공간적 측면으로 그 내용이 구분될 수 있다.

2. 질적 인력수요 예측기법

현재 종업원에게 요구되는 직무수행 자격요건은 미래의 기업환경 변화 등으로 그 자격요건이 달라질 수 있다.

① 자격요건 분석기법 : 기업의 환경과 구조가 안정적이어서 기업의 직무내용·조
직구조·생산기술 등이 거의 변화하지 않을 때 사용하는 기법으로 현재의 직무
에 대한 직무기술서 및 직무명세서를 바탕으로 미래의 특정 시점에 대한 자격
요건의 변화 정도를 예측하는 방법이다.
② 시나리오 기법 : 기업의 환경과 구조가 불안정하고 복잡한 변화가 예상될 경우
사용하는 기법으로 미래에 발생할 경영환경의 변화나 SWOT 요인분석을 통해
개별 직무 내용의 변화를 예측하는 방법이다.

☞ 질적 수요예측기법의 경우 저자에 따라 직무의 질이 아닌 예측기법의 질을 기
준으로 분류하는 경우도 있다.

3. 양적 인력수요 예측기법

생산량, 기술수준, 작업조건, 조직규모, 직무수행자의 능력 및 동기부여 등을 통
해 변화할 수 있는 미래의 특정 시점에 대한 기업 전체 또는 작업집단별로 필요한
인력의 수를 예측하는 활동을 말한다.

1) 통계적 기법

해당 기업의 과거 자료를 통해 분석하는 것을 말한다. 과거의 자료가 많이 축적되
어 있을수록 정확도가 상승한다.

① 생산성 비율분석 : 과거에 달성한 생산성의 변화에 대한 정보를 가지고 미래에
필요한 투입인력을 예측하는 기법이다.
② 추세분석 : 과거에 인력변화를 가져다주었던 제반요인을 찾아서 시간에 따른

변화를 파악하고, 이를 인력의 변화와 연결시켜서 미래의 인력변화를 예측하는 기법이다. 현재의 추세가 미래에도 지속된다는 가정하에 인력수요를 예측하는 것이므로 단기적으로 적합하고 장기적이거나 경영환경의 급격한 변화가 예상되는 경우에는 바람직하지 못하다.

③ 회귀분석 : 인력수요 결정에 영향을 미치는 여러 요소들의 복합적인 영향력을 계산하여 미래의 인력수요를 회귀방정식을 통해서 예측하는 기법이다.

2) 노동과학적 기법

작업시간 연구를 기초로 조직의 하위 작업장별로 필요한 인력을 산출하는 기법을 말한다. 즉 과업별로 작업수행에 필요한 시간을 합산하여 인력의 수를 도출해내는 방식이다.

3) 화폐적 접근법

미래에 어느 정도의 종업원을 보유할 수 있는지를 화폐적 지불능력에 초점을 맞추어 필요한 인력을 예측하는 기법을 말한다.

Ⅲ. 인력공급예측

1. 인력공급 예측

미래의 특정 시점에 해당 기업이 보유하게 될 인력에 대한 예측 활동을 말한다.

1) 내부노동시장

(1) 의의

현재 기업 내부에서 필요한 직무에 충원될 수 있는 인력을 의미한다. 승진이나 배치전환 등을 통해 공급된다. 즉 현재 재직 중인 근로자들을 말하는 것이다.

(2) 질적 인력공급예측

현재 종업원의 자격 수준을 기준으로 미래의 종업원들이 갖추게 될 자격 수준을 예측하는 것을 말한다. 즉 현재의 종업원들이 미래에는 어떤 자격을 갖추게 될지를 예측하는 것이다.

(3) 양적 인력공급예측

현재 종업원의 수를 기준으로 미래 종업원들의 수를 예측하는 것이다.

① 기능목록 분석 : 종업원의 보유기능·경력·학력·자격·교육수준·직무성과 등 다양한 방면의 정보를 기록해놓은 자료를 통해 미래의 인력공급을 예측하는 방법을 말한다. 최근에는 인사정보 시스템이라는 명칭으로 통합되고 있다.

☞ 직무명세서는 직무를 수행해야 하는 직무수행자의 요건을 기록해 둔 것이지만, 기능목록은 직무수행자가 수행하고 있는 업무나 현재의 능력 등을 나타낸 것으로 관점이 다르다.

② 마코프체인 분석 : 시간의 흐름에 따른 개별 종업원들의 직무이동 확률을 파악하기 위해 개발된 것으로 기업 내부의 안정적 조건에서 종업원들의 승진·배치

전환·이직 등의 일정 비율을 적용하여 인력 전이 행렬을 통해 미래의 인력변동을 예측하는 방법이다.

③ 대체도 분석 : 기업 내 특정직무가 공석이 된다고 가정할 경우 투입될 수 있는 인력을 조직도상에 표기한 대체도를 활용하여 미래의 인력공급을 예측하는 방법이다.

2) 외부노동시장

외부 노동시장은 말 그대로 기업 내의 종업원들을 제외한 나머지 노동 가능 인구의 전체시장을 의미하기 때문에 일반적인 기업에서 외부노동시장을 분석한다는 것은 상당히 어려운 작업이 될 것이다. 실제로도 국가적인 차원이나 대기업 산하의 경제연구소에서만 제한적으로 외부노동시장에 대한 공급을 예측하고 있다.

IV. 인적자원의 수요와 공급조정

1. 수요와 공급조정 (수급불균형 조정)

인적자원의 수요와 공급이 예측되면 그 균형 여부에 따라서 불균형을 조정하는 방안을 마련하는 것을 말한다.

1) 인력 부족의 경우

초과근로, 임시직 고용, 파견근로, 아웃소싱 등을 통해 인력의 부족 현상을 해결할 수 있다.

2) 인력 과잉의 경우

① 직무분할 제도 : 하나의 풀타임 업무를 둘 이상의 파트타임 업무로 전환하는 것을 말한다. 이는 직무에 대한 책임 정도가 동등한 수평적 분할을 의미하며, 두 명 이상의 종업원이 하나의 직무를 공유하는 것이다.
② 조기퇴직제도
③ 다운사이징
④ 정리해고

V. 모집

1. 모집활동의 의의 및 중요성

1) 모집활동의 의의

선발을 전제로 양질의 인력을 기업으로 유인하는 과정 즉 양질의 지원자를 확보하는 적극적인 활동을 말한다. 이에 반해 선발은 기업에 적합한 인력을 추려내는 소극적 활동이다.

2) 모집의 중요성

바람직한 모집과정을 통해 기업이 원하는 인재상에 부합하는 구직자가 지원하게 되고, 모집활동의 결과에 따라 지원자들의 수준이 결정된다. (지원자들에 한해서 선발할 수 있기 때문이다) 또한, 입사지원자는 잠재적인 고객이기 때문에 체계적이고 합리적인 모집활동을 통해 긍정적인 이미지를 심어줄 수 있을 것이다.

2. 모집원천

1) 외부환경 분석

모집원천을 결정하기 위해서 외부환경을 분석해야 한다. 실업률, 지역별 인력공급 가능 정도, 고용관계법률, 노동시장에서 해당 기업이 가지고 있는 이미지 등을 고려하여 인력확보에 미치는 효과 및 문제점 등을 분석해보아야 할 것이다.

2) 외부노동시장의 모집원천

고등학교나 대학교 수준의 학력을 필요로 하는 직무를 충원하기 위한 경쟁기업 내지는 광범위하게 모집할 수 있는 일반적인 구직자 등이 있다.

3) 모집원천별 특징

① 내부원천 : 해당 기업의 내부노동시장을 의미하며 내부원천을 통해 모집하게 되는 경우에는 승진기회의 확대, 모집에 드는 비용과 시간의 감소, 검증된 인력의 확보기회 증가, 기업문화 적응에 대한 실패우려 감소 등의 장점이 있는 반면에 인력의 선택폭이 좁고 기업문화의 폐쇄성이 증가하며, 직무능력 향상을 위한 교육훈련비 증가와 파벌조성의 가능성 및 승진을 위한 과잉경쟁 등으로 인해 갈등이 발생할 수 있다.

② 외부원천 : 해당 기업의 외부노동시장을 의미하며 외부원천을 통해 모집하게 되는 경우에는 인력의 선택폭이 넓어지고, 외부 인력유입에 따른 기업분위기 쇄신 및 능력을 이미 보유한 인력을 채용함에 따른 교육훈련비 절감 등의 장점이 있는 반면에, 승진기회 감소로 인해 종업원들의 불만이 증가하고, 모집활동

에 따른 시간과 비용이 발생하며, 외부 인력의 직무수행 능력이 부족하거나 기업문화에 적응하지 못함으로 인한 추가적인 비용 발생 등의 문제가 발생할 수 있다.

3. 모집방법

1) 내부노동시장

인력공급 예측기법 중 내부노동시장에 대한 양적 인력공급예측법을 활용할 수 있으며 사내공모제도나 종업원추천모집제도 (종업원공모제도) 같은 것들이 있다.

2) 외부노동시장

광고, 직업소개소, 인턴제도, 기존종업원, 교육기관 추천 등을 활용할 수 있다.

3) 현실적 직무소개

모집단계에서 지원자에게 직무와 기업에 대한 구체적인 내용과 함께 긍정적인 측면과 부정적인 측면을 동시에 제공함으로써 지원자가 기업과 직무에 대한 현실적인 판단을 할 수 있게 하여 지원자가 선발된 이후 안정적으로 직무를 수행하고 기업문화에 적응할 수 있도록 하는 것이다.

4. 모집활동 평가

모집방법, 확보된 지원자의 수와 질, 모집활동에 투입된 비용과 시간에 대해 평가할 수 있다. 결론적으로 각각의 투입과 산출을 비교하여 효과성이 높은 것을 찾아내어 발전시키는 방향으로 진행해야 할 것이다.

VI. 선발

1. 선발의 의의

모집된 지원자를 대상으로 기업이 필요로 하는 자질을 갖춘 적합한 지원자를 선별하는 과정을 말한다. 선발활동은 기본적으로 지원자 중에서 우수한 인재를 식별하는 것이다.

2. 선발절차

1) 선발방침

해당 기업의 경영철학, 기업환경 등 기업의 인재관에 기초하여 선발활동을 하는 것으로 보통 직무·경력·기업문화 중심으로 구분된다.

2) 선발절차

보통 '예비면접 -> 서류전형 -> 선발시험 -> 경력조회 -> 신체검사 -> 선발결정 -> 채용'의 과정을 거친다.

3) 선발방법

① 단계적 제거법 : 선발의 각 단계마다 점수가 낮거나 자격요건에 미달하는 지원
자를 선발 대상에서 제외하는 방법이다. 각 과정에서 우수한 지원자가 제외될
수 있다.

② 종합적 평가법 : 선발의 각 단계에서 지원자가 획득한 점수를 합산하여 선발하
는 방법이다. 선발비용은 증가하나 우수한 지원자를 선발하지 못할 확률은 낮
아진다.

4) 선발의사결정의 원리

통계적인 접근법을 통한 선발의사결정 과정으로 다음의 것들이 있다.

① 프로파일 방법 : 업무수행능력이 뛰어난 종업원들의 과거 데이터를 분석하여
이들의 평균적이고 표준적인 자질을 '이상적인 프로파일'이라고 정의하고, 이
를 지원자들의 자질과 비교하여 유사한 자질을 보유한 지원자를 선발하는 방법
이다.

② 다중회귀분석 : 준거치를 종속변수로, 예측치를 독립변수로 하는 회귀방정식
을 구하여 준거치가 높은 선발대안을 선택하는 방법이다.

☞ 다중회귀분석은 변수 간의 인과관계를 통계적 방법에 따라 추정하는 회귀분
석의 일종이다. 회귀분석에는 원인이 되는 독립변수와 결과가 되는 종속변수가
존재하는데, 이때 종속변수는 하나이고 독립변수가 2개 이상인 회귀 모델에 대
한 분석을 수행하는 방법을 말한다. (다중회귀식: $Y=\beta0+\beta1X1+\beta2X2+\cdots+\beta kXk$)

③ 복수컷오프 : 선발과 관련된 자료를 활용하여 탈락의 기준이 되는 점수 (과락
점수)를 정한 후 이를 통과하는 지원자를 다음 단계 혹은 합격자로 선발해 내는

방법이다.

3. 선발도구

선발절차와 과정을 통해 직무수행 능력과 성과가 높을 것으로 예상하는 인력을 선발하기 위한 각종 도구를 말한다.

1) 지원서 분석

① 역량기반 지원서 평가 : 지원자가 보유하고 있는 역량을 기술하게 하는 것을 말한다.
② 바이오데이터 분석 : 지원자에게 관련된 이력서와 면접자료 등을 통하여 획득한 지원자 신상에 관한 모든 것을 말한다.

2) 시험

① 시험자 대상에 따라 집단시험과 개별시험으로 분류할 수 있으며, 해답방식에 따라 필기·실기·구술 시험으로 구분할 수 있다.
② 심리검사를 중심으로 지능·적성·성취도·흥미·인격 검사 등으로 분류할 수 있다.
③ 능력검사 : 지원자의 미래 직무수행 정도를 검사결과를 통해 예측해 볼 수 있는 것으로 인지적능력, 사이코모토, 직무지식 검사 등으로 구분해 볼 수 있다.
④ 성격 및 흥미도 검사 : 지원자의 동기부여 수준을 측정하는 방법이다.
⑤ 실무능력 검사 : 지원자에게 직무의 대표적인 과업을 수행해보도록 하여 성취도를 검사하는 방법이다.

3) 면접

① 선발시험을 통해 알아낼 수 없는 정보를 직접적인 대면면접을 통해 추가로 획득할 수 있어 널리 활용하고 있다.
② 면접방법으로는 면접기법의 구조화 정도와 참가자 수에 따라 정형적·비지시적·스트레스·패널·집단·위원회 면접 등으로 나누어볼 수 있다.

4) 평가센터법

기업 내에서 지원자나 종업원 또는 집단에 대한 평가를 시행하는 장소, 즉 평가센터를 지칭하는 데서 유래되었으며, 새로운 경영자가 지녀야 할 자질을 평가하기 위한 목적으로 다양한 활동 등을 통해 직무 관련 강점과 약점을 파악하는 것이다. 주로 관리직 인력에 대한 선발 또는 평가에 활용하며 여러 종류의 선발도구를 적용하여 평가하기 때문에 높은 타당도와 신뢰성을 갖지만, 평가대상에 선별되지 못한 인원의 저항이 예상되고 많은 시간과 비용이 소모되며 행동과 언어능력 위주의 평가라는 한계를 가지고 있다.

☞ 선발·개발·평가의 과정 모두에서 활용 가능하며 합숙을 통해 훈련하는 것이기 때문에 평가센터법의 과정 내에 여러 가지 다양한 기법을 함께 활용할 수 있다. 위의 내용은 평가에 초점을 맞춰 기재한 것으로 각각의 과정에 맞는 표현으로 바꿀 수 있다.

4. 선발도구 평가 (합리적인 선발도구의 요건)

1) 신뢰성

  신뢰성이란 어떤 시험을 동일한 환경에서 동일한 지원자가 그 시험을 다시 보았을 때 그 결과가 서로 일치하는 정도를 말한다. 즉 시험결과의 일관성을 나타내는 것이다.

(1) 측정방법

① 시험-재시험 방법 : 동일한 내용의 시험을 시간의 간격을 두고 다시 실시하여 두 시험의 결과를 비교하는 방법이다. 단, 첫 번째 시험의 기억이 두 번째 시험의 시행에 아무런 영향을 미치지 않아야 한다.
② 대체형식 방법 : 난이도가 유사한 두 가지 형태의 시험을 각각 평가한 후 두 시험의 결과를 비교하는 방법이다.
③ 양분법 : 시험내용이나 문제를 반으로 나누어 각각의 결과를 비교하는 방법이다.
④ 내적일관성 측정방법 : 유사한 질문에 대한 각각의 결과가 얼마나 유사한지를 측정하는 방법이다.

2) 타당성

  특정 선발도구가 선발의 목적에 부합하는지에 관한 것으로 자질을 갖춘 지원자를 탈락시키거나, 자질이 부족한 지원자를 선발하였는지를 확인하는 것을 의미한다. 즉 시험에서 우수한 성적을 얻은 지원자의 직무수행 결과가 시험의 성적과 같이 우수한지에 관한 것을 말한다.

(1) 기준관련 타당성

시험성적과 하나 또는 그 이상의 기준치를 비교함으로써 결정한다. 기준치 또는 준거치는 종업원의 직무성과 달성도라고 하며 예측치는 시험에 관한 결과인 시험성적 내지는 점수라고 할 수 있다. 즉 시험성적과 종업원 직무성과의 관계를 비교하는 것이다.

① 동시 타당성 (현재 타당도) : 지원자에게 시행한 시험을 현재의 다른 종업원에게도 실시하여 그 종업원의 시험성적과 직무성과를 비교하여 타당성을 검사하는 것이다. 다시 말해 현직 종업원의 시험성적과 직무성과를 비교하여 지원자의 시험성적을 기준으로 지원자의 직무수행 정도를 예측해보는 것이다.

② 예측 타당성 : 선발시험을 통해 합격한 지원자들의 시험성적과 입사 후의 직무성과를 비교하여 타당성을 검사하는 것이다.

(2) 내용 타당성

시험문제에 측정대상의 취지를 어느 정도 담고 있는가를 알아보는 것으로 직무성과의 중요한 측면을 시험이 요구하는 내용이나 행위에 얼마나 잘 나타내고 있는가를 보여주는 것이다.

(3) 구성 타당성

특정시험이 무엇을 측정하느냐 하는 시험의 이론적 구성과 가정을 측정하는 정도를 말하는 것으로 측정 자체보다도 측정되는 대상 또는 그 속성에 대해 더욱 이론적으로 충실을 기하는 것이다. 즉 측정내용이나 행위에 측정하고 싶은 내용을 충실하게 담고 있는지를 의미한다.

3) 선발비율

선발비율이 1(지원자 전원이 고용된 경우)에 가까울수록 기업으로서는 바람직하지 못하고, 0(지원자 전원이 고용되지 않은 경우)에 가까울수록 바람직한 상황이라고 한다. 선발비율이 낮은 경우에 기업은 지원자 중에서 선발할 수 있는 여유가 더 많기 때문이다.

5. 선발오류

모집자 중에서 기업이 원하는 인력을 채용하지 못한 선발도구의 오류가 어디에 있는지에 관한 유형으로 다음과 같이 구분한다.

① 1유형 오류 : 시험성적이 낮아 합격하지 못하였지만, 선발되었더라면 만족스러운 성과를 올릴 수 있었던 지원자를 탈락시키는 데서 발생한 오류를 말한다. 즉 유능한 지원자를 탈락시킨 경우이다.

② 2유형 오류 : 시험성적이 좋아 합격하였지만, 실제 직무성과는 만족스럽지 못한 지원자를 선발함으로 인해 발생한 오류를 말한다. 즉 무능력한 지원자를 선발한 경우이다.

6. 모집평가의 지표

① 산출률 : 지원자들이 모집과 선발의 각 과정별로 어떻게 축소되고 배치되는가를 보여주는 비율이다. 이를 통해 각 선발단계에서 적정한 지원자 수를 확보하

였는지를 확인할 수 있다.

② 선발률 : 전체 지원자 가운데 최종 선발된 인원의 비율을 말한다. 이를 통해 기업이 원하는 적합한 인재가 지원자 중에 존재하였는지를 확인할 수 있다.

③ 수용률 : 최종선발된 인원 중에서 기업의 채용제의를 수락한 입사자의 비율을 의미한다. 이를 통해 회사의 매력도나 경쟁력 등을 확인할 수 있다.

④ 기초율 : 기업이 선발과정 없이 무작위로 종업원을 채용했을 때, 성공적인 직무수행자가 얼마나 있는지를 나타내는 비율이다. 이를 통해 기업의 모집과정에 얼마나 많은 유능한 지원자가 지원하였는지를 확인할 수 있다.

아래는 필자가 의뢰받아 작성해준 실제 채용공고 중 가장 표준적인 것을 기업의 정보를 삭제한 후 작성법과 함께 기재한 것이다. 채용공고는 모집의 주요 수단으로 기업이 원하는 인재를 선발할 수 있어야 함은 물론이고 기업 혹은 직무와 맞지 않는 인력에 대한 회피 수단이 되어야 한다.

**** 주식회사 직원 채용 공고

1. 회사 소개

(나열식 소개가 아닌 무엇을 하는 회사인지 강점과 차별점이 무엇인지에 대해 구체적이지만 장황하지 않게 기재해야 한다.)

예, **** 기업은 ****년 설립 이후 매년 ***%씩 도약적인 성장을 해가고 있는 **** 업체입니다. 주 사업 분야는 **이고 ***업에도 지속적인 노력을 투입함으로써 성장하고 있으며, 최근에는 **** 성과를 도출하기도 하였습니다. 우리 회사와 함께 동반자로서 재능을 보여주실 유능한 분들의 지원을 기다립니다.

2. 조직문화 및 인재상

(우리 회사의 업무 스타일이나 주요 복지정책 등을 간략하고 진솔하게 기재함과 동시에 추구하는 인재상, 특히 성격이나 가치관 등에 대해 구체적으로 표기해두는 것이 바람직하다.)

예, 놀 땐 놀고 일할 땐 열심히 일하는 회사입니다. 출퇴근시간을 엄격히 준수하고 퇴근 이후의 시간은 확실히 보장합니다. 장기근속자나 우수인재에게는 자기 계발을 위한 교육비 및 활동비를 지원하지만, 저성과자 또는 회사의 분위기를 해치거나 근태가 불량한 직원에 대해서는 엄격합니다. 특히 다른 회사와 달리 ****한 특징이 있고, 팀 내 화합을 우선시합니다. 급여는 내규에 의하며, 급여 이외의 복지정책은 ***, ***, *** 것들이 있습니다. 직원에 대한 평가는 *** 방식을 통해 승진, 임금, 직무 제도에 반영하고 있으며, 전체 **명의 직원 중 매년 충원하는 인원은 **명으로 **%의 이직률이 존재합니다. 우리의 목표와 사명은 **** 이기 때문에 ***한 성격의 보유자를 우대하고, ***것에 우선 가치를 두고 있는 분을 희망합니다.

3. 조직구조 및 인력보유 현황

  (조직도에 현재 가용 중인 인원의 수와 채용하고자 하는 인원의 수를 기재해두는 것이 바람직하다. 예시 생략)

 4. 채용분야 및 자격조건

  (채용이 필요한 부서와 직무 및 직급 그리고 직무기술서를 기재하는 것이 바람직하다. 특히 직무수행에 요구되는 자격이 있다면 반드시 구체적으로 명시해두어야 한다. 예시 생략)

 5. 채용절차 및 채용일정

  (서류전형과 면접을 포함하여 구체적인 채용절차 및 일정을 기재해두어야 한다.)

☞ 필자는 채용절차에 MBTI 내지는 NCS와 같은 검증을 추가할 것을 권유한다. 심리검사는 개인의 성격이나 가치관 등을 보다 객관적으로 확인할 수 있는 장치로 활용할 수 있으며, NCS는 경력자에 대한 직무 적합성을 검토할 수 있기 때문이다.

2) 개발

  개발이란 기업이 근로자의 직무수행능력을 향상시키기 위한 활동을 말하는 것으로 흔히 HRD(Human Resources Development)라 표현한다. 훈련과 교육을 구분하기도 하나 본서는 학문적인 서적이 아닌 실무적인 것이기 때문에 이를 구분치 아니하고 설명토록 하겠다.

※ 참고 : 인사관리는 채용과 평가, 보상, 배치 등을 관리하는 HRM(Human Resource Management)과 인적자원의 교육, 훈련, 육성, 역량개발, 경력관리 및 개발 등을 관리하는 HRD로 구분된다.

(1) 노무관리

관련법령 - 「남녀고용평등과 일·가정 양립 지원에 관한 법률」
제10조(교육·배치 및 승진) 사업주는 근로자의 교육배치 및 승진에서 남·녀를 차별하여서는 아니 된다.

노무관리 측면에서의 개발관리는 사실 별다른 것은 없다. 법이란 당사자 간의 의무와 권리 혹은 위법행위에 대한 처벌을 위주로 만들어진 국가차원의 규범이기 때문이다. 근로자의 직무수행능력을 향상시키기 위한 사업주의 의무를 법으로 규정하기란 현실적으로 매우 어려울 것이기 때문이다. 굳이 찾아보자면 선언적 규정으로서 근로기준법 제1조에서 이를 확인할 수는 있어 보인다.

관련법령 - 「근로기준법」
제1조(목적) 이 법은 헌법에 따라 근로조건의 기준을 정함으로써 근로자의 기본적 생활을 보장, 향상시키며 균형 있는 국민경제의 발전을 꾀하는 것을 목적으로 한다.

참고로 「고용보험법」에서의 직업능력개발사업을 활용할 수도 있다.

관련법령 – 「고용보험법」

제19조(고용안정 · 직업능력개발 사업의 실시)

① 고용노동부장관은 피보험자 및 피보험자였던 자, 그 밖에 취업할 의사를 가진 자(이하 "피보험자 등"이라 한다)에 대한 실업의 예방, 취업의 촉진, 고용기회의 확대, 직업능력개발·향상의 기회 제공 및 지원, 그 밖에 고용안정과 사업주에 대한 인력 확보를 지원하기 위하여 고용안정·직업능력개발 사업을 실시한다.

② 고용노동부장관은 제1항에 따른 고용안정·직업능력개발 사업을 실시할 때에는 근로자의 수, 고용안정·직업능력개발을 위하여 취한 조치 및 실적 등 대통령령으로 정하는 기준에 해당하는 기업을 우선적으로 고려하여야 한다.

※ 직업능력개발사업 등 고용보험을 통해 시행되는 여러 가지 사업은 고용보험 홈페이지 https://www.ei.go.kr에서 확인할 수 있다.

근로자의 기본적 생활을 보장하고 향상시키기 위한 방안을 고민해본다면, 노무관리 측면에서의 개발관리를 생각해볼 수는 있을 듯하다. 하지만 구체적인 기준을 제시했다기보단 근로기준법의 전체적인 목적을 규정한 것이기에 실무적인 시각에서는 거리가 있어 보일 수밖에 없다.

참고로 직장 내 법정 의무교육으로 직장 내 성희롱 예방 교육, 장애인 인식 개선 교육, 산업안전 교육 등이 있으며 이들 교육은 기업 내 상시근로자 수 및 업종 등에 따라 교육방식과 교육횟수에 대한 의무가 주어진다. 일반적으로는 사내에서 자체적인 교육을 통해 진행할 수 있으며, 반드시 외부기관을 통해 받아야 하는 교육은 산업안전 교육뿐이니(이것도 업종과 규모에 따라 달라진다) 확인해보아야 할 것이다. 구체적인 내용은 고용노동부와 산업안전보건공단 홈페이지를 통해 확인해볼 수 있다.

(2) 인사관리

인사관리 측면에서의 개발관리는 HRD라는 영역으로 구분되어 있을 만큼 상당히 어려운 부분이다. 더욱이 기업경영에서는 경기가 좋을수록 HRD에 투자하는 경향이 있지만, 반대로 경기가 좋지 않을수록 HRD의 예산부터 삭감하는 경향이 있다. 단적으로 표현하자면 HRD는 기업경영의 미래를 위한 투자임과 동시에 단기간에 가시적인 성과를 얻을 수 있는 분야는 아니라는 것이다.

이는 기업의 인사전략과도 일맥상통하는 것으로 근로자를 기업의 핵심가치로 보는 곳에서는 HRD 활동이 활발하지만, 근로자를 기업의 핵심가치가 아닌 하나의 요소로 보는 곳에서는 HRD 활동이 활발하지 않은 경향이 강하기 때문이다.

고용노동부에서는 HRD-Net을 통해 직업훈련에 대한 정보와 제도 일자리 등 다양한 안내를 하고 있으니 구체적인 내용은 이곳에서 확인해 볼 수 있으며, 개별 기업에서의 HRD는 표준화되어 있다기보다는 여러 가지 인사관리 기법을 토대로 기업과 실무에 맞게 변형하거나 수정하여 활용할 수 있을 것이다.

※ 개발단계에서의 인사관리 이론

I. 교육 훈련

1. 교육 훈련의 의의 및 목적

1) 교육 훈련의 의의

종업원들의 직무수행에 필요한 지식과 기술 및 능력을 향상시켜 기업의 목표를 달성하는 데 도움을 주는 활동을 말한다. 교육은 다양한 역할의 습득과 함양의 포괄적인 의미이며, 훈련은 특정 기업에서의 특정직무 수행에 도움을 주어 특정한 행동 결과를 기대하는 것에 차이가 있다. 즉 추구하는 목표와 기대되는 결과가 무엇인가에 따라 구분된다.

☞ 개발이란 교육과 훈련을 종합한 것으로 더욱 포괄적이며 경영관리자 등의 훈련과 교육을 주로 의미한다.

2) 교육 훈련의 필요성

현재 보유하고 있는 직무능력과 보유하고 있어야 할 직무능력에 차이가 있는 경우, 즉 현재의 상태와 바람직한 상태에 차이가 있는 경우에 교육 훈련이 필요하다.

① 조직수준 : 현재의 조직목표 또는 미래에 기대되는 조직목표와 인적자원 간의 차이가 발견되었거나, 미래의 조직목표를 위해 예상되는 불이익을 사전에 방지하고, 기업의 경영전략과 일치시켜 성과향상에 이바지하기 위해 필요하다.

② 직무수준 : 현재 종업원이 보유하고 있는 직무기능을 전제로 하여 교육 훈련이 시행되어야 할 뿐만 아니라 기술 및 환경변화에 따라 발생하는 새로운 직무 또는 추가로 기대되는 높은 직무능력 등의 직무요건과 현재 종업원의 직무능력에 차이가 있으면 교육 훈련의 필요성이 대두된다.

③ 개인수준 : 현재의 직무수행에 대한 자기효능감 향상과 종업원 개인의 성장 욕구 충족을 위해 필요하다.

3) 교육훈련의 필요성 분석방법

① 자료조사법 : 해당 기업이 보유하고 있는 제 기록들을 검토하여 교육훈련의 필요성을 분석하는 방법이다. 객관적인 자료의 획득이 가능하지만, 과거의 자료이기 때문에 현재와 미래의 상황을 반영하지 못하며 자료의 내용과 교육훈련과의 관계를 연관시키기 어렵다.

② 작업표본법 : 종업원이 수행한 작업결과 일부를 검토하여 해당 작업자 또는 작업집단에 대한 교육훈련의 필요성을 분석하는 방법이다. 해당 작업자의 작업과정을 방해하지 않으며, 실제 상황에 대한 조사가 가능하지만, 작업자를 잘못 선정하여 작업결과를 검토하는 경우에는 오류가 발생할 수 있다.

③ 질문지법

④ 면접법

⑤ 델파이기법 : 의사결정 기법의 하나로써 전문가들을 대상으로 반복적인 피드백을 통해 의견을 도출하여 문제를 해결하려는 것을 말한다. 전문가들 간의 상호작용 없이 익명으로 의견을 제시하기 때문에 더욱 솔직한 의견을 취합할 수 있다는 장점이 있지만, 여러 전문가의 의견을 취합하는 과정에서 시간이 오래 걸리고, 중립적인 방안이 도출될 수 있다.

⑥ 전문가자문법

2. 교육훈련과 학습의 원리

1) 결과에 대한 피드백

교육훈련의 결과를 제공함으로써 종업원의 행동 변화에 대한 의사결정을 끌어내는 것이다. 피드백은 강화의 일종으로 종업원 자신에 대한 내재적인 흥미를 갖게 하고 동기유발의 계기를 마련해 준다.

2) 학습의 전이

교육훈련의 내용을 실제 직무수행 과정에 적용할 수 있는 것을 말한다. 교육훈련의 요소와 직무의 요소가 일치하거나 학습한 내용이 직무에 적용될 수 있는 경우에 발생한다.

3) 강화

교육훈련을 통한 효과를 위해서는 연습이나 경험을 반복시키기 위한 강화가 필요하다. 강화란 바람직한 행동을 발생하게 하거나 바람직하지 못한 행동을 감소시켜 바람직한 행동의 빈도 또는 강도를 증가시키는 절차를 말한다. 이때 조작적 행동을 유도해 내는 결과를 강화요인이라고 한다.

(1) 강화전략

강화를 통해 바람직한 행동을 증가시키거나, 바람직하지 못한 행동을 감소시킬 수 있다.

① 적극적 강화 (긍정적 강화) : 자극과 반응의 관계를 강하게 해주는 강화요인을 긍정적 강화요인이라고 하고, 반응 행동의 결과가 만족스러울 때 긍정적 강화요인이 적용된 학습 과정을 긍정적 강화라고 한다. 즉 보상을 통해 그 행동을 반복시키는 전략이다.

② 소극적 강화 (부정적 강화) : 자극과 반응의 관계를 약하게 해주는 강화요인을 부정적 강화요인이라고 하고, 반응 행동의 결과가 만족스러울 때 부정적 강화요인의 감소 또는 제거를 통한 학습 과정을 소극적 강화라고 한다. 즉 이미 적용되고 있던 불편한 요소를 감소시키거나 제거해 줌으로써 그 행동을 반복시키는 전략이다.

③ 소거 : 반응 행동의 결과가 만족스럽지 못할 때 긍정적 강화요인을 제거하거나, 감소하여 바람직하지 못한 행동을 감소시키는 것이다. 즉 보상의 제거 또는 감소를 통해 그 행동을 감소시키는 전략이다.

④ 벌 : 반응 행동의 결과가 만족스럽지 못할 때 부정적 강화요인을 적용하여 바람직하지 못한 행동을 감소시키는 것이다. 즉 불편한 요소를 추가함으로써 그 행동을 감소시키는 전략이다

☞ 소거는 중단될 경우 바람직하지 못한 행동이 다시 회복될 수 있고 벌은 종업원이 이에 대한 저항감을 가지고 있을 때 예상치 못한 부정적인 결과를 초래할 수 있으므로 신중하게 적용해야 할 것이다.

(2) 강화스케줄 (일정계획)

강화요인을 적용하거나 제거하는 것을 어느 정도의 간격과 빈도를 가지고 할 것인지에 따라 그 효과가 달라진다.

① 연속 강화스케줄 (연속적 강화) : 바람직한 반응 행동이 발생할 때마다 강화요인을 적용하는 방법이다. 학습의 효과를 단기간에 향상시킬 수 있는 장점이 있으나, 강화요인이 제거될 경우 학습효과가 감소할 수 있는 단점도 있다. 뿐만 아니라 강화요인이 연속적으로 적용됨에 따라 학습자가 이를 당연시하게 되는 포만효과가 발생하여 강화효과가 감소할 수 있으며, 자원의 제약으로 인한 한계도 존재한다.

② 단속 강화스케줄 (단속적 강화) : 바람직한 반응 행동이 발생할 때마다 강화요인을 적용하는 것이 아니라 부분적 또는 불규칙적으로 강화요인을 적용하는 방법을 말한다. 학습효과가 느리긴 하지만 학습의 항구적인 보존 효과가 발휘될 수 있다. 학습자가 언제 강화요인을 적용받을지 예측하기 어렵기 때문이다. 단속 강화스케줄에는 고정간격법, 변동간격법처럼 시간 간격에 따라 강화요인을 제공하는 방법과 고정비율법, 변동비율법처럼 행동의 빈도에 따라 강화요인을 제공하는 방법이 있다.

행동수정 효과 면에서는 변동비율법과 변동간격법이 가장 강력하고, 고정간격법이 가장 약하다. 보상을 언제 받을지 모르는 상태에서는 계속적으로 바람직한 행동을 하기 위해 노력할 것이기 때문이다.

3. 교육훈련의 내용

종업원의 직무능력 향상에 대해 어떤 부문의 향상을 목적으로 할 것인가에 따라 구분할 수 있다.

① 공통역량 : 기초역량이라고도 하며 조직 내 구성원 모두가 공통적으로 보유하고 있어야 하는 역량을 말한다.

② 기능역량 : 관리역량이라고도 하며 조직 내 각 기능별로 요구되는 역량을 말한다. (인사, 재무, 생산, 마케팅 기능)

③ 직무역량 : 개인역량이라고도 하며 조직 내 각 기능부문이 효과적으로 운영되기 위해 종업원별로 갖추어야 할 구체적인 능력을 말한다.

☞ 역량이란 어떤 일을 해내는 힘이나 기량을 뜻하는 것으로 높은 성과를 내는 사람들로부터 일관되게 관찰되는 심리적·행동적 특성을 말한다.

4. 교육 훈련의 구분

1) 대상에 따른 분류

① 신입사원 교육훈련 : 기업문화에 신속히 적응하고 신입사원의 직무능력 향상을 위해 실시하는 것으로 입직훈련, 기초훈련, 실무훈련으로 구분해 볼 수는 있으나 정형화되어 있지 않다. 입직훈련은 기업의 규범들에 관한 내용을 개괄적으로 학습하게 하는 것이며, 기초훈련은 기업의 연혁이나 방침, 직무수행의 방법 및 직무수행 등에 필요한 기초적인 지식과 기술을 학습하게 하는 것이다. 실무훈련은 신입사원이 담당해야 할 직무를 중심으로 실제 필요한 직무능력 및 방법 등을 학습하게 하는 것을 말한다.

☞ 주로 OJT, Off JT 등과 혼용하여 활용한다.

② 작업층 교육훈련 : 실무를 수행하는 종업원들을 대상으로 해당 직무수행에 필요한 구체적인 기능의 향상을 위해 실시하는 것으로 실습장 훈련과 OJT, Off JT, 직업학교 훈련 등을 활용한다.

③ 관리층 교육훈련 : 최고관리층의 의사결정 능력, 중간관리층의 인간관계 능력, 하위관리층의 기술적 능력 향상을 위해 실시하는 것을 말한다.

2) 장소에 따른 분류

① 직장 내 교육훈련 (OJT) : 선임자나 감독자로부터 직무수행에 대해 직접적으로 훈련받는 것을 말한다. 실제 직무수행 과정에 직결되어 있고 구체적이기 때문에 훈련 효과와 학습의 전이 정도가 높으나 선임자나 감독자의 능력에 따라 학습의 결과에 차이가 발생하며 다수의 직무수행자를 대상으로 하기 곤란하다는 단점이 있다.

② 직장 외 교육훈련 (Off JT) : 실제 직무수행 장소를 벗어나 별도의 교육 장소에서 훈련받는 것을 말한다. 교육훈련에만 집중할 수 있고 한 번에 많은 종업원에게 통일적인 교육훈련을 실시할 수 있으나, 실무와의 연계가 어렵고 교육훈련의 비용이 발생한다는 단점이 있다.

3) 내용에 따른 분류

교육훈련의 내용에 따른 분류이며 기능교육, 노동교육, 교양교육으로 구분되지만, 각각 별개로 진행되는 것이라기보다는 상호연관을 가지고 동시에 시행되는 경우가 많다.

5. 교육훈련 기법 (관리층 교육훈련)

1) 교육훈련 내용에 따른 분류

① 인바스켓 훈련 : 의사결정 능력의 향상을 위한 것으로 훈련참가자에게 가상의 기업에 대한 생산제품, 조직구조, 종업원에 대한 정보 등의 모의 경영상황을 제공하여 훈련참가자들이 이러한 특정경영상황에서 문제해결을 할 수 있도록 훈

련시키는 것을 말한다. 훈련참가자들의 흥미 유발은 가능하지만 교육훈련 효과 측정에 어려움이 있다.

② 비즈니스 게임 : 의사결정 능력의 향상을 위한 것으로 훈련참가자들을 소수의 인원으로 여러 팀을 구성하여 각각의 팀에게 서로 다른 가상의 기업에 대한 외부경영환경 및 내부환경을 제시한 후 각 팀을 경쟁하게 하여 가장 높은 수익률을 달성할 수 있도록 훈련시키는 것을 말한다. 의사결정 결과가 즉각적으로 피드백되지만, 현실에 적용하기 어렵다.

③ 사례연구 : 의사결정 능력의 향상을 위한 것으로 기업에서 발생한 사건과 현황들을 훈련참가자에게 제시한 후 이러한 정보들에 대한 문제점과 원인을 파악하여 대안을 제시할 수 있도록 훈련시키는 것을 말한다. 현실적인 문제에 대한 학습이 가능하지만, 적절한 사례의 확보와 학습 진도의 측정이 어렵다.

④ 역할연기법 : 인간관계 능력의 향상을 위한 것으로 훈련참가자들에게 현실에 근접한 상황을 설정하여 특정 역할을 연기하게 함으로써 각각의 역할과 상황을 이해할 수 있도록 하는 체험기법을 의미한다. 훈련참가자들은 직접 체험하면서 자신의 행동과 타인의 연기를 통해 다양한 것을 학습할 수 있으나, 교육훈련의 범위가 제한적이다.

⑤ 행동모델법 : 인간관계 능력의 향상을 위한 것으로 훈련참가자들에게 어떤 상황에 대한 가장 이상적인 행동을 제시하여 그 행동을 이해하고 모방하게 하도록 훈련시키는 것을 말한다. 신속한 학습과 시행착오를 줄여주는 효과가 있으나, 교육훈련 기법의 개발비용이 상당하고 교육훈련의 내용과 범위가 제한적이다.

⑥ 교류분석법 : 인간관계 능력의 향상을 위한 것으로 두 사람 간의 대화 내용을 분석함으로써 훈련시키는 것을 말한다. 인간관계의 통찰력을 제고할 수 있으나, 진도파악이 어렵고, 기업교육에 맞는 교류분석 사례개발의 어려움이 있다.

⑦ 대역법 : 직무지식의 향상을 위한 것으로 직속 상사와 직속 상사의 자리를 계

승할 예정인 종업원과 함께 직속 상사의 직무를 수행하면서 훈련시키는 것을 말한다. 학습의 효과 및 학습의 전이 정도가 높으나, 직속 상사의 능력에 따라 교육훈련의 결과가 다르다.

⑧ 청년중역회의법 : 조직 전반에 대한 지식향상을 위한 것으로 관리자 또는 관리자가 될 예정인 종업원들을 대상으로 모의이사회를 구성하게 한 후 정기적인 모임을 통해 기업의 문제점을 제시하고 이에 대한 해결방안을 도출하도록 하여 해당 부서에 피드백 함으로써 문제를 해결할 수 있도록 훈련시키는 것을 말한다. 조직 전반에 대한 지식획득에 효과적이고, 의사소통 과정에 긍정적인 영향을 미치나, 청년중역회의에 선발되지 못한 종업원의 반발이 예상된다.

⑨ 코칭 : 새로운 역량을 전수하기 위한 것으로 훈련실시자와 훈련참가자의 개인적인 접촉을 통해 훈련시키는 것을 말한다. 훈련실시자는 훈련참가자의 직무수행 행동을 관찰함으로써 효과적인 직무수행에 필요한 행동방식과 역량 등을 지도하여 훈련참가자가 이를 획득할 수 있도록 조력하기 때문에 매우 구체적이고 학습의 전이 정도가 높으나, 유능한 훈련실시자의 선발이 어렵다.

2) 감수성 훈련

훈련참가자들이 자신들의 감정과 그 감정이 상대방에 미치는 영향에 대한 집단 상호작용 과정을 더욱 잘 이해하게 만들어 인간관계를 향상시키고자 하는 것이다. 감수성 훈련은 소집단 모임의 대면접촉을 통한 상호작용으로 인간관계에 대한 이해와 기술을 향상시키고자 하는 사회성 훈련기법으로 리더십 훈련에서도 중시된다. 훈련참가자들은 감수성 훈련을 통해 서로 이해하고 협동하여 기업활동 및 성과향상에 이바지한다.

☞ 역할연기법은 특정의 역할을 연기해봄으로써 각 역할에 대한 이해를 높이기

위함이고 감수성 훈련은 현재 자신의 역할이 상호작용 등에 미치는 영향을 파악하기 위한 것이다.

3) 액션러닝 (Action Learning : 행동을 통한 학습)

훈련참가자들이 팀을 구성하여 동료와 촉진자의 도움을 받아 실제 업무의 문제를 해결함으로써 학습을 하는 훈련방법이다. '행함으로써 배운다.'라는 학습원리를 근간으로 소규모 집단이 한 팀으로 구성되어 실천현장에서 발생하는 문제를 팀 학습을 통해서 다양한 아이디어를 도출하여 적용하는 과정을 통해 체험하는 학습을 강조하는 전략이다.

이 방법은 문제의 답은 밖에 있지 않고 안에 있다고 가정한다. 전문가가 일방적으로 처방해준 해결 대안보다는 외부전문가의 도움을 받되 문제 상황에 직면하고 있는 내부구성원이 문제해결을 위한 아이디어 구상과 실제 해결 대안의 탐색 및 적용 과정의 주체가 되어야 학습의 효과가 실천적인 성과로 연결될 수 있다는 가정을 하고 있다. 책상이나 강의장에 앉아서 수동적으로 전문가의 강의를 듣는 것보다는 동료들과의 건설적인 대화를 통해 다양한 팀원들이 함께 공동의 노력으로 문제에 대한 해결방안을 탐색하는 학습과정을 강조한다.

액션러닝은 학습과 결과활용 간의 소요시간을 획기적으로 단축하게 해주며 개인과 집단의 경험을 토대로 한 지식을 활용하고, 교육훈련의 결과와 과정을 모두 강조한다. 뿐만 아니라 교육훈련의 비용을 감축시켜주며 구성원들의 조직몰입을 증가시키는 효과가 있다. 하지만 교육훈련의 시간이 많이 소요되며, 구성원 개인의 특성에 따라 학습 효과의 차이를 유발한다.

☞ 투입대비 산출의 양이 더욱 많아서 교육훈련의 비용을 감축시킨다는 표현이 들어있다.

6. 교육훈련 평가

1) 평가의 의의 및 목적

교육훈련에 대한 평가를 통해 해당 교육훈련의 결과를 알 수 있고, 그 결과를 토대로 다음 단계의 교육훈련 계획이 마련되므로, 교육훈련을 계속적으로 제고하게 된다.

2) 교육훈련의 평가단계 (Kirkpartrick 모형)

커크패트릭은 교육훈련의 성과를 다음의 4가지 수준으로 나눠서 평가하고 있다.

① 반응평가 (제1단계) : 교육훈련 프로그램에 참여한 참가자들의 프로그램 만족도를 측정하는 것으로 주로 프로그램의 질, 운영과정, 수업방법 등에 대한 의견을 파악하는 단계이다.
② 학습평가 (제2단계) : 교육훈련 프로그램 참가자들의 지식, 스킬, 태도 등이 어느 정도 향상되었는지를 측정함으로써 프로그램의 교육적 효과를 목표 측면에서 파악하는 단계이다.
③ 행동평가 (제3단계) : 교육훈련 프로그램 참가자들이 숙달한 지식, 스킬, 태도를 자신의 업무현장에 적용하고 있는지 확인하는 것으로 학습의 전이가 나타나는지를 파악하는 단계이다. 현업적용도 평가라고도 불린다.
④ 결과평가 (제4단계) : 교육훈련 프로그램에 참가한 사람들의 학습결과로 기업

의 경영성과가 향상되었는지를 파악하는 단계이다.

3) 교육훈련의 타당성 평가 (Goldstein)

교육훈련이 당초에 목표한 바를 충족시키는 데 이바지하였는지를 평가하는 것으로 골드스타인은 다음과 같이 4가지를 구분하여 설명하고 있다.

① 훈련 타당성 : 훈련참가자와 계획된 교육훈련 프로그램과 서로 매치가 되는지를 검증하는 것을 말한다.
② 전이 타당성 : 훈련참가자의 교육훈련 프로그램 참여 이후에 대한 직무 성공 여부를 검증하는 것을 말한다.
③ 조직 내 타당성 : 교육훈련 프로그램이 동일한 조직 내의 다른 집단의 훈련참가자에게도 동일하게 효과적인지를 검증하는 것을 말한다.
④ 조직 간 타당성 : 교육훈련 프로그램이 다른 기업이나 다른 업종의 훈련참가자에게도 동일하게 효과적인지를 검증하는 것을 말한다.

4) 교육훈련의 ROI 평가

☞ ROI 분석은 인적자원관리 전 분야에서 활용될 수 있다. 다시 말해 인적자원관리의 모든 활동 분야에 대한 투자수익률을 분석해 볼 수 있다는 것이다. 주로 교육훈련 목차 아래 소개되어 있고 교육훈련분야의 ROI 분석이 다른 인적자원관리 활동에 비해 수월하기 때문에 교육훈련 평가부문에서 주로 다루고 있다.

전략경영에 관심이 높아지면서 교육훈련에 대한 성과측정의 수치화를 중요시하여 각종 교육훈련 프로그램들에 대한 투자수익률 활용의 중요성이 증대되고 있다.

ROI (Return On Investment)는 투입-산출을 비교하는 것으로 기업이 얻은 효익을 화폐적 가치로 환산하여 인적자원에 투자한 비용으로 나누어 도출할 수 있다. ROI 값이 클수록 투자비용에 비해 성과가 높다는 것을 알 수 있다.

$$ROI(\%) = \frac{순효익(요익-비용)}{비용} \times 100$$

투자 (비용)의 요소로는 급여, 복리후생비용, 교육훈련비용이 있으며 효익의 요소로는 이직, 근태, 보상비용의 절감액과 종업원의 사기 저하 방지비용 및 교육훈련을 통한 화폐적인 개선 효과 등이 있다.

5) 교육훈련평가의 미시적 접근법

교육훈련을 구성하는 개별요소에 대한 평가를 의미한다. 다시 말해 교육훈련 프로그램의 내부에 초점을 맞춘 평가이다. 거시적 접근법에 비해 교육훈련 프로그램이 실패하였을 경우 그 원인을 분석하는 데 더욱 유용한 것으로 여겨진다.

① 교육훈련의 내용 평가 : 훈련참가자에게 무엇을 학습시킬 것인가에 대한 평가를 말한다.
② 교육훈련의 참가자 평가 : 잠재력이 우수한 참가자를 선발했는지에 대한 선발평가, 교육훈련 실시 전·후 태도 변화에 대한 반응평가, 기업이 원하는 자격 수준에 도달했는지에 대한 학습성과 평가, 학습의 전이에 대한 적용 효과 평가를 말한다.
③ 교육훈련의 기법 평가 : 실시한 교육훈련 프로그램이 어느 정도의 교육 훈련 효과가 있는지에 대한 평가를 말한다.
④ 교육훈련의 실시자 평가 : 훈련실시자가 교육훈련의 내용을 얼마나 충실하게

전달하였는지에 대한 평가를 말한다.

6) 교육훈련평가의 거시적 접근법

교육훈련활동 전체를 하나의 평가단위로 간주하여 평가하는 것을 말한다. 따라서 전체적인 틀에서의 평가는 가능하지만, 각각의 요소들에 대한 변화로 인해 발생하는 결과는 알 수 없다. 하지만 교육훈련활동에 투입되는 요소 중 화폐적으로 환산할 수 있는 요소를 가지고 평가하기 때문에 보다 객관적인 평가라 할 수 있겠다.

① 비용비교분석법 : 교육훈련 활동에 투입된 자원 중에서 화폐적으로 환산할 수 있는 요소를 중심으로 평가하는 것이며 각각의 요소는 임금, 재료비 등과 같은 직접비용과 스텝임금, 지원비 등과 같은 간접비용 또는 기간별, 연도별 등으로 구분하여 분석할 수 있다. 예산을 수립하는 데 유용한 정보를 제공하지만, 비용에 관심을 가지기 때문에 관련 비용의 감소를 초래한다.

② 비용편익분석법 : 교육훈련 활동에 투입된 자원 중에서 화폐적으로 환산할 수 있는 요소와 교육훈련을 통해 산출된 결과를 화폐적으로 서로 비교분석하여 평가하는 것을 말한다. 교육훈련의 경제적 측면의 인식을 강조하기 때문에 임의적인 의사결정을 배제할 수 있고, 기업의 예산편성에 긍정적으로 이바지를 할 수 있으나, 교육훈련의 결과에 대한 구체적인 원인을 파악하기 어렵다.

Ⅱ. 경력관리

1. 경력개발의 의의 및 목적

1) 경력개발의 의의

① 경력 : 한 개인이 일생에 걸쳐 일과 관련하여 얻게 되는 경험을 말한다.

② 경력관리 : 개인이 경력목표와 전략을 계획하고 실행하며 통제하는 활동을 말한다.

③ 경력개발 : 개인 측면에서는 개인이 일생에 걸쳐 직무와 관련된 경험을 통해 직무에 관련된 태도, 능력, 성과를 향상시키는 과정을 말한다. 조직 측면에서는 입사에서부터 퇴직까지의 경력경로를 종업원과 기업이 함께 계획하고 관리하여 종업원의 욕구와 기업의 목표를 통합해나가는 총체적인 과정을 말한다.

④ 경력역할 : 경력욕구와 관련하여 기업이 종업원에게 기대하는 행동을 말한다.

⑤ 경력상황 : 기업이 제공하는 경력기회(경력경로)를 말한다. 이는 종업원에게 원하는 직무가 기업에 존재하는지 동일한 경력경로를 얼마나 많은 종업원이 추구하는지에 대한 경쟁상태 등을 의미한다.

2) 경력개발의 목적

① 기업 측면(경제적 효율성) : 능력 있는 인적자원을 확보할 수 있고 종업원의 다양한 직무능력을 활용함으로써 기업경쟁력을 높이고 기업의 협동시스템을 향상시킬 수 있다.

② 종업원 측면(사회적 효율성) : 성장 욕구를 충족시키고 목표를 설정하며 다양하고 전문적인 직무능력 획득을 통해 직무만족 및 올바른 보상의 기회를 얻을 수 있다.

3) 개인의 경력유형 (Schein의 경력 닻 모형)

샤인은 개인이 포기하지 않을 직업 혹은 직무상의 관심사나 가치에 대한 경력욕구를 배의 닻에 비유하여 다음과 같이 제시하였다.

☞ 경력개발과정을 배의 항해에 비유하여 어디에 정박해야 할지 모르는 배가 항해를 계속하면서 정박하고자 하는 항구를 찾게 된다는 것이다.

① 관리지향 (관리직) : 진정한 일반관리자가 되기를 원하는 유형으로 책임수준, 리더십 발휘의 기회, 조직에 대한 공헌기회의 증대 등을 의미하는 승진을 주요 가치와 동기로 생각하며, 자신이 수행하는 직무가 기업의 성공에 중요한 역할을 차지할 것을 기대한다.

② 기술-기능지향 (전문능력) : 특정직무에 강한 재능과 동기유인을 가지고 있으며, 직무내용에 관심이 많은 유형으로 도전적인 과업을 선호한다. 기업의 목표 달성에 참여하고 합의된 목표성취를 위한 자율성을 기대한다.

③ 안전·안정지향 (안전·안정성) : 자신의 고용안정에 강한 욕구를 가지고 있으며, 현재 소속된 기업에서의 고용안정을 원하는 유형과 특정 지역에서의 고용 안정을 원하는 부류로 구분된다. 직무의 내재적 요인보다는 외재적 요인에 관심이 강하며, 자신의 성과나 충성심으로 인정받아 직장안전이 강화되기를 기대한다.

④ 창의성지향 (창의성) : 신규조직이나 신제품 등을 창출하는 창의성을 중요시하는 유형이다. 자신의 부를 축적한 것이 곧 사업이 성공한 것으로 판단하며, 소유권을 중시하고 복리후생 등에는 관심을 가지지 않는다.

⑤ 자율지향 (자율·독립성) : 기업은 종업원을 규제하려고 하며 비이성적이고 강압적이라 생각하기 때문에 자유로운 직업을 선호하는 유형이다. 계약직이나 파트타임 등의 근로형태와 성과에 의한 보상을 원하고, 승진을 과거 성과에 대한 보상의 개념으로 인식하기 때문에 승진을 통해 자율성의 확대를 기대한다.

이후 추가연구를 통해 아래 3가지 경력의 닻을 제시하였다.

⑥ 봉사지향 : 자신이 가진 특정의 중요한 가치를 기준으로 직무의 가치를 평가하는 유형이다. 대체로 공헌에 대한 공정한 보상을 원하지만, 보수 자체는 중시하지 않고, 공헌에 대한 승진을 통해 영향력을 발휘하고, 보다 자율적인 행동을 할 수 있길 기대한다.

⑦ 도전지향 : 항상 어렵고 도전적인 문제의 해결기회를 제공하는 직무를 선호하며, 일상의 직무를 전투라 생각하고 승리를 최대의 목표로 삼는 유형이다. 기술-기능지향형과 달리 직무의 내용에는 관심이 낮다.

⑧ 생활지향 : 경력은 그리 중요하지 않으며, 경력이 전체적인 생활 스타일과 잘 어울려야 한다고 생각하는 유형이다. 가족생활과 경력을 조화롭게 통합할 방법을 찾는 것에 관심이 높다.

4) Hall의 경력단계 모형

홀에 따르면 개인이 추구하는 경력욕구는 그의 연령에 따라 변화한다고 하면서, 다음과 같이 각각의 경력단계와 단계별 경력욕구의 형태를 제시하였다.

① 탐색단계 (1단계) : 25세 이하에서 나타나며, 개인이 자아개념을 정립하고 경력방향을 결정하는 단계로 직업탐색이 일어나며, 경력에 대한 정체성이 형성되는 시기이다.

② 확립단계 (2단계) : 특정한 직무영역에 정착하게 되면 성과가 향상되며, 조직에 대한 친밀감과 경쟁심이 작용하는 단계이다.

③ 유지단계 (3단계) : 직무수행에만 관심을 가지는 단계로써 생산의 시기라고도 하며, 자신을 조직과 동일시하게 되는 경향이 강해진다. 이 시기에 중년의 위기가 나타나며, 이를 얼마나 잘 극복하느냐에 따라 성장과 쇠퇴가 결정된다.

④ 쇠퇴단계 (4단계) : 은퇴를 준비하는 시기이며, 자신의 인생에 대한 의미를 총

정리하는 단계로 통합단계라고도 한다.

5) 조직의 경력욕구

미래에 요구되는 인력을 효율적으로 확보하고, 종업원의 능력 신장을 통해 기업 경쟁력을 제고시키는 데 그 목적이 있다.

조직의 경력욕구는 기업의 경영전략에서 파생되며, 현직종업원의 능력을 신장시켜 성과의 향상을 추구하고, 종업원에게 미래의 비전을 제시함으로써 심리적 안정감과 이직률의 감소를 추구한다. 이는 조직의 사회적 효율성을 극대화하는 효과를 준다.

6) 경력욕구의 통합

개인의 경력욕구와 조직의 경력욕구가 일치하지 않을 경우에는 개인과 조직의 경력욕구를 조정해야 한다. 조직과 개인의 경력욕구가 조정되어 통합되면 조직은 조직개발로 개인은 경력개발로 이어진다.

2. 경력경로 설계

1) 경력경로

개인이 조직에서 여러 종류의 직무를 수행하는 과정을 통해 경력을 쌓으면서 수행할 직무들의 배열을 의미한다.

2) 경력경로의 형태

① 전통적 경력경로 : 개인이 경험하는 조직 내 직무들이 서로 수직적으로 배열되어 있는 것을 말한다. 즉 해당 직급 내에서 하나의 직무만 수행한 후 상위수준의 직무로 승진하는 것이다. 전문성이 극대화되고 미래의 경력경로를 명확히 알 수 있지만, 기업환경의 변화로 인해 중간관리층이 슬림화되고 기업과 종업원 간의 관계에 대한 유대감의 강도가 낮아지기 때문에 경력욕구 충족에 한계가 발생한다.

② 네트워크 경력경로 : 개인이 경험하는 조직 내 직무들이 서로 수직적, 수평적으로 배열되어 있는 것을 말한다. 즉 해당 직급 내에서 여러 종류의 직무를 수행한 후 상위직급으로 승진하는 것이다. 종업원에게 다양한 직무경험을 할 수 있게 하여 인력배치의 유연성을 높일 수 있지만, 여러 상이한 직무를 수행하기 때문에 특정 분야의 전문성을 극대화시키는 데 제약이 있다.

③ 이중 경력경로 : 기술직 종사자들을 대상으로 직무에 대한 경험이 쌓이고 난 후 관리직으로 이동시키지 않고 계속 기술직에 종사하게 함으로써 해당 종업원들의 기술 전문성을 향상시키고자 하는 것을 말한다. 직무수행자가 경로를 선택할 수 있으며 주로 연구소나 첨단기술을 보유하고 있는 기업에서 활용하는 경력경로이다.

④ 프로티안 경력경로 : 경력개발의 책임은 바로 자신에게 있다고 보고 조직에서 임금이나 승진과 같은 전통적인 외적 기준보다는, 자신의 직무와 관련된 만족과 성취 그리고 직장생활과 개인 생활 간의 균형 등 자신이 느끼는 심리적 경력 성공에 초점을 맞춘 것을 말한다. 즉 경력성공에서의 핵심적 가치는 자신의 심리적 자유 및 성장에 있는 것이다. 지속적인 학습이나 구체적 직무에 대한 수행 능력보다 전반적인 적응력을 중요시하며, 한 직장에서의 고용안정보다는 노동시장에서의 고용가능성을 강조한다. 결국, 과거처럼 조직 내에서의 수직적 이

동이 개인의 경력목표로서 더 이상 의미를 갖지 못하며 경력과 관련되는 개인
의 주관적·인지적인 측면이 중요시되고, 경력계획의 주체도 조직에서 개인으
로 이동된다.

⑤ 무경계 경력 : 단일 고용환경의 경계를 뛰어넘는 일련의 직무기회들로 정의될
수 있는데 이는 21세기 들어 경력 패러다임의 변화가 나타나면서 새로이 등장
한 개념이다. 개인의 경력경로가 조직이나 산업 및 직업 심지어 국가의 경계까
지도 넘어 전개된다는 점을 강조하고 있으며, 이러한 무경계경력은 직장의 경
계를 넘어서기 때문에 현 고용주가 아니라 외부에서의 가치와 시장성을 인정받
는 것이 중요하며, 조직이 아니라 개인이 전적으로 관리하게 되는 경력이라는
점에서 특징적이다. 전통적인 조직중심의 경력개념과는 다른 독립적인 경력개
념이라고 할 수 있다.

3) 경력정체

개인의 직위이동과 같은 승진이 멈추거나 더 이상의 책임이 증가하지 않는 것을
말한다. 승진정체는 객관적인 직급상승의 정지를 의미하나 경력정체는 승진정체 및
개인이 느끼는 주관적인 정체를 포함한 것을 의미한다.

(1) 경력정체의 원인

① 객관적 경력정체 (구조적 경력정체) : 기업에 존재하는 객관적인 상위직급의
제한으로 발생하며 99%의 법칙이라고도 한다.
② 주관적 경력정체 : 구조적인 문제로 인해 발생하는 것이 아닌 개인 스스로 직
무에 만족하지 못하는 경우에 발생한다.

(2) 경력정체 인력의 유형

① 방어형 : 경력정체의 원인이 기업과 타인에게 있다고 생각하고 적극적으로 행동하는 유형으로 조직에 대한 비난과 부정적인 행동을 과감히 행한다.

② 절망형 : 경력정체의 원인이 기업과 타인에게 있다고 생각하지만, 수동적인 행동유형으로 인해 절망하고 무기력한 모습을 보인다.

③ 성과미달형 : 경력정체의 원인이 자신에게 있다고 생각하지만, 수동적인 행동유형으로 인해 현실에 안주한다.

④ 이상형 : 경력정체의 원인이 자신에게 있다고 생각하고 적극적인 행동을 하는 유형으로 주어진 상황에서 최선을 다한다.

(3) 경력정체의 대안 (극복방안)

① 객관적 경력정체의 경우 : 기업을 확장하거나 이중경력경로 또는 직능자격제도의 도입을 통해 극복할 수 있다.

☞ 직능자격제도 : 연공서열식의 인사제도와 능력주의 인사제도의 장점을 결합한 것으로 일정한 근속연수가 경과한 후 해당 자격의 직무를 수행할 능력이 있다고 인정되면(조직 구조상 상위직급이 없다면 이를 새로 만들어서라도) 자격을 부여하는 제도이다.

② 주관적 경력정체의 경우 : 직무 재설계를 통한 직무 충실화나 순환배치를 통해 극복할 수 있다.

☞ 직무 충실화를 위한 일반적인 방법은 종업원 스스로 작업일정 및 방법 등에 대한 계획, 실행, 통제를 할 수 있도록 지원하면서 작업에 필요한 기술 등을 능동적으로 학습할 수 있도록 분위기를 조성하고 여건을 마련하는 것이다.

3. 승진

1) 승진의 의의

기업 내 종업원의 직무서열 혹은 자격서열의 상승을 의미하며 상위직급으로의 이동, 직무에 대한 의사결정 권한 및 책임 증가, 보상의 증가가 수반된다.

2) 승진의 중요성 및 필요성

종업원에게 승진은 개인의 자아발전 욕구를 충족시키며, 기업에게는 효율적인 인적자원개발의 근간이 된다.

3) 승진정책

① 연공주의 : 종업원의 근무경력에 따라 승진에 대한 우선권을 주는 것을 말한다.
② 능력주의 : 종업원이 기업의 목표달성에 기여하는 정도에 따라 승진에 우선권을 주는 것을 말한다.
☞ 능력주의와 연공주의는 반드시 상호 배타적인 것이 아니라 상호 보완적인 의미를 가질 수 있기 때문에 환경요소를 고려하여 해당 기업의 실정에 맞는 적절한 절충주의를 택하는 것이 바람직할 것이다.

4) 승진의 원칙

① 적정성의 원칙 : 승진기회를 어느 정도 부여했는지에 관한 것으로 과거의 승진기회와 현재의 승진기회를 비교하거나, 해당 기업과 유사한 조직에서의 구성원

이 받는 승진기회와 해당 기업의 승진기회를 비교하는 것을 말한다.

② 공정성의 원칙 : 종업원들에게 제공한 승진기회가 과연 올바른 사람에게 부여
됐었는지에 관한 것이다. 이를 확보하기 위해서는 승진기준에 대한 평가의 신
뢰성이 유지되어야 한다.

③ 합리성의 원칙 : 종업원이 기업의 목표달성에 이바지한 정도를 정확히 파악하
기 위해서 어떠한 행위 등이 기업의 목표달성에 긍정적이었는지에 관한 것이다.

5) 승진의 유형

(1) 속인기준

종업원이 수행하는 직무의 내용과 책임에 관계없이 종업원 자신의 능력이나 속
성에 근거한 승진을 의미한다. 즉 유능한 종업원을 승진시키는 것이다.

① 직급승진 (신분자격승진) : 현재의 위치보다 상위직급으로 이동하는 것을 말한
다. 일반적으로 상위직급의 자리가 공석이어야 가능하다.

② 자격승진 (직능자격제도) : 종업원이 갖추고 있는 직무수행 능력을 기준으로
승진시키는 제도를 말한다.

(2) 속업무기준

종업원의 직급과는 관계없이 종업원 자신에게 할당된 직무내용과 책임에 근거한
승진을 의미한다. 즉 업무특성과 권한의 행사여부에 적합한 종업원을 승진시키는
것이다.

① 역직승진 : 기업 내 각 부서 단위별로 소속 종업원들을 효율적으로 지휘, 통제하기 위한 부서의 장 등으로 승진시키는 것을 말한다.

② 직위승진 : 직무 중심적 능력주의에 근거하여 직무 자격요건에 적합한 적격자를 승진시키는 것으로 더욱 높은 수준의 직무를 담당하게 되는 것을 승진이라 할 수 있다.

(3) 기타승진

① 대용승진 : 준승진이라고도 하며 특정 종업원에 대한 승진의 필요성은 있으나, 담당 직책이 없으면 인사 체증과 사기 저하를 초래하기 때문에 직무 내용과 권한에는 변화 없이, 직위 명칭이나 호칭 등에서만 변화를 주는 형식적인 승진을 말한다.

3) 평가

평가란 근로자의 직무수행에 대한 성과 및 태도, 근태, 노력 등에 대해 기업이 판단하는 것으로 흔히 인사고과라 표현하기도 한다. 이러한 평가는 근로자가 자신의 직무를 성실히 수행하고 있는지 혹은 그에 대한 성과가 좋은지, 기업의 활동에 도움이 되는지 등을 확인하기 위한 활동인 것이다.

(1) 노무관리

관련법령 - 「기간제 및 단시간근로자 보호 등에 관한 법률」

제2조(정의) 이 법에서 사용하는 용어의 정의는 다음과 같다.

3. "차별적 처우"라 함은 다음 각 목의 사항에 있어서 합리적인 이유 없이 불리하게 처우하는 것을 말한다.

가. 「근로기준법」 제2조 제1항 제5호에 따른 임금

나. 정기상여금, 명절상여금 등 정기적으로 지급되는 상여금

다. 경영성과에 따른 성과금

라. 그 밖에 근로조건 및 복리후생 등에 관한 사항

제8조(차별적 처우의 금지)

① 사용자는 기간제근로자임을 이유로 당해 사업 또는 사업장에서 동종 또는 유사한 업무에 종사하는 기간의 정함이 없는 근로계약을 체결한 근로자에 비하여 차별적 처우를 하여서는 아니 된다.

② 사용자는 단시간근로자임을 이유로 당해 사업 또는 사업장의 동종 또는 유사한 업무에 종사하는 통상근로자에 비하여 차별적 처우를 하여서는 아니 된다.

노무관리 측면에서의 평가는 앞의 개발관리에서 언급한 것과 유사하다. 평가방식을 구체적으로 규정하거나 절차 내지는 결과에 대한 것을 입법적으로 해결한다는 것은 매우 어려운 일이 될 것이기 때문이다. 위의 규정은 「기간제 및 단시간근로자 보호 등에 관한 법률」이며, 이른바 비정규직에 대한 차별적 처우를 금지하고 정규직과의 실질적인 평등을 위해 제정된 법이지만, 기업 내 모든 근로자에 대한 이유 없는 차별에 대함을 얘기하고자 인용한 것이다. 「남녀고용평등과 일·가정 양립 지원에 관한 법률」에서도 근로자들에 대한 이유 없는 차별을 금지하고 있기에 이와 비슷한 맥락에서 이해하면 충분할 것이다.

즉 상식적인 수준에서 기업이 운영하고자 하는 평가방식이나 제도가 비정규직임을 이유로 차별하려는 의도나 결과, 혹은 성차별적인 요소를 제외시키는 방향으로 관리하는 것이 필요한 것이다.

(2) 인사관리

인사관리 측면에서의 평가는 시대적 흐름에 따라 유행을 따르는 경향도 있고, 새로운 평가방식이 개발되면 이를 먼저 도입하고자 하는 욕구도 존재한다. 하지만 평가방식은 정해진 절차와 방식이 없으므로, 개별 기업에서 원하는 대로 자유롭게 정해도 되는 것이다. 즉 기존의 평가방식 중에서 우리 기업과 가장 적합해 보이는 것을 우리만의 문화를 반영하여 적용하는 것이 매우 바람직한 방식일 것이다.

인사평가는 다른 인사관리의 하위시스템과 마찬가지로 그 목적이 분명해야 한다. 가장 대중적인 목적이 승진과 임금이다. 단적으로 표현한다면, 승진을 위한 평가와 임금을 위한 평가는 엄연히 다르다. 승진은 현재의 근로자 중 승진에 적합한 인물을 가려내는 것이며, 임금은 현재의 근로자에게 지급하는 임금이 직무의 내용이나 성과와 비교하여 적합한지를 확인하는 과정이다. 즉 승진을 위해서라면 상대평가가 적합하고, 임금을 위해서라면 절대평가가 적합하다는 것이다.

또한, 직무 적합성을 판단하기 위해서도 평가를 해 볼 수 있을 것이다. 만약 팀의 구성원 모두가 특정 평가에 낮은 점수를 얻었다면, 그 원인이 직무수행자에게 있는 것이 아니라 직무 그 자체 혹은 외부적 요인 내지는 기업 내 시스템 문제 때문일 수 있다는 것이다.

※ 평가단계에 대한 인사관리 이론.

Ⅰ.인사평가

1. 인사평가의 의의

1) 인사평가의 개념 및 목적 (인사고과, 근무평정)

종업원의 역량, 적성, 태도, 업적 등에 대한 평가를 토대로 종업원들의 상대적 가치를 밝히는 것을 말한다. 종업원들의 가치는 종업원 스스로의 직무수행 결과가 기업의 목표달성에 공헌하는 정도를 기준으로 결정된다. 이는 주로 적정배치와 종업원의 능력개발, 공정처우 등에 대한 근거로 활용된다.

☞ 직무평가의 개념 : 직무분석 정보를 토대로 해당 직무의 상대적 가치를 밝히는 것을 말한다. 직무의 가치란 해당 직무의 수행결과 (성과)가 기업의 목표달성에 공헌하는 정도를 기준으로 결정된다. 이는 직무급제도의 기초가 된다.

2) 인사평가의 3대 차원

평가대상, 평가비용, 평가의 시간지향성 (과거, 미래 지향적)

3) 인사평가 시스템의 패러다임 변화

인적자원관리의 다른 제 분야와 마찬가지로 조직의 변화 및 종업원의 가치관 변화 등으로 인해 인사평가 기능에서도 패러다임의 변화가 일어나고 있다.

① 평가자 : 전통적 인사평가가 직속 상급자나 동료, 고객 등에 의한 평가였다면, 현대적 인사평가는 상급자, 인사전문가, 조직 내 특정 구성원 등에 의한 평가이다.

② 평가요소 : 전통적 인사평가가 평가 대상자에 대한 업적, 능력, 인성적 특질을 위주로 한 평가였다면, 현대적 인사평가는 지식, 적성, 소질에 중점을 두어 특기, 기질 등을 요소로써 포함시키는 평가이다.

③ 시간지향성 : 전통적 인사평가가 과거지향적 평가로서 평가대상 기간이 단기간이었다면, 현대적 인사평가는 미래지향적 평가로서 평가대상 기간이 중·장기간인 평가이다.

④ 평가목표 : 전통적 인사평가가 종업원이 현재 담당하고 있는 업무와 관련된 목표달성 정도, 업적결과, 사회적 행동 등을 기초로 한 평가였다면, 현대적 인사평가는 조직의 미래 근무상황에 대비하여 개인과 집단의 잠재력을 확인하고 예측하는 평가이다.

⑤ 표준화정도 : 전통적 인사평가가 평가방법에 있어서 표준적, 비표준적 방식이 모두 가능한 평가였다면, 현대적 인사평가는 평가의 비교가능성을 높이기 위해 주로 표준화된 평가방법을 채택한 평가이다.

⑥ 평가결과 분석단위 : 전통적 인사평가가 주로 부서나 집단별로 평가결과를 분석하였다면, 현대적 인사평가는 주로 기능별, 직위별, 팀별로 세분화하여 평가결과를 분석한다.

⑦ 평가결과의 활용 : 전통적 인사평가가 MBO, 관리자를 위한 피드백·보상 및 교육훈련 관리를 위한 자료로 활용되었다면, 현대적 인사평가는 종업원 개인성향에 맞는 적정배치, 인적자원의 개발, 인사정보시스템 구축, 인력계획, 조직분석을 위한 자료로 활용된다.

2. 인사평가의 내용 (평가의 요소)

종업원의 개인적 특성에 따른 역량, 적성 (직무와 직무수행자 간의 적합성), 태도 (성과와 관련되는 직무수행 태도) 및 업적 (개인 및 팀의 조직목표달성 공헌도)에 대한 평가를 그 내용으로 한다.

☞ 직무평가의 요소와 비슷하다고 볼 수 있지만, 직무평가는 기업이 필요로 하는 직무에 대한 가치를 평가하는 것이고 인사평가는 해당 직무를 수행하는 종업원의 인적가치를 평가하는 것이기 때문에 직무수행에 대한 결과적인 측면과 종업원 특성 (성격, 가치관, 태도 등)에 대한 것이 더 강하다. 즉 일에 대한 평가인지 사람에 대한 평가인지로 구분해 볼 수 있다.

※ 역량이란 우수한 성과를 내는 종업원이 보유하고 있는 개인의 내적 특성을 말한다. 이는 공통역량, 기능역량, 직무역량으로 구분해 볼 수 있다.

3. 인사평가의 구성요건 (검증기준)

1) 타당성

평가내용이 평가목적을 얼마나 잘 반영하고 있는지에 관한 것을 말한다.

☞ 타당성을 높이기 위해서는 평가목적에 따라 평가내용을 차별화하고 평가 대상자별 (직종·직급 등)로 차별화된 평가요소 (평가항목)를 적용하여 각각의 평가 대상자에 대한 직종 및 직급의 특성을 잘 반영하도록 해야 할 것이다.

2) 신뢰성

측정하고자 하는 평가내용이 얼마나 정확하게 안정적이고 일관적으로 측정되었는지에 관한 것을 말한다.

☞ 신뢰성을 높이기 위해서는 평가자의 오류를 감소시키려는 방안으로 평가자에 대한 교육과 다면평가의 도입이 필요하고 평가결과의 피드백을 통한 의사소통 및 의사결정상의 오류들을 감소시켜야 할 것이다.

3) 실용성

인사평가 제도의 도입과 운영비를 비교하여 비용 대비 효익이 더 큰 정도를 의미한다.

4) 수용성

평가 대상자들이 인사평가 제도 및 목적, 결과에 대해 적법하고 공정하게 인식하며 이에 동의하는지에 관한 것을 말한다.

☞ 수용성을 높이기 위해서는 평가제도 개발 시 평가 대상자들을 참여시키거나, MBO와 같은 평가제도를 도입해야 할 것이다.

5) 전략적 수렴성

평가시스템이 기업의 전략과 목표 및 조직문화에 수렴하는지를 의미한다.

6) 기타

인사평가 제도는 관련법령에 따라 위법성이 없어야 하며, 기업의 전략과 목표에 부합해야하고, 각 평가 대상자들 간의 결과에 따른 차이가 차별이 아닌 것으로 인식되어야 한다. 뿐만 아니라 평가 대상자에게 기대되는 행동이나 업적 등을 구체적으로 알려줄 수 있어야 한다.

4. 인사평가의 방법

1) 평가자에 따른 분류

① 자기평가 : 종업원 자신의 능력개발을 목적으로 하며, 주로 관리층 평가에 보충적인 기법으로 활용된다.
② 상급자에 의한 평가 : 실시가 용이하고 평가 대상자에 대한 정보가 많지만, 주관적이기 쉽다.
③ 동료에 의한 평가 : 이해를 바탕으로 한 평가라 할 수 있으나, 경쟁자의 지위도 함께 가지기 때문에 편파적일 수 있다.
④ 하급자에 의한 평가.
⑤ 인적자원관리자나 전문가에 의한 평가 : 대표적인 예로 평가센터법이 있다.
⑥ 360도 다면평가.

2) 기법에 따른 분류

(1) 전통적 기법

① 서열법

② 평정척도법 : 평가 대상자의 역량 및 성과를 평가하기 위한 평가요소들을 제시하고 이에 대해 단계별 차등을 두어 평가하는 것을 말한다. 계량화가 가능하고 가중치를 둘 수 있으나, 평가요인의 선정과 구성이 어렵고 평가자의 오류가 발생할 수 있다. 일반적인 오지선다형 설문지를 의미한다.

③ 대조표법 (체크리스트법) : 설문지를 통해 평가 대상자의 능력 및 작업행동과 성과 등에 관한 표준행동을 제시하고 평가자가 이를 체크함으로써 평가하는 것을 말한다. 표준적인 행동을 기재한 후 해당하는 항목에 체크하도록 한 설문지이다.

④ 강제선택 서술법 : 설문지의 질문에 대한 응답표기 방식이 예, 아니오 등 쌍으로 구분되어 있는 서술문을 평가자에게 제시하여 평가 대상자에 비교적 가깝게 해당되는 답에 체크함으로써 평가하는 것을 말한다.

⑤ 중요사건 기술법 : 평가자가 평가 대상자의 일상적인 작업생활 중에서 특별히 효과적이거나 효과적이지 않은 행동 등을 기록하여 평가시점에 이를 정리하여 평가하는 것을 말한다.

⑥ 강제할당법 (상대평가법) : 전체 종업원들의 등급을 나누어 미리 정한 비율에 맞춰 평가 대상자를 강제로 할당하는 방법을 말한다. 예, A(10%), B(20%), C(40%), D(20%), E(10%)

(2) 현대적 기법

① 목표관리법 (MBO) : 목표관리는 목표설정이론과 유사한 현대적 관리기법으로 드럭커(Drucker)와 맥그리거(McGregor)가 주창하였다. 목표관리는 현대적 인사평가 기법의 하나로 측정 가능한 특정성과 목표를 설정하여, 실행하고 결과를 평가하는 과정에 종업원이 함께 참여하는 것이다. 이는 통제에 의한 관리에

목표를 제시하여 동기부여 하는 것을 반영한 것이다.

◦ 목표의 설정 : 목표는 측정할 수 있고 비교적 단기적이어야 한다. 뿐만 아니라 조직의 장기적이고 일반적인 목표와 연관되어 있어야 한다.

◦ 참여 : 목표설정 과정에 하급자를 참여시키는 것을 말한다. 하급자와 상급자가 함께 협의하는 과정을 통해 목표를 설정하게 되면, 결과적으로 직무만족도와 생산성이 향상될 것이다.

◦ 피드백 : 상급자와 하급자 사이의 상호작용을 의미한다. 목표설정 과정에 하급자의 의견이 충분히 반영되어야 하고, 하급자의 목표달성 과정과 정도를 상급자와 함께 정기적으로 평가해야 한다.

② 평가센터법. (모집과 채용 부문 참고.)

③ 행동기준평가법 (BARS : Behaviorally Anchored Rating Scales) : 평정척도법과 중요사건 기술법을 혼용하여 더욱 정교하게 수정한 기법으로 평가 대상자의 행동을 우수, 평균, 평균 이하와 같이 규정하도록 되어있는 행동기대 평가법과 서술된 행동기준을 평가 대상자가 얼마나 자주 보여주는지에 대한 빈도를 측정하는 행동관찰 평가법이 있다. 행동기준평가법은 평가 대상자의 구체적인 행동을 측정하기 때문에 평가의 객관성과 정확성, 공정성 및 평가자간 신뢰성을 높일 수 있을 뿐만 아니라 평가결과에 대한 피드백이 용이하여 평가 대상자에 대한 교육의 효과도 있다. 하지만 개발에 소요되는 비용과 시간이 상당하고, 평가 대상자가 설문지에 제시된 행동지표의 영향을 받아 다른 행동에 대한 고려가 어렵다는 단점이 있다.

◦ 행동기대 평가법 (BES) : 평가 대상자의 성과달성에 효과적인 직무행동과 비효과적인 직무행동을 구분하여 단계별로 나열한 후 평가자가 해당하는 항목에 체크하는 방법이다.

◦ 행동관찰 평가법 (BOS) : 행동기대 평가법에 제시된 성과수준별 패턴에 대한 평가오류를 극복하기 위해 개발된 것으로 평가 대상자의 행동빈도에 대해 체크

하는 방법이다.

☞ BARS와 BOS를 각각 별개의 기법으로 구분하여 보는 시각도 있다.

④ 다면평가 : 상급자가 하급자를 평가하는 하향식 평가의 단점을 보완하여 상급자에 의한 평가와 함께 평가자 자신, 부하직원, 동료, 고객, 외부전문가 등 다양한 평가자들에 의해 평가 대상자를 평가하는 것을 말한다. 다면평가로 인해 기업 내 의사소통이 활성화되고, 평가 대상자에 대한 평가가 다양한 관점에서 이루어질 뿐만 아니라, 다수에 의한 평가이므로 평가의 신뢰성이 매우 높다는 효과가 있으나, 인기투표로 변질될 가능성이 존재하고, 평가에 많은 시간과 노력이 소요되며, 조직구성원 간의 갈등이 발생할 수 있다는 단점이 존재한다.

⑤ 균형성과표 (BSC, Balanced ScoreCard) : 기업의 전략적 목표를 일련의 성과측정 지표로 전환할 수 있는 종합적인 틀로서 재무적 관점, 고객 관점, 내부프로세스 관점, 학습과 성장 관점의 4개 범주로 구분하여 평가하는 것을 의미한다. 이러한 균형성과표의 목표와 측정치는 조직의 비전과 전략으로부터 도출되는 것으로 주주와 고객을 위한 외부적인 측정치와 내부프로세스의 개선 및 학습과 성장이라는 내부적인 측정치 간의 균형, 과거노력의 산출물인 결과 측정치와 미래성과를 창출할 측정치 간의 균형, 객관적으로 정량화되는 재무적 측정치와 주관적인 판단이 요구되는 비재무적 측정치 간의 균형, 재무적 관점에 의한 단기적 성과와 나머지 세 가지 관점에 의한 장기적 성과 간의 균형을 강조하고 있다.

☞ 기존의 성과표는 재무적 관점에 대한 것만 존재하였으나, 균형성과표를 통해 다른 관점의 것도 측정하여 상호 간의 균형을 강조하게 되었다. 그래서 '균형성과표'라고 한다.

◦ 재무적 관점 : 주주에게 어떻게 보일 것인가를 중요시하는 관점으로 전략을 실행하여 영업이익이나 순이익 등과 같은 재무성과가 얼마나 개선되었는지를 측정하는 것이다. 재무적 관점은 성과측정 지표로 영업이익, 투자수익률, 잔여이

익, 경제적 부가가치 등을 사용하지만 판매성장이나 현금흐름 등에도 사용될 수 있다.

- 고객 관점 : 고객에게 어떻게 보일 것인가를 중요시하는 관점으로 전략을 실행하여 고객과 관련된 성과가 얼마나 개선되었는지를 측정하는 것이다. 고객관점은 성과측정 지표로 고객만족도, 시장점유율, 고객수익성 등을 사용한다.
- 내부프로세스 관점 : 주주나 고객을 만족시키기 위해 어떤 내부프로세스가 탁월해야 하는지를 중요시하는 관점으로 전략을 실행하여 기업내부에 가치를 창출할 수 있는 프로세스가 얼마나 개선되었는지를 측정하는 것이다.
- 학습과 성장 관점 : 비전을 달성하기 위해 변화하고 개선하는 능력을 어떤 방법으로 향상시켜야 하는지를 중요시하는 관점으로 전략을 실행하여 장기적인 성장과 발전을 위해 인적자원과 정보시스템 및 조직의 절차 등이 얼마나 개선되었는지를 측정하는 것이다.

5. 인사평가의 오류

① 범위제한의 오류 : 관대화 경향은 지각대상을 평가할 때 가급적이면 긍정적으로 평가하여 평과결과의 분포가 높게 편중되게 하는 경향을 말하며, 가혹화 경향과 반대의 의미를 가진다. 중심화 경향은 긍정, 부정의 양극단을 피하여 대다수의 평가결과가 중간으로 몰리도록 하는 경향을 의미한다. 이들을 범위제한의 오류라고 부른다.

② 후광효과와 뿔효과 : 후광효과는 현혹효과라고도 하며, 지각대상이 가지고 있는 개인적인 특성으로 인한 호의적인 인상이 지각대상의 다른 부분에 대한 평가에까지 호의적인 영향을 주는 것을 말하며, 이와 반대로 지각대상이 가지고 있는 개인적인 특성으로 인한 비호의적인 인상이 지각대상의 다른 부분에 대한 평가에 비호의적인 영향을 주는 것을 뿔효과라고 한다.

③ 상동적 태도 (스테레오 타입) : 후광효과와 뿔효과는 지각대상의 개인적인 특성에 근거하지만, 상동적 태도는 지각대상이 속한 집단의 특성에 근거하여 지각대상을 판단하는 오류이다. 다시 말해 지각대상의 출신지역이나 학교, 성별 등을 근거로 지각대상을 판단하는 것이다.

④ 자성적 예언 (피그말리온 효과) : 개인의 기대나 믿음이 그의 행동결과를 결정하는 지각오류를 말한다. 이는 지각자가 기대하는 미래나 상황을 현재의 상태라고 인식하는 것이며, 타인의 기대나 관심으로 인해 기대치에 맞는 긍정적인 결과를 낳게 하는 효과이기도 하다.

⑤ 대비효과와 유사효과 : 대비효과는 지각자가 지각대상을 다른 대상과 비교해서 평가하는 지각오류를 말한다. 대비효과에서의 비교대상은 서로 다른 지각대상이 될 수도 있고 자기 자신이 될 수도 있다. 이 중 지각대상과 자기 자신을 비교하여 평가하는 것을 유사효과라고 한다.

⑥ 초기효과와 최근효과 : 지각자가 얻은 정보 중에서 최근의 정보를 중요시해서 지각대상을 평가하는 것을 최근효과라고 하며, 반대로 초기에 얻은 정보가 평가에 크게 작용하는 것을 초기효과라고 한다.

⑦ 투영효과 : 투사효과라고도 하며, 이는 지각자가 가지고 있는 감정이나 특성을 지각대상에게 투영시킴으로써 발생하는 지각의 오류이다. 다시 말해 지각자의 주관적인 상황을 객관적인 상황으로 인식하게 되는 것을 의미한다.

⑧ 지각방어 : 지각자에게 불쾌한 감정이나 이전의 고정관념과 흐름을 달리하는 상황이 발생할 때 이를 회피함으로써 지각자 자신을 보호하고 방어하는 경향에서 발생하는 지각오류이다.

⑨ 상관편견 : 지각자가 다수의 지각대상 간에 논리적인 상관관계가 높지 않음에도 불구하고 상관관계가 높다고 판단할 때 발생하는 지각오류를 말하며, 논리적 오류라고도 한다. 즉 지각대상 중 일부가 우수하면 다른 지각대상도 우수할 것으로 판단하는 것이다.

6. 평가결과의 조정

각각의 평가 대상자들에 대해 목표 난이도를 잘못 설정하였거나 평가 대상자들에 대한 부정확한 정보나 평가자의 지각오류 등으로 인해 평가결과를 조정해야 할 필요성이 제기된다.

① 산술평균에 의한 조정방법 : 각 평가 대상자별로 결과의 차이가 크지 않은 경우에 각각의 평가점수와 해당 평가 대상자의 전체평균과 비교하여 평균과의 차이를 +또는 -하는 방법이다.
② 표준점수에 의한 조정방법 : 평가결과의 차이가 큰 경우에 표준점수를 활용하여 조정하는 방법이다. 다른 결과 간의 비교를 위해 평가결과의 표준화가 필요하며, 평가결과를 표준화하기 위해서는 원점수를 표준점수로 계산해주어야 한다.
③ 간격배율법에 의한 조정방법 : 평가결과의 분포에 큰 차이가 있는 두 가지 이상의 것을 동일한 표준범위에 비율별로 확산 또는 축소시켜 일률적으로 조정하는 방법이다.
④ 일대일 비교법에 의한 조정방법 : 서로 다른 평가자에 의해 평가된 평가 대상자를 한 쌍씩 비교함으로써 관대함과 엄격함을 조정하는 방법이다.

Ⅱ. 팀 평가

1. 팀 평가

1) 팀 목표 설정

팀에게 부여된 또는 팀이 설정한 목표의 달성 정도를 통해 팀의 효율성을 판단해

볼 수 있다. 이러한 팀의 목표는 기업의 경영전략으로부터 도출되거나 부합되어야 한다.

2) 핵심성과지표 개발 (KPI: Key Performance Indicator)

목표를 성공적으로 달성하기 위해 핵심적으로 관리해야 하는 요소들에 대한 성과지표를 말한다. KPI를 도출하고 활용하는 궁극적인 목적은 기업의 목표달성을 위해 종업원들에 대한 동기를 부여하는 데 있다. 따라서 KPI를 도출할 때 가장 중요하게 고려해야 할 원칙은 KPI 활용을 통한 종업원들의 동기부여 여부라 하겠다. 바람직하지 못한 KPI를 활용하는 경우에는 종업원들의 사고와 행동의 초점을 잘못된 방향으로 이끌게 되며, 이는 궁극적으로 구성원들의 의욕저하를 초래하고 기업 전체의 성과를 저하시키는 결과를 초래할 수 있기 때문이다. KPI는 평가의 어려움을 최소화시키기 위해 방향이 분명하고 단순해야 하며, 팀의 전략과 시장상황에 적절히 대응할 수 있는 유연성을 내포하고 있어야 한다.

① KPI 과정 : 팀의 업무목표 및 고객가치, 핵심성공요인을 먼저 파악하고 이를 통해 KPI를 도출해야 한다.
☞ 핵심성공요인 (CSF, Critical Success Factors) : 기업의 활동이 성공하기 위해 갖추거나 수행되어야 할 전제를 가리키는 것이다. CSF는 경영의 최종목표와 단기간의 목적을 성취하기 위한 중요한 요건이다.

3) 목표수준 설정

해당 팀의 역량과 주어진 업무여건, 구성원들의 특성 등을 고려하여 기업의 목표달성에 효과적인 목표수준을 설정해야 한다.

4) 가중치 부여

　팀 목표가 다수일 때 기업의 목표 및 전략 등에 따른 우선순위를 결정하여 반영해야 한다.

5) 평가실시 및 결과의 활용

　타당성, 신뢰성, 수용성, 실용성 등을 높일 수 있도록 평가를 시행하고 결과의 피드백에 의한 팀의 목표달성이 기업의 목표달성에 효과적이어야 할 것이다.

　현재 기업에서 활용 가능한 여러 가지 평가방식들이 개발되었고 활용되고 있다. 개인적으로는 이러한 평가기법들 역시 현재 혹은 당시의 사회문화적인 현상과 흐름 내지는 유행에 따라 변화되고 있는데 이를 기준으로 문제점을 지적해보고자 한다.

① 새로운 평가방식에 대한 호기심과 유행 등을 이유로 별다른 검토 없이 도입하는 경우가 많다.
② 평가의 목적 (선발, 개발, 보상, 방출 등)과 평가방식의 적합성을 검토치 않는 경우가 의외로 많다.
③ 가시적인 성과에만 연연하는 현상이 발생한다.
④ 평가자의 주관을 최소화하려는 노력이 부족하다.
⑤ 평가를 위한 평가를 하는 경우가 많다.
⑥ 평가를 보상으로만 연결하려는 경향이 강하다.
⑦ 평가에 대한 피드백을 생략시키는 경우가 많다.
⑧ 평가 대상자들에게 평가의 목적과 방식 등에 대해 자세한 설명을 생략하는 경

우가 많다.

결국, 이와 같은 문제점들에 대한 고민이나 검토 없이 평가관리를 진행한다면 오히려 기업의 분위기나 문화를 해치는 역효과만 발생할 수 있을 것이다.

4) 보상

보상이란 근로자가 근로를 제공하는 대가를 말하며, 「근로기준법」에서는 임금이라 표현한다. 보상은 크게 금전적 보상과 비금전적 보상 또는 법률적 보상과 법률외적 보상으로 구분할 수 있으며, 근로자에게는 생활의 주된 원동력이 되고, 기업에게는 비용(또는 투자)의 주된 원인이 된다.

이러한 보상은 소위 '닭이 먼저냐 달걀이 먼저냐'와 같은 문제를 유발하기도 한다. 근로자는 '많이 줘야 많이 일하지'라고 생각하고, 기업은 '많이 일해야 많이 주지'라고 생각하기 때문이다.

노동법적인 관점에서는 최소한 '일한 시간만큼'은 주어야 하고, 인사관리 측면에서는 '각각의 항목'별로 지급하는 경향이 있지만, 보상관리 측면에서만큼은 노동법적인 문제를 반드시 해결하고 나서 인사관리 관점으로 접근해야 한다. 법률적인 문제를 초래하는 보상 (법적인 기준보다 적게 준 보상)은 결국 임금체불로 이어지기 때문이다. 즉 보상의 총액이 얼마인지에 대한 문제보다는 어떤 명목으로 얼마만큼을 지급했는지가 더욱 중요하다는 것이다.

(1) 노무관리

관련법령 - 「근로기준법」

제2조(정의)

① 이 법에서 사용하는 용어의 뜻은 다음과 같다.

5. "임금"이란 사용자가 근로의 대가로 근로자에게 임금, 봉급, 그 밖에 어떠한 명칭으로든지 지급하는 일체의 금품을 말한다.

6. "평균임금"이란 이를 산정하여야 할 사유가 발생한 날 이전 3개월 동안에 그 근로자에게 지급된 임금의 총액을 그 기간의 총일수로 나눈 금액을 말한다. 근로자가 취업한 후 3개월 미만인 경우도 이에 준한다.

제43조(임금 지급)

① 임금은 통화(通貨)로 직접 근로자에게 그 전액을 지급하여야 한다. 다만, 법령 또는 단체협약에 특별한 규정이 있는 경우에는 임금의 일부를 공제하거나 통화 이외의 것으로 지급할 수 있다.

② 임금은 매월 1회 이상 일정한 날짜를 정하여 지급하여야 한다. 다만, 임시로 지급하는 임금, 수당, 그 밖에 이에 준하는 것 또는 대통령령으로 정하는 임금에 대하여는 그러하지 아니하다.

제46조(휴업수당)

① 사용자의 귀책사유로 휴업하는 경우에 사용자는 휴업기간 동안 그 근로자에게 평균임금의 100분의 70 이상의 수당을 지급하여야 한다. 다만, 평균임금의 100분의 70에 해당하는 금액이 통상임금을 초과하는 경우에는 통상임금을 휴업수당으로 지급할 수 있다.

② 제1항에도 불구하고 부득이한 사유로 사업을 계속하는 것이 불가능하여 노동위원회의 승인을 받은 경우에는 제1항의 기준에 못 미치는 휴업수당을 지급할 수 있다.

제48조(임금대장) 사용자는 각 사업장별로 임금대장을 작성하고 임금과 가족수당 계산의 기초가 되는 사항, 임금액, 그 밖에 대통령령으로 정하는 사항을 임금을 지급할 때마다 적어야 한다.

제49조(임금의 시효) 이 법에 따른 임금채권은 3년간 행사하지 아니하면 시효로 소멸한다.

제50조(근로시간)

① 1주 간의 근로시간은 휴게시간을 제외하고 40시간을 초과할 수 없다.

② 1일의 근로시간은 휴게시간을 제외하고 8시간을 초과할 수 없다.

③ 제1항 및 제2항에 따른 근로시간을 산정함에 있어 작업을 위하여 근로자가 사용자의 지휘·감독 아래에 있는 대기시간 등은 근로시간으로 본다

제53조(연장 근로의 제한)

① 당사자 간에 합의하면 1주 간에 12시간을 한도로 제50조의 근로시간을 연장할 수 있다.

② 당사자 간에 합의하면 1주 간에 12시간을 한도로 제51조의 근로시간을 연장할 수 있고, 제52조제2호의 정산기간을 평균하여 1주 간에 12시간을 초과하지 아니하는 범위에서 제52조의 근로시간을 연장할 수 있다.

③ 상시 30명 미만의 근로자를 사용하는 사용자는 다음 각 호에 대하여 근로자대표와 서면으로 합의한 경우 제1항 또는 제2항에 따라 연장된 근로시간에 더하여 1주 간에 8시간을 초과하지 아니하는 범위에서 근로시간을 연장할 수 있다.

1. 제1항 또는 제2항에 따라 연장된 근로시간을 초과할 필요가 있는 사유 및 그 기간

2. 대상 근로자의 범위

④ 사용자는 특별한 사정이 있으면 고용노동부장관의 인가와 근로자의 동의를 받아 제1항과 제2항의 근로시간을 연장할 수 있다. 다만, 사태가 급박하여 고용노동부장관의 인가를 받을 시간이 없는 경우에는 사후에 지체 없이 승인을 받아야 한다.

⑤ 고용노동부장관은 제4항에 따른 근로시간의 연장이 부적당하다고 인정하면 그 후 연장시간에 상당하는 휴게시간이나 휴일을 줄 것을 명할 수 있다.

⑥ 제3항은 15세 이상 18세 미만의 근로자에 대하여는 적용하지 아니한다.

제54조(휴게)

① 사용자는 근로시간이 4시간인 경우에는 30분 이상, 8시간인 경우에는 1시간 이상의 휴게시간을 근로시간 도중에 주어야 한다.

② 휴게시간은 근로자가 자유롭게 이용할 수 있다.

제55조(휴일)

① 사용자는 근로자에게 1주에 평균 1회 이상의 유급휴일을 보장하여야 한다.

② 사용자는 근로자에게 대통령령으로 정하는 휴일을 유급으로 보장하여야 한다. 다만, 근로자대표와 서면으로 합의한 경우 특정한 근로일로 대체할 수 있다.

제56조(연장·야간 및 휴일 근로)

① 사용자는 연장근로(제53조·제59조 및 제69조 단서에 따라 연장된 시간의 근로를 말한다)에 대하여는 통상임금의 100분의 50 이상을 가산하여 근로자에게 지급하여야 한다.

② 제1항에도 불구하고 사용자는 휴일근로에 대하여는 다음 각 호의 기준에 따른 금액 이상

을 가산하여 근로자에게 지급하여야 한다.

1. 8시간 이내의 휴일근로: 통상임금의 100분의 50

2. 8시간을 초과한 휴일근로: 통상임금의 100분의 100

③ 사용자는 야간근로(오후 10시부터 다음 날 오전 6시 사이의 근로를 말한다)에 대하여는 통상임금의 100분의 50 이상을 가산하여 근로자에게 지급하여야 한다

제57조(보상 휴가제) 사용자는 근로자대표와의 서면 합의에 따라 제56조에 따른 연장근로·야간근로 및 휴일근로에 대하여 임금을 지급하는 것을 갈음하여 휴가를 줄 수 있다.

제58조(근로시간 계산의 특례)

① 근로자가 출장이나 그 밖의 사유로 근로시간의 전부 또는 일부를 사업장 밖에서 근로하여 근로시간을 산정하기 어려운 경우에는 소정근로시간을 근로한 것으로 본다. 다만, 그 업무를 수행하기 위하여 통상적으로 소정근로시간을 초과하여 근로할 필요가 있는 경우에는 그 업무의 수행에 통상 필요한 시간을 근로한 것으로 본다.

② 제1항 단서에도 불구하고 그 업무에 관하여 근로자대표와의 서면 합의를 한 경우에는 그 합의에서 정하는 시간을 그 업무의 수행에 통상 필요한 시간으로 본다.

③ 업무의 성질에 비추어 업무 수행 방법을 근로자의 재량에 위임할 필요가 있는 업무로서 대통령령으로 정하는 업무는 사용자가 근로자대표와 서면 합의로 정한 시간을 근로한 것으로 본다. 이 경우 그 서면 합의에는 다음 각 호의 사항을 명시하여야 한다.

1. 대상 업무

2. 사용자가 업무의 수행 수단 및 시간 배분 등에 관하여 근로자에게 구체적인 지시를 하지 아니한다는 내용

3. 근로시간의 산정은 그 서면 합의로 정하는 바에 따른다는 내용

④ 제1항과 제3항의 시행에 필요한 사항은 대통령령으로 정한다.

위 조문 내용은 임금과 연관성이 높은 규정 중에서 중요한 것들만 간추린 것이다. 따라서 더욱 많은 지면을 할애해서 설명하는 것이 정확한 지식을 전달하는 데 도움이 되겠지만, 이 책의 목적은 인사노무관리에 대한 기본적인 구분과 이를 바라보는 관점을 깨우치기 위한 것이기 때문에 일반적으로 많이 적용되는 몇 가지 규정들만 설명토록 하겠다.

먼저 임금은 "사용자가 근로자에게", "근로의 대가"로 지급하는 것을 모두 지칭하는 표현이다. 단지 지급방식(또는 계산방식)에 있어 시급, 주급, 월급 등으로 구분하는 것뿐 이를 모두 임금이라 표현하는 것이다.

반대로 표현하자면 "사용자가 근로자에게" 지급하지 않는 것은 임금이 아니다. 가장 대표적인 예가 손님이 종업원에게 직접 지급하는 팁 같은 것이 되겠다. 즉 사용자가 아닌 제3자가 지급하는 것은 임금과 전혀 무관한 것이다.

또한 "근로의 대가"가 아닌 것 역시 임금이 아니다. 다소 무거운 개념일 수 있겠지만, "근로의 대가"란 쉽게 말해서 노동관계법상 사용자에게 "근로의 제공"과 관련하여 "지급의무"가 주어진 것을 말한다. 다시 말해 "근로의 제공"과 관련하여 "지급의무"가 없는 것은 임금이 아니다. 대표적인 예로 해고예고수당, 재해보상금은 사용자에게 지급의무가 주어져 있긴 하지만, "근로의 제공"과 관련된 것이 아닌 손해배상의 성격을 가진 것이며, 출장비나 교통비와 같은 실비변상적 금품 그리고 학원비나 학자금 등은 사용자에게 "지급의무"가 주어진 것이 아니기에 「근로기준법」상의 임금이 아니다.

이러한 임금은 크게 통상임금과 평균임금 그리고 최저임금 비교대상 임금으로 구분해 볼 수 있다. 먼저 통상임금이란 근로기준법 시행령 제6조에서 규정하고 있는 것으로 내용은 다소 복잡해 보이지만, 간단히 정리하자면 "사용자와 근로자가 약속한 소정근로시간(일일 8시간, 주 40시간) 이내의 근로시간에 대해 지급을 약속한 임금" 정도로 설명할 수 있겠다. 즉 근로관계 당사자가 소정근로시간 이내에 대한 근로시간에 대해서 지급을 약속한 것을 통상임금이라 표현할 수 있는 것이다. 이에 대한 시행령 내용은 다음과 같다.

관련법령 – 「근로기준법」 시행령

제6조(통상임금)

① 법과 이 영에서 "통상임금"이란 근로자에게 정기적이고 일률적으로 소정(所定)근로 또는 총 근로에 대하여 지급하기로 정한 시간급 금액, 일급 금액, 주급 금액, 월급 금액 또는 도급 금액을 말한다.

② 제1항에 따른 통상임금을 시간급 금액으로 산정할 경우에는 다음 각 호의 방법에 따라 산정된 금액으로 한다.

1. 시간급 금액으로 정한 임금은 그 금액

2. 일급 금액으로 정한 임금은 그 금액을 1일의 소정근로시간 수로 나눈 금액

3. 주급 금액으로 정한 임금은 그 금액을 1주의 통상임금 산정 기준시간 수(1주의 소정근로시간과 소정근로시간 외에 유급으로 처리되는 시간을 합산한 시간)로 나눈 금액

4. 월급 금액으로 정한 임금은 그 금액을 월의 통상임금 산정 기준시간 수(1주의 통상임금 산정 기준시간 수에 1년 동안의 평균 주의 수를 곱한 시간을 12로 나눈 시간)로 나눈 금액

5. 일·주·월 외의 일정한 기간으로 정한 임금은 제2호부터 제4호까지의 규정에 준하여 산정된 금액

6. 도급 금액으로 정한 임금은 그 임금 산정 기간에서 도급제에 따라 계산된 임금의 총액을 해당 임금 산정 기간(임금 마감일이 있는 경우에는 임금 마감 기간을 말한다)의 총 근로 시간 수로 나눈 금액

7. 근로자가 받는 임금이 제1호부터 제6호까지의 규정에서 정한 둘 이상의 임금으로 되어 있는 경우에는 제1호부터 제6호까지의 규정에 따라 각각 산정된 금액을 합산한 금액

③제1항에 따른 통상임금을 일급 금액으로 산정할 때에는 제2항에 따른 시간급 금액에 1일의 소정근로시간 수를 곱하여 계산한다.

통상임금은 근로자에게 정기적, 일률적, 고정적으로 지급하기로 정한 임금이며, 평균임금이 사후적인 개념인 것과 달리 사전적인 개념이다. 즉 소정근로에 대하여 지급하기로 사전에 약정한 금액을 말하는 것으로 소정근로에 대한 것이기 때문에 근로기준법상의 연장, 야간, 휴일근로수당 등 법정수당은 제외된다. 다시 말해 일일 8시간, 주 40시간 한도 내의 근로시간에 대하여 사용자가 근로자에게 지급하기로

사전에 정한 금액을 통상임금이라고 한다. 또한, 평균임금이 일급의 개념인 데 비해, 통상임금은 사전에 일급 또는 주급이나 월급으로 선택하여 결정할 수 있다.

통상임금을 기준으로 산정해야 할 것으로는 산전후휴가급여, 해고예고수당, 연장·야간·휴일근로수당 등 법정수당이 있으며 연차유급휴가수당의 경우에는 평균임금과 통상임금 중 사용자가 선택하여 일률적으로 적용할 수 있다.

통상임금의 대표적인 것으로 기본급은 물론이며 사용자가 근로자들에게 정기적, 고정적, 일률적으로 지급하는, 즉 일정 요건에 해당하는 근로자들에게 지급되는 기술수당, 근속수당 등이 있으며, 성과급이나 상여금의 경우에는 그 지급방식이나 지급기준에 따라 차이가 있고 견해도 다양하다. 이는 최근의 대법원 판례를 통해 이슈화되었을 뿐 아니라 현실의 적용이 어려운 경우도 많으므로 별도의 입법을 통해 정리할 필요가 있어 보인다.

이와 반대로 사후적인 개념인 평균임금이란 것이 있다. 말 그대로 임금에 대한 평균을 의미하는 것으로 전체 근속기간에 대한 평균을 의미하는 것이 아니라, 산정사유 발생일 이전 3개월간의 총임금을 그 기간의 일수로 나눈 일당의 개념으로 연장근로 및 야간근로, 휴일근로, 결근에 대한 감액 등을 모두 반영하여 실제 지급한 임금총액을 기준으로 산정하는 것이다.

여기서 산정사유 발생일이란 평균임금을 기준으로 무엇인가를 지급해야 할 이유가 발생한 날을 의미하는 것으로 퇴직이 대표적이다. 참고로 퇴직일이란 통상 마지막 출근일을 표현하지만, 산정사유 발생일은 일반적으로 마지막 출근일이 아니라 그다음 날이다. 기업마다 퇴직일을 의미하는 날이 다를 수도 있겠지만 퇴직에서의 산정사유 발생일은 사용자가 근로자에게 마지막으로 임금을 산정해서 지급하게 되는 다음날을 의미한다. 즉 사용자가 근로자에게 임금을 지급하지 않아도 되는 첫 번째 날인 것이다. 근로관계가 종료되는 날인 마지막 출근일까지는 당연히 임금을 지급해야 하므로 – 마지막 출근일의 성격은 논외로 함 – 그날을 산정사유 발생일로 혼동하게 되면 평균임금이 달라지기 때문에 주의해야 한다.

예를 들어, 12월 31일까지 근무하고 퇴직한 경우라면, 산정사유 발생일은 1월 1일이 되며, 이전 3개월인 10월 01일부터 12월 31일까지에 대한 총임금을 대상으로 하여 해당 기간의 총일수인 92일을 기준으로 나눈 금액이 바로 평균임금이 되는 것이다. 단 몇 가지 예외사항이 있는데 ① 근로자가 취업한 후 3개월이 지나지 않은 경우에는 취업한 날로부터 산정사유 발생일 이전의 기간과 총임금액을 기준으로 평균임금을 산정한다는 것과 ② 산정된 평균임금이 그 근로자의 통상임금보다 저액인 경우에는 그 통상임금을 평균임금으로 한다는 것이다. 특히 두 번째의 경우에는 평균임금의 저하로 인한 근로자의 불이익을 방지하려는 취지가 담겨 있다.

기타 평균임금의 산정이 필요한 것으로는 휴업수당과 감급의 제한 및 퇴직금, 재해보상금이 있으며 연차유급휴가수당의 경우에는 평균임금과 통상임금 중 사용자가 선택하여 일률적으로 결정할 수 있다.

이제 최저임금 비교대상 임금에 관해 설명토록 하겠다.

관련법령 – 「최저임금법」

제1조(목적)

이 법은 근로자에 대하여 임금의 최저수준을 보장하여 근로자의 생활안정과 노동력의 질적 향상을 꾀함으로써 국민경제의 건전한 발전에 이바지하는 것을 목적으로 한다.

제2조(정의)

이 법에서 "근로자", "사용자" 및 "임금"이란 「근로기준법」 제2조에 따른 근로자, 사용자 및 임금을 말한다.

제3조(적용 범위)

① 이 법은 근로자를 사용하는 모든 사업 또는 사업장(이하 "사업"이라 한다)에 적용한다. 다만, 동거하는 친족만을 사용하는 사업과 가사사용인에게는 적용하지 아니한다.

② 이 법은 「선원법」의 적용을 받는 선원과 선원을 사용하는 선박의 소유자에게는 적용하지 아니한다.

최저임금법은 근로자에 대한 임금의 최저수준을 보장하여 근로자의 생활안정과 노동력의 질적 향상을 기하기 위해 제정된 법률이다. 최저임금은 노동자의 생계비, 유사노동자의 임금 및 노동생산성을 고려, 사업의 종류별로 구분하여 최저임금심의위원회의 심의를 거쳐 고용노동부 장관이 정하도록 규정하고 있다. 최저임금법은 강행법규이기 때문에 최저임금의 적용을 받는 근로자와 사용자 사이에 최저임금액에 미달하는 임금을 정한 근로계약은 그 부분에 한하여 무효가 되고 최저임금액을 기준으로 임금을 산정하도록 규정하고 있다. 그러나 신체장애 등으로 근로능력이 현저히 낮은 자에 대한 최저임금의 적용은 제외하고 있다.

이러한 최저임금은 시급개념이다. 「근로기준법」상 임금 지급의 기준 역시 시급을 기본으로 하고 있다는 것과 같은 맥락이다. 다만 현실에서는 아르바이트와 같이 단시간 근무형태가 아닌 이상 시급을 기준으로 급여를 책정하지 않고 월급 또는 연봉을 기준으로 급여를 책정하기 때문에 이를 다시 계산해야 하는 수고스러움이 존재한다. 이를 위해 월급이나 연봉을 기준으로 시급을 도출해내는 방식을 알아두어야 한다.

　다음은 한 주간 근로시간을 월로 환산하는 공식으로 월 급여에 대한 시급을 도출하거나 혹은 시급을 월급으로 환산할 때 공식적으로 사용되는 것이다.

1. 일일 8시간, 주 5일 근무의 경우 : (8시간 * 5일 + 유급주휴 8시간)

　　* 365 / 12 /7 ≒ 월 209시간

　　☞ 시급 * 209 = 월급 또는 월급 / 209 = 시급

2. 일일 4시간, 주 6일 근무의 경우 : (4시간 * 6일 + 유급주휴 4.8시간)

　　* 365 / 12 / 7 ≒ 월 125.1시간

　　☞ 시급 * 125.1 = 월급 또는 월급 / 125.1 = 시급

3. 일일 5시간, 주 4일 근무의 경우 : (5시간 * 4일 + 유급주휴 4시간)

　　* 365 /12 / 7 ≒ 월 104.3시간

　　☞ 시급 * 104.3 = 월급 또는 월급 / 104.3 = 시급

　위 세 가지의 경우는 모두 연장근로 등 법정 연장수당이 발생하는 근로가 없는 경우이며, 실제 근무하는 시간에 유급주휴를 반영하여 월로 환산한 시간을 도출한 것이다. 즉 한 주간 소정근로시간 이내의 실근로시간과 유급주휴를 합한 값이 한 주간의 유급시간이며, 이를 월로 환산하는 공식이 "* 365 / 12 / 7"인 것이다. 앞의 365년 1년의 일수이며, 12는 1년의 월수, 7은 한주의 일수를 의미한다.

　최저임금 관점에서 볼 때 근로자의 임금은 최저임금 이상이어야 하므로, 위의 예시에서 최저시급 이상의 금액에 월 시간을 곱한 금액을 지급하거나, 월급에서 월 시간을 나눈 금액이 최저시급 이상이어야 한다. 만약 미달인 경우에는 「최저임금법」 위반이 된다.

　※ 유급주휴 산정 방식 (일일 8시간, 한 주 40시간을 초과하는 경우의 유급주휴는 8시간) : 단시간 근로자의 유급주휴는 원칙적으로 4주간의 근무시간을 기준으로 평균하여 산정하나, 아래의 방식과 차이가 없어 보다 간소하게 표현해보았다. 단, 일일 근로시간이 8시간을 초과하는 경우에는 8시간을 기준으로 유급주휴시간을 도출한다.

　한 주간 소정근로시간 내 총 근로시간 / 40 * 8 = 해당 주의 유급주휴시간

※ 사회적으로는 최저임금을 통상임금과 동일하게 보는 시각이 존재한다. 하지만 현행 법률 및 판례를 근거로 한다면, 현재로선 통상임금과 최저임금 비교 대상 임금은 서로 동일한 개념이 아니다. 통상임금은 근로자에게 정기적이고 일률적으로 소정근로 또는 총근로에 대하여 지급하기로 정한 임금을 말하는 것이고, 최저임금은 최저임금에 산입되는 임금의 범위를 별도로 규정하고 있기 때문이다. 다시 말해 통상임금은 법정수당을 지급하는 근거이며, 최저임금은 한 시간의 근무시간마다 지급해야 할 임금의 최저수준을 의미하기에 서로 다른 개념인 것이다.

※ 노동관계법에 명시적으로 표현되지는 않았지만 임금지급의 대원칙이 있는데 바로 "무노동 무임금"이 그것이다. 말 그대로 일하지 않는 것에 대해 임금을 지급하지 않는 것인데 가장 대표적인 예외가 바로 유급주휴이다.

현재 최저임금법 시행규칙에서는 최저임금을 판단하기 위한 임금의 범위를 다음과 같이 규정하고 있다.

최저임금에 산입하지 아니하는 임금의 범위

「최저임금법」 제6조 (최저임금의 효력)

① 사용자는 최저임금의 적용을 받는 근로자에게 최저임금액 이상의 임금을 지급하여야 한다.

② 사용자는 이 법에 따른 최저임금을 이유로 종전의 임금수준을 낮추어서는 아니 된다.

③ 최저임금의 적용을 받는 근로자와 사용자 사이의 근로계약 중 최저임금액에 미치지 못하는 금액을 임금으로 정한 부분은 무효로 하며, 이 경우 무효로 된 부분은 이 법으로 정한 최저임금액과 동일한 임금을 지급하기로 한 것으로 본다.

④ 제1항과 제3항에 따른 임금에는 매월 1회 이상 정기적으로 지급하는 임금을 산입(算入)한다. 다만, 다음 각 호의 어느 하나에 해당하는 임금은 산입하지 아니한다.

1. 「근로기준법」 제2조 제1항 제8호에 따른 소정(所定)근로시간(이하 "소정근로시간"이라 한다) 또는 소정의 근로일에 대하여 지급하는 임금 외의 임금으로서 고용노동부령으로 정하는 임금

2. 상여금, 그 밖에 이에 준하는 것으로서 고용노동부령으로 정하는 임금의 월 지급액 중 해당 연도 시간급 최저임금액을 기준으로 산정된 월 환산액의 100분의 25에 해당하는 부분

3. 식비, 숙박비, 교통비 등 근로자의 생활 보조 또는 복리후생을 위한 성질의 임금으로서 다음 각 목의 어느 하나에 해당하는 것

가. 통화 이외의 것으로 지급하는 임금

나. 통화로 지급하는 임금의 월 지급액 중 해당 연도 시간급 최저임금액을 기준으로 산정된 월 환산액의 100분의 7에 해당하는 부분

월급총액이 최저임금 이상이더라도 총액에서 연장근로수당 등 법정수당을 제외한 금액을 기준으로 매월 지급하는 상여금 중 월 최저임금(당해 연도 최저임금 * 209)의 25%에 해당하는 금액과 통화로 지급하는 식비와 교통비 중 월 최저임금의 7%에 해당하는 금액을 제외하였을 때의 금액이 최저임금보다 저액이라면 최저임금법 위반으로 판단한다는 것이다. 만약 상여금이 매월 지급하지 않고 연단위나 분기단위로 지급하는 것이라면 최저임금에 산입되지 않는다.

※ 최저임금 비교대상 임금이 논쟁거리가 된 것은 비교적 최근의 일이다. 최저임금이 급격히 인상되었고, 통상임금에 대한 대법원 판례를 이유로 주목을 받기 시작했기 때문으로 생각된다. 더욱이 최저임금 비교 대상 임금은 법 개정 가능성이 상당히 크기 때문에 현재의 법령에 맞게 제도를 정비하는 것은 매우 위험해 보인다. 필자는 기업 컨설팅 시 임금의 구성항목은 최대한 단순화할 것을 권유하고 있다. 통상임금과 최저임금에 관한 내용이 상당히 높은 확률로 개정될 가능성이 존재하기도 하고, 인사노무관리 측면에서나 근로자들의 인지도 측면에서도 임금의 구성항목이 복잡해봤자 득 볼 일이 전혀 없기 때문이다.

앞에서 "무노동 무임금"의 원칙에 대해 언급한 바 있다. 이에 대한 또 다른 예외 중 하나가 바로 휴업수당이다. 휴업수당이란 근로자에게 원인이 있는 것이 아니라 사용자에 의한 원인으로 근로자가 근로를 제공하지 못하는 경우에 지급해야 하는 것이다. 일반적으로 천재지변과 같은 사유가 아닌 회사의 계약 착오 등으로 인한 가동 중단, 내부 공사로 인한 전체 또는 부분 휴업, 영업정지 등으로 인한 휴업 등에 의해 근로자가 근로를 제공하지 못하는 경우 지급해야 한다. 즉 근로자는 근로계약에 의해 자신의 근로를 제공하여 사용자로부터 임금을 지급받을 수 있음에도 불구하고 사용자의 책임 있는 사유로 근로자의 근로 제공이 불가하므로 이에 대한 손해배상의 성격으로 휴업수당을 지급해야 한다.

이러한 임금은 현금 또는 계좌이체의 방법을 통해 근로자 본인에게 그 전액을 직접 지급해야 하지만 일반적으로는 - 사실, 법에서 공제할 수 있게 되어있다. - 근로소득세 및 주민세와 국민연금, 건강보험 및 장기요양보험, 고용보험을 공제한 차인지급액을 지급하게 된다. 또한, 매월 정해진 월급날에 급여를 지급해야 하고 급여가 밀리거나 일부를 지급하지 않는 경우에는 임금체불로 간주한다. (실수로 잘못 계산된 급여까지 임금체불로 판단하진 않는다) 임금은 임금대장 혹은 급여대장을 통해 근로자별 지급내역과 공제내역 등을 기재하여 보존해야 하는데 주로 근로자에 대한 인적사항과 지급액에 대한 세부내역 및 근거, 공제액에 대한 세부내역 및 근거를 함께 기재해놓아야 한다. 실무상으로는 임금대장 혹은 급여대장에 이와 같은 정보를 모두 기재하기에는 지면 혹은 사내 프로그램의 지원이 없는 경우가 많으므로, 그 달의 임금대장 혹은 급여대장과 함께 근로자 명부 및 근태기록 등을 함께 보존하면 된다.

「근로기준법」상의 임금지급 내지는 근로계약서 및 임금대장에 대한 보존의무 등은 대부분 3년의 소멸시효를 적용받는다. – 세법에서의 임금대장 등 임금지급 내역에 대한 보존기한은 5년이다. – 월급은 지급일로부터 시효가 진행되고 퇴직금은 퇴직일로부터 시효가 진행된다. 즉 근로자의 임금채권은 3년의 소멸시효가 완성되면 그 권리를 주장할 수 없다는 것이다. 단, 형사처벌의 기준인 공소시효는 5년이기 때문에 3년이 지났다고 하더라도 5년 이내의 시점이라면 사용자는 처벌받게 된다.

2020년 1월부터는 상시근로자 수 50인 이상 사업장에 대해 주52시간제가 적용된다. 주52시간제는 법률상 새로이 개정되거나 변경된 내용이라기보단 한주의 일수를 주휴일을 제외한 5일 또는 6일로 해석하던 것을 7일로 명확히 한 것으로 인해 사회적인 이슈가 된 것뿐이다. 즉 기존의 논란이 되던 내용을 명확히 규정한 것으로 법률상 무엇인가를 크게 변화시킨 것은 아니다. 앞서 소정근로시간에서도 설명하였지만, 한 주의 근로시간은 원칙적으로 40시간을 초과할 수 없고 하루의 근로시간은 8시간을 초과할 수 없다. 이를 소정근로시간이라 하고 사용자와 근로자가 소정근로시간을 초과하여 근로하기로 약정한 경우에는 한 주간 최대 52시간까지 근로를 할 수 있다는 것이다. 근로시간과 관련 있는 것으로는 휴게시간과 대기시간이 있다. 이를 구분하는 가장 큰 실익은 유급인지 무급인지를 결정하는 것으로 근로시간과 대기시간은 유급이고, 휴게시간은 무급이 원칙이다. 휴게시간이란 말 그대로 근로하는 도중 근로자가 사용자의 간섭 없이 자유롭게 쉬거나 개인적인 용무 등에 활용할 수 있는 시간을 의미하며, 통상적으로는 식사시간을 포함하는 개념이다. 일반적인 직장인들의 휴게시간이 근로시간 도중 1시간 동안인 것이 이러한 이유이다. 다만, 대기시간의 개념이 모호할 수 있는데 쉽게 표현하자면, 휴게시간이 아닌 시간 중 – 그렇다고 일하는 시간은 아니지만 – 언제든 근로를 제공하기 위해 준비하고 있는 시간이라고 생각하면 된다. 즉 사용자의 호출 내지는 고객의 호출 또는 상황 대응을 위해 즉각적으로 반응할 수 있도록 준비하고 있는 상태를 말하는 것이다.

휴게시간과 비슷한 것으로 휴일이란 개념이 있는데, 휴게시간은 근로일 중 근무시간 도중에 휴식을 취할 수 있도록 하는 것이고, 휴일은 애초부터 출근의 의무가 없는 날을 의미한다. 휴일은 유급휴일과 무급휴일로 구분할 수 있으며, 현재 「근로기준법」에서는 주휴일과 근로자의 날, 그리고 국경일 – 상시근로자 수에 따라 단계별 적용 – 을 유급휴일로 규정하고 있다. 통상적으로 주휴일은 일요일을 의미하지만, 기업에 따라 주휴일을 다른 요일로 정하거나, 근로자별로 다르게 정할 수도 있으며, 혹은 한 주간 요일을 특정하지 않고 교대로 정할 수도 있다. 특히 백화점이나 병원, 음식점, 의류 판매장 등 연중 무휴업의 경우에는 영업사정에 따라 주휴일을 다양하게 정할 수 있지만, 한주에 1일 이상은 반드시 보장해주어야 한다. 만약 주휴일을 보장하지 않거나 휴일에 근로를 명할 때에는 휴일근로에 대한 가산수당을 지급하거나 근로자대표와의 서면 합의를 통해 보상휴가를 주어야 한다.

> • 근로자대표란 : 현행 근로기준법에서는 근로자대표를 근로자의 과반수로 조직된 노동조합의 대체기관 정도로 규정하고 있으나 명확한 정의에 대해서는 아무런 언급이 없다. 근로자의 과반수로 조직된 노동조합이 없는 사업장은 근로조건의 기준 등에 관한 협약을 근로자대표와의 서면 합의를 통해 결정해야 하므로 근로자대표가 선정되어 있어야 한다. - 물론 별도로 정하는 바가 없는 경우에는 근로자대표가 존재하지 않아도 무방하다. - 근로자대표는 사업주가 선임하는 방식이 아닌 근로자들의 자율적인 의사결정 과정을 통해 선출되어야 하며, 사용자의 지위에 해당하는 근로자가 아니어야 한다.
>
> • 보상휴가란 : 근로자대표와의 서면 합의가 반드시 있어야 하며, 근로자의 연장, 야간, 휴일근로에 대한 가산임금을 지급하는 대신에 가산율을 적용한 시간만큼 휴가를 부여하는 것을 말한다. (예, 4시간의 연장근로를 보상휴가로 부여하는 경우에는 4시간에 1.5배를 적용한 6시간의 보상휴가를 주어야 한다.)

소정근로에 대한 임금은 시급을 기준으로 지급하는 경우에는 정해진 시급을 월 소정근로시간과 유급주휴만큼 반영하여 지급하거나, 월급으로 정하는 경우 월 최저임금액 이상의 금액을 지급하면 된다. 하지만, 소정근로를 초과하는 근로시간 또는 야간이나 휴일에 발생하는 근로에 대해서는 시급의 50%를 가산해서 지급해야 한다.

연장근로란 일일 8시간 또는 한 주 40시간을 초과하는 시간에 대한 것을 의미한다. 한 주 총 근로시간이 40시간 미달이라 하더라도 일일 8시간을 초과하는 근로가 있는 경우에는 그 초과분에 대해 반드시 연장근로수당을 지급해야 한다. 야간근로란 소정근로 또는 연장근로인지와 상관없이 밤 10시부터 다음날 오전 06시 사이에 발생한 근로를 말하는 것으로 통상임금에 50%를 가산하여 지급해야 하며, 휴일에 발생한 근로 역시 50%를 가산하여 지급해야 한다. 만약 연장근로이면서 야간근무이거나, 휴일근로이면서 연장근로이고 야간근로인 경우에는 각각의 사유에 대해 모두 50%를 가산해서 지급해야 한다.

※ 법정수당의 계산 예시

1. 연장근로
   ① 일일 10시간 주 4일 근로의 경우 : (일 2시간 * 1.5 * 주 4일) = 주 12시간에 대한 수당을 추가로 지급
   ② 일일 8시간 주 6일 근로의 경우 : (일 8시간 * 주 6일 − 주 40시간) * 1.5 = 주 12시간에 대한 수당을 추가로 지급
   ③ 일일 9시간 주 5일 근로의 경우 : (일 1시간 * 1.5 * 주 5일) = 주 7.5시간에 대한 수당을 추가로 지급

2. 야간근로 : 야간근로에 해당하는 시간에 대해 모두 0.5를 곱함.

3. 휴일근로 (휴일근로는 보통 한주 40시간을 초과하게 되므로 대부분의 경우에는 휴일근로 자체가 곧 연장근로에 해당하게 됨. 시급의 2배 적용)

근로관계에 대해 근로자가 보유하고 있는 권리의 상당수는 임금채권이라 볼 수 있다. 그렇기 때문에 다른 부문의 관리보다 보상관리 부문의 노무관리가 복잡해 보일 것이다. 중요한 사실은 소정근로와 연장근로 등에 대한 법정수당의 관리가 보상부문에 대한 노무관리의 핵심이라는 점이다. 아직까지도 우리나라의 「근로기준법」은 시급을 기준으로 하고 있기 때문에 다소 복잡해 보일 수 있겠지만, 월급을 기준으로 시급 통상임금을 도출할 수 있고, 이렇게 도출된 통상임금을 기준으로 법정수당을 계산할 수 있다면, 보상부문의 노무관리는 모두 실행할 수 있다고 보아도 과

언이 아니다. 그리고 필자의 입장에서 다시 한번 의견을 제시한다면, 앞에서 보았던 평균임금과 통상임금 및 최저임금 비교대상 임금에 대한 정의가 각기 다르기 때문에 기업입장에서는 될 수 있으면 임금 지급항목을 단순화시키는 것이 앞으로 발생할 수 있는 임금 분쟁을 예방할 수 있고, 관리에 필요한 시간과 비용 또한 절감할 수 있으며, 노사 간 오해의 소지를 확연히 감소시킬 수 있다는 것이다. 임금이란 얼마를 주는지보다 어떤 명목으로 얼마를 주는지가 더욱 중요하기 때문이다.

(2) 인사관리

인사관리 측면에서의 보상관리는 앞의 노무관리 측면의 보상부문을 반드시 이행한 이후에 관리해야 할 것이다. 다른 부문도 마찬가지겠지만, 특히나 보상부문은 근로자가 보유하고 있는 근로관계에 대한 채권 중 가장 핵심적인 내용이기 때문이다.

그렇다면 근로자들의 '사기'를 진작시키기 위한 보상관리는 무엇일까? 한마디로 언급하자면 먼저 '불만'을 없애고, '만족'을 주어야 한다는 것이다. 컨설팅을 진행하다 보면 공통적인 질문을 받게 된다. 바로 다른 회사는 어떻게 하는지에 대한 것이다. 기업의 내적인 관점에서만 보자면, 다른 기업의 시스템이나 환경은 굳이 비교치 않아도 상관없다. 하지만 다른 기업의 환경 등에 대해 관심을 가지는 이유는 '뒤처져서는 안 된다.'라는 생각이 전제된 듯하다. 이는 마일즈와 스노우의 전략유형 중 방어형 전략에 해당하는 것이다.

대부분의 사람들은 보상관리에 대해 "많이 주면" 되는 것 아니냐고 생각하고 있다. 하지만 앞서 보상부문의 노무관리에서 언급하였다시피 얼마를 주는지보다 어떤 명목으로 얼마를 주는지가 더욱 중요한 것이다. 이는 인사관리 측면에서도 어느 정도 통용된다고 볼 수 있다. 무조건 많이 주는 것보다는 기업의 실정에 맞게 그리고 근로자가 맡은 직무와 직위 그리고 성과 및 능력 등을 반영하여 그에 적합하게 주어야 한다는 것이다. 많이 주기만 한다고 해서 관리가 잘되리란 보장이 없다는 것이다. 그렇기 때문에 노무관리 측면에서의 '불만'을 먼저 없애고 인사관리 측면에서 '만족'을 주어야 한다고 표현한 것이다.

또한, 인사관리는 근로자 집단을 관리하는 것이 아니라 개별 근로자를 관리하는 것이기에 개인에 대한 성격, 태도, 가치관 등을 파악할 수 있어야 한다. 비슷한 맥락으로 최근에는 다양성 경영과 같이 사람의 각기 다름을 인정하고, 그에 적합한 관리를 실현할 수 있어야 기업의 지속가능을 향상시킬 수 있다는 주장이 대두되고 있다.

인사관리 측면에서의 보상관리는 임금관리와 복리후생관리로 구분해볼 수 있다.

※ *보상단계에 대한 인사관리 이론.*

Ⅰ. 임금관리

1. 임금

1) 보상의 의의

① 보상의 개념 : 종업원이 기업의 목표달성을 위해 공헌하는 대가로 지급받는 유인을 뜻하는 것이다. 금전적인 보상을 임금이라 하고, 비금전적인 보상을 복리후생이라 한다.

② 보상관리 : 종업원이 받는 다양한 유형의 보상이 기업의 목표달성에 이바지하도록 체계적으로 관리하는 활동을 말한다. 생활보장의 원칙과 노동대가의 원칙을 보상의 2대 원칙이라고 한다.

2) 임금의 의의 및 중요성

① 임금의 개념 : 근로기준법에서는 임금이란 "사용자가 근로의 대가로 근로자에

게 임금, 봉급, 그 밖에 어떠한 명칭으로든지 지급하는 일체의 금품을 말한다."라고 정의하고 있다. 즉 종업원이 기업의 목표달성을 위해 공헌하는 것에 대한 유인으로서 지급받는 일체의 금품을 의미한다.

② 임금의 중요성 : 종업원에게 있어 임금이란, 경제적인 면에서는 생계를 유지하는 수입의 원천이고, 사회적인 면에서는 종업원의 사회적 신분을 규정하는 동시에 부장, 과장 등의 직위와 같이 기업 내 조직상의 위치와 관계가 있다. 기업에게는 제품원가를 구성하는 비용이기 때문에 생산성과 제품의 경쟁력에 영향을 미치고 노동시장에서 인력을 확보하는 데 중요한 역할을 하고 있다. 이러한 임금은 조직 공정성 확보에 중요한 역할을 한다.

☞ 조직 공정성이란 조직에서 조직 구성원들에 대한 공정한 대우와 관련된 포괄적인 이론적 개념으로, 분배 공정성, 절차 공정성, 상호작용 공정성과 같은 3가지 형태의 공정성으로 설명될 수 있다. 조직보상이 공정한가에 대한 구성원의 주관적 지각으로 보상의 결과가 공정한가(분배 공정성), 보상배분에 적용된 절차와 규칙이 공정한가(절차 공정성), 그리고 보상절차 과정에서 상사의 처우방식과 내용이 공정한가(상호작용 공정성)를 그 내용으로 한다.

3) 임금관리의 목적

인적자원은 기업의 경쟁력 강화를 위한 중요한 전략적 요소이기 때문에 기업의 전략에 부합하도록 설계, 운영되어야 한다. 전략적 임금관리의 목적은 공정성 확보, 동기부여와 조직유효성 증대, 안정성의 실현을 통해 이루어진다. 뿐만 아니라 근로기준법 등 노동관계법령에 위배되지 않아야 한다.

☞ 조직 유효성이란 조직의 목표달성 정도나 희소가치가 있는 자원을 획득하기

위해서 환경을 개척해 나가는 조직의 능력을 말하며 크게 조직목표 달성에 대한 능력과 외부환경에 대한 적응력으로 개념적 기준을 나누어 볼 수 있다.

4) 임금관리의 내용

임금수준 관리, 임금체계 관리, 임금형태 관리가 그것이다.

2. 임금의 공정성

1) 보상에 대한 거래차원 (Belcher)

① 정치적 거래 : 임금을 당사자들의 권력과 영향력의 작용결과로 보는 것을 말한다. 기업, 노조, 기업 내 소집단, 종업원 개인은 모두 임금결정 과정에 영향을 미친다. 이는 당사자들 간의 권력과 영향력의 크기에 의해 임금수준이 결정되기 때문에 누구의 권력과 영향력이 큰지에 따라 상대방을 약화시킬 수 있다는 문제점을 가지고 있다.

② 경제적 거래 : 종업원을 생산의 한 요소로 보고 이를 사용함에 따른 가격을 지불하는 것을 말하며, 수요와 공급의 원칙에 따라 노동시장에서 가격이 형성되고 거래가 완성되는 형태이다. 이는 노동의 단위가 불명확하며 시장정보가 불완전하기 때문에 공정한 가격을 정하는데 어려울 뿐만 아니라 노동의 주체인 인간을 상품으로 간주하여 생산을 위한 수동적인 도구로 본다는 비판을 받고 있다.

③ 사회적 거래 : 조직은 개인들의 집합체이고, 고용은 개인과 조직 모두에게 중요한 관계를 맺게 해주기 때문에, 보상을 사회적인 거래로 보는 것이다. 개인이 받는 보상은 조직과 사회에 있어서 지위의 상징이라고 하며, 개인과 조직 그리고

개인이 속한 지역사회의 관계에 초점을 맞춘 특징이 있다.

④ 윤리적 거래 : 인간의 존엄성 보장을 위해서는 보상관련 교환관계가 당사자 간의 윤리의식을 토대로 공정하게 이뤄져야 한다는 것을 강조한다. 임금을 노동과 자본 간의 경제원리에 입각한 교환관계가 아닌 사회적이고 규범적인 시각에서 바라본 것이지만, 보상에 대한 공정성을 객관적으로 측정하기 어렵다는 한계를 가지고 있다.

⑤ 심리적 거래 : 자신의 노동을 임금과 기타 직무만족을 위해 기업과 교환하는 심리적 계약으로 보는 것을 말하며, 임금은 종업원에게 다양한 욕구를 충족시켜주고 동기부여 수단으로의 역할을 한다. 또한, 개인의 지각 및 태도에 따라 효과가 달라질 수 있다는 것과 비경제적 보상의 존재를 인정하였다. 이는 보상이 객관적 거래 현상임에도 불구하고 생산성 향상을 통한 조직목표달성 관점을 무시하고 개인의 욕구충족 수단으로만 본다는 비판을 받고 있다.

2) 임금공정성 유형

(1) 배분공정성

임금의 배분이 공정하게 이루어지는지에 관한 것을 의미한다.

① 버나드 (Barnard) : 조직의 목적을 존속과 발전으로 정의하고, 조직의 목표실현을 위해 대내적 균형을 달성해야 한다고 하며, 이를 통해 조직의 효율성과 효과성의 유지가 가능하다고 설명한다. 조직균형 또는 대내적 균형이란 조직구성원이 조직에 공헌하는 만큼의 유인을 조직으로부터 얻는 상태를 의미하며, 대내적 균형을 유지하기 위해서는 유인의 크기가 공헌의 크기보다 크거나 같아야 한다고 주장한다. 유인이란 조직구성원의 욕구를 만족시키기 위한 공헌의 대가

를 의미하고, 공헌이란 조직목표 달성에 기여하는 조직구성원의 활동을 말한다. 또한, 조직유지의 기본요소로서 공통목적과 의사소통, 그리고 공헌하고자 하는 의지를 강조하고 있다.

② Homans : 종업원은 자신이 기업을 위해 희생하는 정도에 대한 적합한 보상이 획득되기를 기대한다.

③ 아담스 (Adams) 의 공정성 이론.

④ 외부공정성과 내부공정성 : 다른 기업의 임금수준과 비교하거나, 같은 기업 내의 다른 종업원과 비교하는 것을 의미한다.

(2) 절차공정성 (Leventhal)

임금이 결정되는 절차가 공정한지에 관한 것을 의미한다. 배분공정성의 확립과 유지의 전제조건으로 절차공정성을 강조하며, 이를 위한 규칙으로 임금결정 과정에 활용되는 정보가 정확해야 한다는 정보의 정확성, 임금결정 절차에서 잘못된 의사결정이 있을 때 이를 수정하기 위한 수정가능성, 임금배분 단계에 종업원의 관심과 가치관이 반영되어야 한다는 대표성, 배분절차가 종업원에게 윤리적이고 도덕적으로 일관된 성격을 가지고 있어야 한다는 도덕성과 일관성 및 편견억제성을 주장하고 있다.

(3) 상호작용공정성

임금결정 과정에 대해 하급자가 상급자로부터 받은 대우가 공정한지에 관한 것으로 상호작용 과정에 대한 의사소통의 질을 의미한다.

(4) 대외적 공정성

특정 기업의 종업원들이 다른 기업의 유사 직무수행자들과의 임금액을 비교하여 공정성을 지각하는 정도를 말한다.

(5) 내부적 공정성

동일기업의 종업원들이 다른 직무를 수행하고 있는 종업원들과의 임금액을 비교하여 공정성을 지각하는 정도를 말한다. 즉 직무의 상대적 가치에 따른 임금격차의 공정성을 의미한다.

(6) 개인적 공정성

동일기업의 동일직무를 수행하고 있는 종업원들 간의 연공, 공헌, 성과, 성향 등 개인적 특성의 차이를 비교하여 공정성을 지각하는 정도를 말한다.

3. 임금수준 관리 (임금의 외부공정성)

1) 개념 및 중요성

임금수준이란 주로 일정 기간 특정 기업 내의 모든 종업원에게 지급되는 평균임금을 지칭하는 개념으로 쓰인다. 이러한 임금수준은 대외적인 임금의 균형문제로 집약해 볼 수 있다. 그렇기 때문에 임금수준이 높은 기업은 우수한 인적자원을 확보할 가능성이 크며, 우수한 인적자원의 확보는 기업의 목표달성에 긍정적인 영향을 미치게 되기 때문에 임금수준의 관리는 매우 중요하다.

2) 임금수준 결정기준

(1) 기업의 지불능력 (상한선)

기업이 종업원에게 지급하는 임금은 우선적으로 해당 기업의 지불능력 내에서 이루어져야 한다. 기업의 지불능력은 기업이 보상을 지불할 수 있는 최대한의 재정적 능력이 아니라, 기업이 지속적인 목표달성 행위를 할 수 있다는 전제하에 지불할 수 있는 능력을 말하는 것이다.

① 생산성 분석 : 단위노동 생산요소의 투입량에 대한 생산량의 비율을 말하는 물적 생산성을 기준으로 하는 것과 물적 생산성에 시장가치가 반영된 기준으로서 매출액에서 제조원가를 제외한 부가가치 생산성을 기준으로 하는 것이 있다. 물적 생산성을 기준으로 분석하는 경우에는 증가된 생산이 시장가치를 반영하기 어렵고, 생산성 향상이 노동력에 기인한 것인지 자본의 투자 등으로 기인한 것인지 확인하기 어렵기 때문에 이러한 노동력의 기여수준을 밝히기 수월한 기업에서 임금수준의 공정성 지표로 활용할 수 있을 것이다. 부가가치 생산성을 기준으로 분석하는 경우에는 부가가치에 노동분배율을 곱하여 얻은 금액이 공정한 임금수준이 되지만 적당한 노동분배율을 도출하는 과정이 복잡할 것이다.

② 수익성 분석 : 지출에 대한 수익의 비율을 말하는 것으로 총수익과 총비용이 일치하는 수준에서의 매출액인 손익분기점을 기준으로 하는 것과 원가구성요소 중에서 차지하는 인건비의 비율을 과거의 자료에 근거하여 계산한 것을 기준으로 하는 원가구성분석이 있다. 손익분기점을 기준으로 분석하는 경우에는 총수익과 총비용의 관계가 명확하므로 기업의 임금지불능력이 어느 정도인지, 지불한도는 어느 수준인지 파악하기 용이하기 때문에 기업의 인력계획 수립에 긍정적인 영향을 미친다. 원가구성을 기준으로 분석하는 경우에는 재무관리자

료 등의 제시와 기업의 경영실적 변화에 따른 실무적용상의 한계가 존재한다.

(2) 생계비 (하한선)

임금은 종업원의 소득이 생계비를 충당시킬 수 있는 수준에서 결정되어야 한다. 생계를 유지하는 가장 기본적이고 원천적인 수입원이 임금이기 때문이다. 국가는 근로자에게 최소한의 소득을 보장해주기 위해서 최저임금법을 시행하고 있다.

(3) 노동시장 (상한선과 하한선의 사이)

직무의 가치, 인적자원의 성격이나 태도 및 능력, 기업의 지불수준 외에도 노동시장의 환경에 따라 임금수준이 결정된다. 직무의 가치나 개인의 능력이 뛰어나고 기업의 지불수준도 높지만, 노동시장에서의 가치가 낮으면 임금수준은 낮게 결정될 수밖에 없을 것이다.

3) 기업의 임금전략

임금선도 전략, 임금동행 전략, 임금추종 전략에 따른 임금수준의 결정기준을 말한다.

4) 임금수준의 조정

(1) 승급과 승진

승급은 동일직급 내에서의 임금수준 변화를 의미하는 것으로 호봉인상 정도로 해석할 수 있으며, 승진은 현재의 직급에 비해 상위의 직급으로 지위가 향상되는 것을 말한다.

(2) 승급과 베이스업

베이스업은 연령, 근속연수, 직무수행능력이라는 관점에서 동일조건에 있는 종업원에 대한 임금의 증액으로 실무에서는 동종직무나 부서 또는 전체 종업원에 대한 일률적인 임금인상률을 적용하는 것을 말한다. 즉 매년 정기인상분 정도로 표현할 수 있다.

4. 임금체계 관리

임금이 결정되는 원리에 따른 임금의 구성내용을 말하는 것으로 직무가치에 따른 직무급, 종업원의 가치에 따른 연공급 또는 직능급, 직무수행 성과의 가치에 따른 성과급으로 구분된다.

1) 직무급

(1) 개념

(2) 측정방법

☞ 앞의 직무 부문 참고.

(3) 장단점

① 장점 : 능력주의 확산에 도움이 되고 인건비의 효율성이 증가하며, 동일가치직
무에 대한 동일임금 실현이 가능하다.
② 단점 : 절차가 복잡하고 직무평가 방법의 선택에 따른 한계가 있으며, 연공주의
로 인한 저항으로 인해 도입이 어려울 수 있다.

2) 연공급

(1) 개념

종업원의 임금이 기업 내에서의 근속연수에 따라 변화하는 것을 말한다.

(2) 장단점

① 장점 : 안정적인 생활 보장으로 인해 소속감이 향상되고 도입 및 실시가 용이
하며, 평가가 어려운 직무에 적용하기 수월할 뿐만 아니라 연공존중의 유교문
화적 풍토에서 질서확립 및 사기 유지가 가능하다.
② 단점 : 동일가치직무에 대한 동일임금 실현이 어렵고, 전문기술인력의 확보가
곤란하며, 인건비 부담이 가중되며, 능력 있는 젊은 종업원의 사기 저하가 우려
된다.

3) 직능급

(1) 개념

종업원의 직무수행 능력을 기준으로 임금액을 결정하는 방식을 말하는 것으로 성과급은 특별상여 등의 인센티브(기존에 책정된 급여 외에 별도로 지급하는 것)를 의미하는 것이고, 직능급은 특정기간 동안의 인사평가에 의해 개인의 직무능력을 측정한 후 그 결과에 따라 급여 (지급할 급여)를 결정한다는 것에 차이가 있다.

(2) 장단점

① 장점 : 능력주의 임금관리를 실현할 수 있고, 유능한 인재의 유지가 가능하며, 종업원의 성장 욕구를 충족할 기회를 제공할 수 있다.

② 단점 : 직능평가가 어렵고, 적용할 수 있는 직종이 제한적이며, 종업원의 능력이 바로 성과로 연결되지 않기 때문에 임금부담이 가중될 우려가 있다.

4) 성과급

☞ 성과급을 임금체계의 하위 부문으로 보는 시각도 있고 별도의 임금형태로 구분하는 경우도 있기 때문에 후술하는 임금형태의 관리에서 자세히 다루도록 하겠다. 다만 임금체계 하에서의 성과급은 별도의 기본급이 없이 성과급만을 지급하는 것을 의미하기 때문에 법률적인 문제나 종업원의 기본 생활권 보장에 문제가 있을 수 있다. 임금형태 하에서의 성과급은 기본급 + 성과급 정도로 이해하면 된다.

5) 기술급

　좁은 의미로는 기능급, 숙련급 등으로도 불리는데, 환경변화에 신속하게 대처하지 못하는 직무급의 대안으로 종업원이 수행하고 있는 기술이 아닌 보유하고 있는 기술의 종류와 수준에 따라 임금이 결정되는 제도이다. 기술급은 업무가 구체적이고 잘 정의될 수 있는 제조업 분야 특히, 조립업무 분야에서 많이 적용되고 있다.

6) 지식급

　종업원이 보유한 지식의 종류와 수준에 의해 임금이 결정되는 제도이다. 지식급은 기술급의 발달과 더불어 팀의 활용이 증가함에 따라 팀 혹은 집단임금제도의 변형으로 등장하게 되었다. 이는 조직의 성과 창출의 역량이 되는 암묵지를 명시지로 바꾸어 가는 과정이라고 할 수 있다.

7) 브로드밴딩

　직종마다 여러 단계로 분류된 급여등급을 계층의 축소와 수평적 조직의 확산에 적합하도록 줄이는 새로운 임금체계를 말한다.

5. 임금형태 관리

　임금의 형태는 임금의 계산 및 지불방법에 관한 것으로 임금체계와는 별개의 것이다. 다시 말해 임금체계가 임금의 구성내용을 의미하는 데 비해 임금형태는 임금을 종업원의 공헌도에 대한 차이에 따라 달리 지급하는 방식이며, 특히 개인적 공정성을 확보하고 관리하는 데 그 목적이 있다. 임금의 형태는 크게 시간급제와 성과급제로 구분할 수 있다.

1) 시간급제

시간급제는 고정급제라고도 하며, 수행하는 작업의 양과 질에 관계없이 근로시간만을 기준으로 임금을 산정하여 지불하는 방식을 말한다. 이는 임금산정의 간편과 공정을 기할 수 있고, 제품의 생산에 시간적 제약을 받지 않기 때문에 품질의 조악함을 방지할 수 있는 장점이 있다. 하지만 작업수행에 관계없이 임금이 지급되므로 작업의 능률이 오르지 않을 수 있고, 단위 시간당의 임금계산이 용이하지 않다는 단점이 존재한다.

2) 개인성과급 (인센티브)

노동에 대한 성과를 개인별로 측정하여 임금을 결정하는 제도를 말한다. 작업수행에 소요된 작업시간 또는 작업결과에 대한 작업량(생산수량)을 계산하여 이에 일정한 임률을 적용하여 임금을 계산하며 대표적인 형태는 다음과 같다.

⑴ 단순성과급

실제 작업량에 대해 동일한 임률을 적용하는 방식이다.

⑵ 복률성과급

작업량을 몇 개의 구간으로 나누어 각 구간마다 다른 임률을 적용하는 방식이다.

① 테일러식 복률성과급 : 표준작업량을 기준으로 2가지 종류의 임률을 달리 적용하는 방식으로 숙련자에게 유리하지만, 미숙련자에게는 불리하다.

② 메릭식 복률성과급 : 테일러식의 복률성과급제도의 단점을 보완하기 위해 개발된 것으로 3가지 종류의 임률을 적용하는 방식이다. 표준작업량의 83%와 100%를 기준으로 적용되는 임률을 달리하였다.

③ 멘체스터식 복률성과급 : 미숙련자의 보호를 위해 표준작업량 미달자에게는 동일한 임률을 적용한 것이다.

④ 리틀식 복률성과급 : 숙련자에게 더 큰 동기부여를 제공할 목적으로 표준작업량 100%를 달성한 종업원에게 더욱 유리한 임률을 적용하는 방식이다.

(3) 표준시간급

과업단위당 표준시간 기준을 설정한 후 종업원이 그 과업단위를 완수하면 설정된 표준시간에 대한 임률을 적용하는 방식으로 생산량을 시간으로 환산하여 지급하는 것이다.

(4) 할증성과급

작업시간에 대한 성과가 낮은 종업원에게는 일정한 임금을 보장하지만, 작업시간에 대한 성과가 높은 종업원에게는 할증된 임금을 지급하는 방식이다. 즉 표준시간 이내에 목표생산량에 도달하여 남은 작업시간에 대한 절약분을 지급하는 것이다.

① 할시식 할증성과급 : 표준작업시간의 절약분 1/3 또는 1/2를 할증성과급으로 지급하는 것이다.

② 비도식 할증성과급 : 표준작업시간의 절약분 3/4를 할증성과급으로 지급하는

것이다.

③ 로완식 할증성과급 : 표준작업시간의 절약분 비율에 따라 할증성과급을 달리 지급하는 것으로 절약분의 비율이 낮을 때는 할증성과급의 배분율이 높지만, 절약분의 비율이 증가할수록 배분율이 감소하는 것이다. (배분율의 점감적 증가)

④ 간트식 할증성과급 : 표준작업시간의 절약분과 함께 추가적인 보너스를 지급하는 것이다.

(5) 개인성과급 제도의 장점과 단점

① 장점 : 생산성 향상, 고임금-저노무비의 원칙실현, 종업원의 소득증가, 적합한 성과측정 기법 도입시 인건비의 측정이 용이해질 수 있다.

② 단점 : 생산품에 대한 불량률 증가, 신기술 도입에 대한 저항, 생산설비에 문제 발생 시 종업원의 불만 증가, 종업원 간의 갈등 발생 등에 대한 우려가 존재한다.

3) 집단성과급 (경영참가 중 성과참가제도)

기업의 생산성 향상을 위해 근로자 또는 노동조합이 적극적으로 참가하여 이윤의 일부를 임금 또는 임금 이외의 형태로 근로자에게 지급하는 것을 말한다. 성과참가제도는 크게 기업의 이익을 기준으로 모든 근로자에게 이익의 일부분을 배분하는 이익배분과 근로자의 기업성과 향상을 위한 공헌을 고려하여 배분하는 성과배분으로 구분할 수 있다.

(1) 이익배분 (이윤분배제도)

기업의 경영활동 결과로 획득한 이익이 사전에 설정된 수준을 초과하는 경우에 그 초과하는 부분을 근로자에게 배분하는 것을 말한다.

① 현금분배제도 : 현시점의 이익을 현금으로 일정한 기간에 따라 배분하는 것을
말한다.

② 이연분배제도 : 일정조건 (퇴직, 해고, 사망 등)하에 지급하도록 공제기금 등을
통해 예치해두는 것을 말한다.

(2) 성과배분

① 업적배분 : 목표생산 수량을 완성하기 위한 표준노동시간과 근로자들이 목표
생산 수량을 완성한 실제 노동시간을 비교하여 표준노동시간 대비 실제 노동시
간이 감소한 경우 그 감소한 시간에 대한 임금을 배분하는 임프로쉐어플랜과
목표생산 수량에 대한 원가절감액 중 50%를 종업원들에게 먼저 배분하고 1년
뒤에 25%, 2년 뒤에 15%, 3년 뒤에 10%를 배분하는 프렌치시스템이 있다.

☞ 감소한 시간만큼 추가적인 생산에 근로자들을 활용하거나 다른 생산물품을 위
해 활용할 수 있어서 해당 시간에 대한 절약분을 종업원들에게 성과급으로 지
급하는 것이며, 원가절감 또한 감소한 원가비용만큼 추가적인 생산을 할 수 있
기 때문이다.

② 수익배분 : 생산품의 판매가치인 매출액을 기준으로 매출액 대비 인건비의 감
소분을 종업원들에게 성과로 배분하는 스캔론 플랜과 기업이 창출한 부가가치
에서 인건비가 차지하는 비율을 기준으로 초과 달성한 부가가치를 기업과 종업
원들에게 배분하는 럭커플랜이 있다.

(3) 집단성과급의 장단점

직무의 상호관련성이 높은 경우 종업원 개인의 공헌도 산정은 어렵지만, 집단의 공헌도 산정은 용이하기 때문에 개인평가보다 집단의 평가가 수월하고 집단 내 구성원 간의 협동심을 향상시킬 수 있다. 하지만 종업원 개인이 받는 성과 배분과 공헌도 간의 상관관계를 측정하기 어렵고, 개인의 동기부여 관리에 한계가 존재할 뿐만 아니라 무임승차와 봉 효과가 발생할 우려가 있다.

4) 연봉제

(1) 연봉제의 의의

종업원 개인의 전년도 능력과 실적 등 공헌도를 평가하고, 이를 기준으로 임금수준을 결정하는 능력 중시형 임금 지급체계를 말하는 것으로 개인의 직무와 업무성과에 따라 임금이 차별화되는 직무성과급 제도라 할 수 있다. 연봉제는 평등성을 지양하고 공정성에 바탕을 둔 임금체계로 '공헌에 비례하는 임금 지급 원칙'을 실현함으로써 종업원의 동기부여와 기업의 경영 효율성을 증대시키는 것을 목적으로 하고 있다.

(2) 연봉제의 특징

① 급여액이 종업원 개개인의 업적이나 능력에 대한 평가에 의해 결정되는 개별 성과급 요소가 극대화된 임금체계이다. 따라서 업무평가에 따라 연봉인상은 물론 연봉감액도 가능하다.
② 임금 지급기준을 연 단위로 전환하여 전년도 연봉액 및 업무평가를 기준으로

당해 연봉액을 결정한다.

③ 연간 총임금 지급액을 임금산정의 기준으로 하기 때문에 원칙적으로 기본급, 상여금 등을 구별하지 않고 일정한 방식에 의해 월별로 나누어 지급하지만, 구체적인 방식은 개별 기업에 따라 매우 다양하다.

(3) 연봉제의 유형

연봉제는 총액 연봉제, 부분 연봉제, 누적 연봉제, 비누적 연봉제로 그 유형을 구분해 볼 수 있다.

(4) 연봉제의 장단점

① 장점 : 생산성 향상에 이바지할 수 있으며, 우수인재의 확보가 가능하고, 임금 관리가 용이해지며, 종업원의 목표 수립과 업무수행 과정 및 평가 등의 절차를 통해 의사소통이 원활해지는 장점이 있을 뿐만 아니라 연봉제가 기업문화에 적합하게 정착이 되면 자연스럽게 평가의 공정성을 확보할 수 있게 된다.

② 단점 : 기업문화에 적합한 연봉제 기법의 탐색이 어렵고, 집단 간 경쟁 유발로 인해 불필요한 갈등이 발생할 수 있으며, 기업문화에 적합하지 않은 연봉제를 도입하는 경우 평가의 객관성과 공정성에 문제가 발생할 수 있다.

5) 기타 수당

임금에 대한 공정성을 보완하기 위해 직무 가치를 반영한 직책 수당, 종업원의 능력이나 자격을 반영한 자격 수당, 작업조건 및 작업장소 등을 반영한 지역수당 및 해외 근무수당, 근무시간을 반영한 시간 외 근로 수당, 성과를 반영한 초과업적 수당 또는 비용 절감 수당, 연공을 반영한 정근수당 또는 가족수당 등이 있다.

6. 임금 평가 (임금의 배분 및 절차 공정성)

1) 임금 평가의 의의

조직 공정성을 확보하기 위한 보상관리 활동 및 인적자원관리의 다른 제 기능들이 얼마나 효과적이었는지 측정하는 것을 말한다. 즉 해당 기업의 임금제도가 인적자원관리의 제 기능 및 기업의 목표달성에 이바지한 정도를 파악하는 것이다.

2) 성과 차이 모델 (임금 평가의 방법)

종업원 개인의 만족 수준은 실제 수령 임금과 종업원이 기대한 임금과의 차이에 따라 달라진다는 것이다. 즉 아래의 수식을 통해 만족 수준이 1에 가까워질수록 만족 수준이 높다는 것이다.

$$S (만족수준) = 1 - \frac{|X(실제수령임금) - V(기대임금)|}{V(기대임금)}$$

7. 토너먼트 이론

기존 경제학 이론들이 한계 생산성에 따라 임금의 차이를 결정하였던 것과는 달리 성과에 따라 임금이 결정된다는 보상이론으로 미국 스탠퍼드대 경영대학원의 에드워드 레이지어(Edward Lazear) 교수가 주창하였다.

토너먼트 이론은 기업에서 동일한 직무를 수행하는 종업원들을 서로 비교해 그

성과에 따라 토너먼트식으로 보상을 하는 형태를 가정한다. 직급이 낮은 종업원은 보상이 적더라도 승진이라는 기회를 잡기 위해 더 나은 성과를 내려고 노력하지만, 높은 직급으로 올라갈수록 승진의 기회가 줄어들기 때문에 기업에서는 승진이라는 인센티브 외에도 임금인상을 제시하게 된다. 또한, 레이지어 교수는 사장의 높은 연봉은 사장보다는 부사장에게 더 열심히 일해야겠다는 동기를 부여하기 위한 것이라고 설명하면서 엄청난 연봉을 받는 CEO가 업무를 처리하지 않고 시간을 보내더라도 부하직원들에게 높은 직급으로 승진하기 위해 좋은 성과를 내겠다는 동기를 부여했다면 고액 연봉을 지급한 회사의 결정은 합리적인 것이 된다는 주장이다.

Ⅱ. 복리후생관리

1. 복리후생의 의의와 성격

1) 복리후생의 의의

종업원의 생활 수준 향상을 위하여 시행하는 임금 이외의 간접적인 제 급부를 말하며 경제적인 복리후생과 비경제적인 복리후생, 법정 복리후생과 법정 외 복리후생으로 구분할 수 있다. 복리후생은 임금과 노동시간 등의 기본적인 근로조건을 보완하는 파생적 근로조건으로 인식되고 있다.

2) 복리후생의 성격 (특징)

① 임금과 달리 원칙적으로 노동의 질, 양, 능력 등에 차등을 두지 않는다.
② 종업원에게 지급하는 임금과 달리 종업원 집단을 대상으로 하는 집단보상의
  성격을 갖는다.

③ 복리후생 제도가 마련되어 있다고 할지라도 종업원 자신에게 급부의 상황이나 조건이 발생하지 않으면 혜택이 주어지지 않는다. 즉 종업원의 필요성 원칙에 의해 지급된다.

④ 필요성의 원칙에 의해 지급되는 복리후생은 그 용도가 한정되어 있다.

⑤ 특정 시점에는 복리후생의 혜택을 받지 못하더라도 일정한 조건이 충족되면 이를 이용할 수 있다는 기대소득의 성격을 가진다.

⑥ 다양한 형태로 이용할 수 있으며 종업원의 생활 수준을 안정시키는 기능을 한다.

3) 복리후생의 유형

(1) 법정 복리후생

노동관계법에서 규정하고 있는 즉 기업에서 이를 시행 또는 적용해야 할 의무가 존재하는 것으로 건강보험, 국민연금, 고용보험, 산재보험, 퇴직금, 연차유급휴가, 모성보호에 관한 산전후휴가 및 육아휴직 등이 있다.

(2) 법정 외 복리후생

노동관계법에서 규정하고 있지 않은, 즉 기업에서 이를 시행하거나 적용할 의무가 존재하지 않고 개별 기업에서 임의적인 보상의 형태로 활용하고 있는 것으로 학자금 보조, 주택자금 보조, 의료비, 취미생활 지원 등 다양한 제도들이 존재한다.

(2)-1. 카페테리아식 복리후생 (선택적 복리후생제도)

기업의 종업원 모두에게 동일하게 적용되는 복리후생제도가 아닌 종업원 개인의 욕구와 선호를 자유롭게 충족시키기 위해 다양하게 선택할 수 있도록 설계한 복리후생 제도를 말한다.

① 선택항목 추가형 : 모든 종업원에게 필요하다고 판단되는 최소한의 복리후생 항목을 결정한 후 종업원 개인이 일정한 범위 안에서 추가로 필요한 항목을 선택할 수 있도록 하는 형태를 말한다.

② 모듈형 : 몇 개의 복리후생 항목을 그 특성에 맞게 집단화하여 종업원이 이를 선택할 수 있도록 하는 형태를 말하며 대표적인 형태로는 레저형, 의료형, 육아형 등이 있다.

③ 혼합선택형 : 종업원 개인에게 주어진 일정한 범위 안에서 기업이 제공하는 항목 중 자신에게 필요한 항목을 선택할 수 있도록 하는 형태를 말한다.

④ 선택적지출계좌형 : 종업원 개인에게 주어진 복리후생 예산 범위 내에서 자유로이 선택하여 활용할 수 있도록 하는 형태를 말한다.

(2)-2. 종업원 후원 프로그램 (EAP : employee assistance program)

종업원들의 직무수행에 방해가 되는 다양한 개인적인 문제들을 해결하는 데 도움을 주기 위해 기업이 제공하는 다양한 서비스를 말하며 건강, 법률, 아동, 부양, 교육, 학업, 스트레스 등에 관한 다양한 유형이 존재하고 있다.

(3) 비경제적 복리후생

장기적인 저성장시대를 맞이하여 경제적인 복리후생 제도로는 종업원들의 욕구 충족에 한계가 있을 뿐만 아니라 경제적 보상으로 충족되기 어려운 욕구들에 관한 관심이 증가하고 있기 때문에 비경제적인 복리후생 제도의 중요성이 높아지고 있다. 직무설계(2요인 이론), 종업원의 성장 욕구에 맞는 직무부여(직무특성이론), 작업공정 및 직무수행과정 재설계, 상위욕구 충족 등에 관한 것들이 있다.

2. 복리후생 프로그램 평가

① 비용비교분석 : 복리후생 프로그램별 비용의 변화추세를 분석하여 복리후생비가 합리적으로 배분되었는가를 판단하는 것이다.
② 직무행동분석 : 해당 기업의 복리후생 프로그램으로 인해 종업원들의 직무행동이 변화된 정도를 분석하는 방법을 말한다.
③ 공정성지각분석 : 근로자가 복리후생 프로그램에 대해 얼마나 공정하다고 지각하는지 혹은 만족하는지를 분석하는 것을 말한다.

5) 유지

유지란 근로자들이 기업에 소속된 상태에서 계속해서 자신의 직무에 충실하고 회사를 위해 더욱 공헌할 수 있도록 이끌어 주는 것을 의미한다.

(1) 노무관리

근로관계의 존속에 해당하는 모든 「근로기준법」의 내용을 의미한다. 즉 근로계약의 체결과 종료를 제외한 모든 내용을 노무관리 측면의 유지관리라 볼 수 있다. 그렇기 때문에 다른 부문보다 더 많은 것에 대한 관리가 필요한 것이다. 아래에서 그 중 핵심적인 내용들에 관해 설명해보도록 하겠다.

관련법령 - 「근로기준법」

제39조(사용증명서)

① 사용자는 근로자가 퇴직한 후라도 사용 기간, 업무 종류, 지위와 임금, 그 밖에 필요한 사항에 관한 증명서를 청구하면 사실대로 적은 증명서를 즉시 내주어야 한다.

② 제1항의 증명서에는 근로자가 요구한 사항만을 적어야 한다.

제51조(탄력적 근로시간제)

① 사용자는 취업규칙(취업규칙에 준하는 것을 포함한다)에서 정하는 바에 따라 2주 이내의 일정한 단위기간을 평균하여 1주 간의 근로시간이 제50조 제1항의 근로시간을 초과하지 아니하는 범위에서 특정한 주에 제50조 제1항의 근로시간을, 특정한 날에 제50조 제2항의 근로시간을 초과하여 근로하게 할 수 있다. 다만, 특정한 주의 근로시간은 48시간을 초과할 수 없다.

② 사용자는 근로자대표와의 서면 합의에 따라 다음 각 호의 사항을 정하면 3개월 이내의 단위기간을 평균하여 1주 간의 근로시간이 제50조 제1항의 근로시간을 초과하지 아니하는 범위에서 특정한 주에 제50조 제1항의 근로시간을, 특정한 날에 제50조 제2항의 근로시간을 초과하여 근로하게 할 수 있다. 다만, 특정한 주의 근로시간은 52시간을, 특정한 날의 근로시간은 12시간을 초과할 수 없다.

1. 대상 근로자의 범위

2. 단위기간(3개월 이내의 일정한 기간으로 정하여야 한다)

3. 단위기간의 근로일과 그 근로일별 근로시간

4. 그 밖에 대통령령으로 정하는 사항

③ 제1항과 제2항은 15세 이상 18세 미만의 근로자와 임신 중인 여성 근로자에 대하여는 적용하지 아니한다.

④ 사용자는 제1항 및 제2항에 따라 근로자를 근로시킬 경우에는 기존의 임금 수준이 낮아지지 아니하도록 임금보전방안(賃金補塡方案)을 강구하여야 한다.

제52조(선택적 근로시간제) 사용자는 취업규칙(취업규칙에 준하는 것을 포함한다)에 따라 업무의 시작 및 종료 시각을 근로자의 결정에 맡기기로 한 근로자에 대하여 근로자대표와의 서면 합의에 따라 다음 각 호의 사항을 정하면 1개월 이내의 정산기간을 평균하여 1주 간의 근로시간이 제50조 제1항의 근로시간을 초과하지 아니하는 범위에서 1주 간에 제50조 제1항의 근로시간을, 1일에 제50조 제2항의 근로시간을 초과하여 근로하게 할 수 있다.

1. 대상 근로자의 범위(15세 이상 18세 미만의 근로자는 제외한다)

2. 정산기간(1개월 이내의 일정한 기간으로 정하여야 한다)

3. 정산기간의 총 근로시간

4. 반드시 근로하여야 할 시간대를 정하는 경우에는 그 시작 및 종료 시각

5. 근로자가 그의 결정에 따라 근로할 수 있는 시간대를 정하는 경우에는 그 시작 및 종료 시각

6. 그 밖에 대통령령으로 정하는 사항

제60조(연차 유급휴가)

① 사용자는 1년간 80퍼센트 이상 출근한 근로자에게 15일의 유급휴가를 주어야 한다.

② 사용자는 계속하여 근로한 기간이 1년 미만인 근로자 또는 1년간 80퍼센트 미만 출근한 근로자에게 1개월 개근 시 1일의 유급휴가를 주어야 한다.

③ 삭제

④ 사용자는 3년 이상 계속하여 근로한 근로자에게는 제1항에 따른 휴가에 최초 1년을 초과하는 계속 근로 연수 매 2년에 대하여 1일을 가산한 유급휴가를 주어야 한다. 이 경우 가산휴가를 포함한 총 휴가 일수는 25일을 한도로 한다.

⑤ 사용자는 제1항부터 제4항까지의 규정에 따른 휴가를 근로자가 청구한 시기에 주어야 하고, 그 기간에 대하여는 취업규칙 등에서 정하는 통상임금 또는 평균임금을 지급하여야 한다. 다만, 근로자가 청구한 시기에 휴가를 주는 것이 사업 운영에 막대한 지장이 있는 경우에는 그 시기를 변경할 수 있다.

⑥ 제1항 및 제2항을 적용하는 경우 다음 각 호의 어느 하나에 해당하는 기간은 출근한 것으로 본다.

1. 근로자가 업무상의 부상 또는 질병으로 휴업한 기간

2. 임신 중의 여성이 제74조 제1항부터 제3항까지의 규정에 따른 휴가로 휴업한 기간

3. 「남녀고용평등과 일·가정 양립 지원에 관한 법률」제19조 제1항에 따른 육아휴직으로 휴업한 기간

⑦ 제1항부터 제4항까지의 규정에 따른 휴가는 1년간 행사하지 아니하면 소멸된다. 다만, 사용자의 귀책사유로 사용하지 못한 경우에는 그러하지 아니하다.

제61조(연차 유급휴가의 사용 촉진) 사용자가 제60조 제1항 및 제4항에 따른 유급휴가의 사용을 촉진하기 위하여 다음 각 호의 조치를 하였음에도 불구하고 근로자가 휴가를 사용하지 아니하여 제60조 제7항 본문에 따라 소멸된 경우에는 사용자는 그 사용하지 아니한 휴가에 대하여 보상할 의무가 없고, 제60조 제7항 단서에 따른 사용자의 귀책사유에 해당하지 아니하는 것으로 본다.

1. 제60조 제7항 본문에 따른 기간이 끝나기 6개월 전을 기준으로 10일 이내에 사용자가 근로

자별로 사용하지 아니한 휴가 일수를 알려주고, 근로자가 그 사용 시기를 정하여 사용자에게 통보하도록 서면으로 촉구할 것

2. 제1호에 따른 촉구에도 불구하고 근로자가 촉구를 받은 때부터 10일 이내에 사용하지 아니한 휴가의 전부 또는 일부의 사용 시기를 정하여 사용자에게 통보하지 아니하면 제60조 제7항 본문에 따른 기간이 끝나기 2개월 전까지 사용자가 사용하지 아니한 휴가의 사용 시기를 정하여 근로자에게 서면으로 통보할 것

제62조(유급휴가의 대체) 사용자는 근로자대표와의 서면 합의에 따라 제60조에 따른 연차 유급휴가일을 갈음하여 특정한 근로일에 근로자를 휴무시킬 수 있다.

제74조(임산부의 보호)

① 사용자는 임신 중의 여성에게 출산 전과 출산 후를 통하여 90일(한 번에 둘 이상 자녀를 임신한 경우에는 120일)의 출산전후휴가를 주어야 한다. 이 경우 휴가 기간의 배정은 출산 후에 45일(한 번에 둘 이상 자녀를 임신한 경우에는 60일) 이상이 되어야 한다.

② 사용자는 임신 중인 여성 근로자가 유산의 경험 등 대통령령으로 정하는 사유로 제1항의 휴가를 청구하는 경우 출산 전 어느 때라도 휴가를 나누어 사용할 수 있도록 하여야 한다. 이 경우 출산 후의 휴가 기간은 연속하여 45일(한 번에 둘 이상 자녀를 임신한 경우에는 60일) 이상이 되어야 한다.

③ 사용자는 임신 중인 여성이 유산 또는 사산한 경우로서 그 근로자가 청구하면 대통령령으로 정하는 바에 따라 유산·사산 휴가를 주어야 한다. 다만, 인공 임신중절 수술(「모자보건법」 제14조제1항에 따른 경우는 제외한다)에 따른 유산의 경우는 그러하지 아니하다.

④ 제1항부터 제3항까지의 규정에 따른 휴가 중 최초 60일(한 번에 둘 이상 자녀를 임신한 경우에는 75일)은 유급으로 한다. 다만, 「남녀고용평등과 일·가정 양립 지원에 관한 법률」 제18조에 따라 출산전후휴가급여 등이 지급된 경우에는 그 금액의 한도에서 지급의 책임을 면한다.

⑤ 사용자는 임신 중의 여성 근로자에게 시간외근로를 하게 하여서는 아니 되며, 그 근로자의 요구가 있는 경우에는 쉬운 종류의 근로로 전환하여야 한다.

⑥ 사업주는 제1항에 따른 출산전후휴가 종료 후에는 휴가 전과 동일한 업무 또는 동등한 수준의 임금을 지급하는 직무에 복귀시켜야 한다.

⑦ 사용자는 임신 후 12주 이내 또는 36주 이후에 있는 여성 근로자가 1일 2시간의 근로시간 단축을 신청하는 경우 이를 허용하여야 한다. 다만, 1일 근로시간이 8시간 미만인 근로자에 대하여는 1일 근로시간이 6시간이 되도록 근로시간 단축을 허용할 수 있다.

⑧ 사용자는 제7항에 따른 근로시간 단축을 이유로 해당 근로자의 임금을 삭감하여서는 아니 된다.

⑨ 제7항에 따른 근로시간 단축의 신청방법 및 절차 등에 필요한 사항은 대통령령으로 정한다.

제74조의2(태아검진 시간의 허용 등)

① 사용자는 임신한 여성근로자가 「모자보건법」 제10조에 따른 임산부 정기건강진단을 받는 데 필요한 시간을 청구하는 경우 이를 허용하여 주어야 한다.

② 사용자는 제1항에 따른 건강진단 시간을 이유로 그 근로자의 임금을 삭감하여서는 아니 된다.

제75조(육아 시간) 생후 1년 미만의 유아를 가진 여성 근로자가 청구하면 1일 2회 각각 30분 이상의 유급 수유 시간을 주어야 한다.

제76조의2(직장 내 괴롭힘의 금지) 사용자 또는 근로자는 직장에서의 지위 또는 관계 등의 우위를 이용하여 업무상 적정범위를 넘어 다른 근로자에게 신체적·정신적 고통을 주거나 근무 환경을 악화시키는 행위(이하 "직장 내 괴롭힘"이라 한다)를 하여서는 아니 된다.

제76조의3(직장 내 괴롭힘 발생 시 조치)

① 누구든지 직장 내 괴롭힘 발생 사실을 알게 된 경우 그 사실을 사용자에게 신고할 수 있다.

② 사용자는 제1항에 따른 신고를 접수하거나 직장 내 괴롭힘 발생 사실을 인지한 경우에는 지체 없이 그 사실 확인을 위한 조사를 실시하여야 한다.

③ 사용자는 제2항에 따른 조사 기간 동안 직장 내 괴롭힘과 관련하여 피해를 입은 근로자 또는 피해를 입었다고 주장하는 근로자(이하 "피해근로자등"이라 한다)를 보호하기 위하여 필요한 경우 해당 피해근로자등에 대하여 근무장소의 변경, 유급휴가 명령 등 적절한 조치를 하여야 한다. 이 경우 사용자는 피해근로자등의 의사에 반하는 조치를 하여서는 아니 된다.

④ 사용자는 제2항에 따른 조사 결과 직장 내 괴롭힘 발생 사실이 확인된 때에는 피해근로자가 요청하면 근무장소의 변경, 배치전환, 유급휴가 명령 등 적절한 조치를 하여야 한다.

⑤ 사용자는 제2항에 따른 조사 결과 직장 내 괴롭힘 발생 사실이 확인된 때에는 지체 없이 행위자에 대하여 징계, 근무장소의 변경 등 필요한 조치를 하여야 한다. 이 경우 사용자는 징계 등의 조치를 하기 전에 그 조치에 대하여 피해근로자의 의견을 들어야 한다.

⑥ 사용자는 직장 내 괴롭힘 발생 사실을 신고한 근로자 및 피해근로자 등에게 해고나 그 밖의 불리한 처우를 하여서는 아니 된다.

제93조(취업규칙의 작성·신고) 상시 10명 이상의 근로자를 사용하는 사용자는 다음 각 호의

사항에 관한 취업규칙을 작성하여 고용노동부장관에게 신고하여야 한다. 이를 변경하는 경우에도 또한 같다.

1. 업무의 시작과 종료 시각, 휴게시간, 휴일, 휴가 및 교대 근로에 관한 사항

2. 임금의 결정·계산·지급 방법, 임금의 산정기간·지급시기 및 승급(昇給)에 관한 사항

3. 가족수당의 계산·지급 방법에 관한 사항

4. 퇴직에 관한 사항

5. 「근로자퇴직급여 보장법」 제4조에 따라 설정된 퇴직급여, 상여 및 최저임금에 관한 사항

6. 근로자의 식비, 작업 용품 등의 부담에 관한 사항

7. 근로자를 위한 교육시설에 관한 사항

8. 출산전후휴가·육아휴직 등 근로자의 모성 보호 및 일·가정 양립 지원에 관한 사항

9. 안전과 보건에 관한 사항

9의2. 근로자의 성별·연령 또는 신체적 조건 등의 특성에 따른 사업장 환경의 개선에 관한 사항

10. 업무상과 업무 외의 재해부조(災害扶助)에 관한 사항

11. 직장 내 괴롭힘의 예방 및 발생 시 조치 등에 관한 사항

12. 표창과 제재에 관한 사항

13. 그 밖에 해당 사업 또는 사업장의 근로자 전체에 적용될 사항

사용증명서란 일반적으로 경력증명서, 재직증명서, 퇴직증명서와 같이 근로자가 기업에서 어떤 일을 하고 있는지, 재직기간이 언제부터 언제까지였는지 등을 나타내주는 문서를 의미한다. 비슷한 것으로 소득총액의 확인이 가능한 원천징수영수증 또는 월별 급여내역서 등이 있다.

앞의 채용부문에서 소정근로시간에 관해 언급하였다. 기업이 근로자를 채용할 때에는 근로조건 대부분을 미리 결정해 놓은 상태에서 모집하기 때문에 채용부문에서 근로시간을 설명해둔 것이다. 탄력적 근로시간제나 선택적 근로시간제 역시 근로자를 채용할 때 이미 확정된 경우도 있겠지만, 그 내용이 다소 복잡할 수 있어 유지부문에서 다루고자 한다.

탄력적 근로시간제는 현행법상 2주 단위와 3개월 이내의 단위 두 가지로 구분되고 있다. - 6개월 단위 탄력적 근로시간제가 논의 중이긴 하나, 아직은 불확실해 보인다. - 2주 단위와 3개월 이내의 단위에 관한 공통점은 해당 기간의 평균 소정근로시간이 주 40시간을 초과하지 못한다는 것이다. 이는 소정근로시간이기에 연장근로를 포함하는 것은 아니다. 즉 소정근로시간이 일일 8시간, 한주 40시간을 초과하더라도 해당 기간의 평균 소정근로시간이 주 40시간을 초과하지 않는다면, 연장근로에 해당하지 않아 연장근로수당에 대한 추가지급 의무가 없다는 것이다. 다만, 2주 단위의 경우에는 한 주간 소정근로시간이 최대 48시간의 한도가 적용되고, 3개월 이내의 단위인 경우에는 한 주 52시간의 한도가 적용된다.

탄력적 근로시간제를 도입하더라도 연장근로 자체가 금지되는 것은 아니기에 한 주 12시간 한도 이내에서 연장근로가 가능하다. 즉 2주 단위에서는 한 주 48시간 한도에 연장근로 12시간까지 가능하기 때문에 총 60시간의 근로가 가능하고, 3개월 이내의 단위에서는 한주 52시간 한도에 연장근로 12시간을 더해 총 64시간의 근로가 가능하다는 것이다.

이를 다음과 같이 간략히 정리해볼 수 있다.

1. 2주 단위 탄력적 근로시간제에서의 소정근로시간 예시

1) 연장근로 없는 경우

	일	월	화	수	목	금	토	
1주차	0	8	8	8	8	0	0	주 32시간
2주차	0	8	8	8	8	8	8	주 48시간

=> 평균 40시간

2) 연장근로 있는 경우

	일	월	화	수	목	금	토	
1주차	0	8+2	8+2	8+2	8+2	0	0	주 32시간+연장 08시간
2주차	0	8+2	8+2	8+2	8+2	8+2	8+2	주 48시간+연장 12시간

=> 평균 40시간 + 연장 8~12시간

2. 3개월 이내의 단위기간 (아래 예는 8주)

1) 연장근로 없는 경우

	일	월	화	수	목	금	토	
1주차	0	8	8	8	8	8	0	주 40시간
2주차	0	8	8	8	8	8	8	주 48시간
3주차	0	7	7	7	7	7	0	주 35시간
4주차	0	9	9	9	9	9	7	주 52시간
5주차	0	9	9	9	9	9	7	주 52시간
6주차	0	6	6	6	6	4	0	주 28시간
7주차	0	6	6	6	6	4	0	주 28시간
8주차	0	8	8	7	7	7	0	주 37시간

=> 평균 40시간

2) 연장근로 있는 경우

	일	월	화	수	목	금	토	
1주차	0	8+2	8+2	8+2	8+2	8+2	0	주 40시간+연장 10시간
2주차	0	8+2	8+2	8+2	8+2	8+2	8+2	주 48시간+연장 12시간
3주차	0	7	7	7	7	7	0	주 35시간
4주차	0	9+2	9+2	9+2	9+2	9+2	7+2	주 52시간+연장 12시간
5주차	0	9+2	9+2	9+2	9+2	9+2	7+2	주 52시간+연장 12시간
6주차	0	6	6	6	6	4	0	주 28시간
7주차	0	6	6	6	6	4	0	주 28시간
8주차	0	8	8	7	7	7	0	주 37시간

=> 평균 40시간 + 연장 0~12시간

위의 예시와 같이 탄력적 근로시간제를 도입하여 근로시간의 유연성을 높일 수 있다. 단, 2주 단위 탄력적 근로시간제는 취업규칙을 통해 도입할 수 있지만, 3개월 이내의 단위기간에 대한 탄력적 근로시간제는 근로자대표와의 서면합의를 통해 도입할 수 있다. 2주 단위와 비교하면 3개월 이내의 단위 기간에 대한 탄력적 근로시간제가 상대적으로 근로자들에게 불리할 수 있기 때문에 마련해둔 장치이다.

기업이 탄력적 근로시간제를 도입하게 되면 한 주 40시간 초과에 대한 연장근로 가산수당을 지급하지 않아도 된다는 이점이 있다. 대신 단위 기간 동안의 평균 소정 근로시간이 40시간이어야 하므로 이를 초과하는 경우에는 연장근로에 대한 가산수당을 지급해야 한다.

선택적 근로시간제의 경우에는 1개월 이내의 단위 기간 동안 한 주간 평균 소정 근로시간이 40시간을 초과하지 않는 범위 내에서 근로자의 재량에 의해 근로시간을 결정하여 근로하게 하는 것을 말한다. 즉 근로시간의 총량에 맞게 근로자에게 출퇴근 시간에 대한 결정권을 부여하는 것이다.

노무관리에서 은근히 복잡하고 까다로운 것이 연차휴가의 관리이다. 단순하게 표현하자면 근로자별 법정 연차유급휴가 발생일수에서 근로자가 사용한 일수를 제한 후 나머지 미사용 일수만큼 수당으로 지급하면 되는 간단한 업무이다. 하지만 법에서는 개별 근로자들의 입사일을 기준으로 연차유급휴가의 일수를 규정하고 있으나, 일반 기업에서는 회계연도를 기준으로 관리를 하는 경우가 더욱 많기 때문에 이에 대한 오해가 발생하기도 한다. 근로기준법은 최저기준이기 때문에 연차유급휴가 역시 최저기준이기에 기업별로 그 발생방법이나 일수를 달리 정할 수 있다. 다만 법정 연차유급휴가 일수와 비교하여 근로자에게 불이익하게 부여하면 안 된다는 것만 기억해도 실무에 적용하기가 그리 어렵진 않을 것이다.

연차유급휴가의 관리가 어려운 또 하나의 이유는 바로 법률 규정이 다소 복잡하게 기재되어 있다는 것이다. 연차유급휴가에 관한 규정을 필자가 이해하기 쉽게 가공한다면 다음과 같다.

연차유급휴가 관리 기준 - 입사일 기준

1. (1년 차에만) 1개월 근속 시마다 1일의 연차유급휴가 발생 (총 11일 한도)

2. (2년 차부터) 매년 근속 시마다 15일의 연차유급휴가 발생

3. (4년 차, 5년 차) 연차유급휴가 1일 가산 (총 16일)

4. (6년 차, 7년 차) 연차유급휴가 2일 가산 (총 17일)

5. (8년 차, 9년 차) 연차유급휴가 3일 가산 (총 18일)

6. (10년 차, 11년 차) 연차유급휴가 4일 가산 (총 19일)

... 총 25일 한도로 연차유급휴가일 수가 2년마다 하루씩 증가.

연차유급휴가 관리 기준 - 회계연도 기준 (예시)

☞ 회계연도를 기준으로 하는 경우 근로자가 퇴직할 때 입사일을 기준으로 한 법정 일수와 비교 후 잔여분이나 초과분에 대해 추가 지급하거나 공제하는 것이 가능하다.

1. 초년도 - 매월 1일씩 발생

2. 2년 차 - 매월 1일씩 발생

3. 3년 차 - 15일

4. 4년 차 - 15일

5. 5년 차 - 16일

6. 6년 차 - 16일

7. 7년 차 - 17일

...

연차유급휴가에서 가장 중요한 것은 만 1년 근속자에 대해 발생하는 연차유급휴가 일수가 26일이라는 것이다. 즉 1월 1일부터 12월 31일까지 근무하고 퇴직하는 근로자가 재직기간 동안 연차유급휴가를 하루도 사용치 아니하였을 때는 26일에 대

한 연차유급휴가 수당을 지급해야 한다는 것이다.

이러한 연차유급휴가는 근로자가 신청하는 시기에 부여해야 하며 그 시기가 사업 운영에 막대한 지장이 있는 경우에만 다른 날로 변경할 것을 요청할 수 있을 뿐이다.

통상적으로 하계휴가나 경조휴가는 연차유급휴가와 무관한 것으로 오해하는 경우도 있는데 이는 기업에서 규정하기 나름이다. 하계휴가나 경조휴가에 대한 내용은 「근로기준법」에 아무런 규정이 없기 때문이다. 즉 연차유급휴가에 대한 사용신청을 통해 하계휴가나 경조휴가를 부여해도 되고, 이와 별도로 연차유급휴가와 무관한 특별휴가의 형태로 규정하는 것도 가능하다. 가장 중요한 것은 근로자의 휴가 사용에 대해서는 어떠한 형태로든 휴가신청서를 받아둔 이후에 휴가사용 내역을 정리해두어야 한다는 것이다.

연차유급휴가의 사용 촉진에 관한 규정은 이를 준수했을 때 연차유급휴가 수당을 지급하지 않아도 되는 것처럼 오해하고 있는 경우가 많은데 그렇지 않다. 정확히 표현하자면 '근로자가 신청하지 않는 연차유급휴가에 대해서 회사가 이를 사용할수 있도록 조력하였음에도 불구하고 근로자가 이를 신청하지 않는 경우에는 근로자의 연차휴가일을 회사가 지정하여 통보하여 연차유급휴가를 사용하도록 하는 경우'에만 인정되는 것이다. 즉 근로자의 신청을 독려하였음에도 불구하고 이를 사용치 아니하는 근로자의 연차유급휴가일을 회사가 지정하여 통보한 후 근로자가 그날 휴가를 사용해야 한다는 것이다. 결과적으로, 근로자가 휴가를 사용하지 않은 경우까지 연차유급휴가 수당에 대한 지급의무를 면제해 주는 것은 아니다. 구체적인 시기와 방법은 「근로기준법」에 규정되어 있다.

연차유급휴가는 근로자의 신청에 의해 사용하게 되는 것이 원칙이지만, 사용자와 근로자대표 간의 서면 합의가 존재하는 경우에는 특정 근로일에 휴무를 시행함으로써 그날을 연차유급휴가의 사용으로 간주할 수 있게 된다. 이는 실무적으로 국경일의 성격과 주로 연관이 있는데, 현재는 국경일의 성격을 휴일로 할지 근로일로 할지에 대해 기업이 자유롭게 설정할 수 있으나, 300인 이상 사업장 및 공공기관 등은 2020년 1월 1일부터 국경일이 유급휴일로 변경되고, 30인 이상 사업장은 2021년 1월 1일부터, 5인 이상 사업장은 2022년 1월 1일부터 유급휴일로 변경된다. 즉 유급휴일로 전환되는 시점 이전까지는 근로자대표와의 서면 합의에 의해 국경일 등을 연차유급휴가로 대체할 수 있겠지만, 유급휴일로 전환된 이후부터는 연차유급휴가로 대체하더라도 그 부분은 무효가 된다. 반면 근로의무가 있는 날을 연차유급휴가로 대체하는 것에는 근로자대표와의 서면 합의를 제외하면 별다른 제약이 없다.

임산부의 보호 규정인 산전후휴가는 출산휴가로도 불리고 있으며, 이 역시 「근로기준법」에서는 다소 복잡하게 표현되어 있으나, 실무적으로 이해하기 쉽게 표현하자면, 출산하는 여성 근로자에게 총 90일의 산전후휴가를 부여하되 출산일 이후의 일수가 45일 이상이 확보되도록 해야 하며, 다태아의 경우에는 총 120일의 휴가 (출산일 이후 60일 이상)을 부여해야 한다. 이중 최초 60일은 유급(다태아의 경우 75일)이며, 통상임금을 전액 지원하되 근로자가 고용노동부로부터 산전후휴가급여를 지원받는 경우에는 그 금액만큼 지급의무가 면제된다. 이를 간략히 정리하면 다음과 같다. (모성보호 관련 내용은 자주 변경되는 편이기 때문에 고용보험 홈페이지 https://www.ei.go.kr를 반드시 확인해보아야 한다.)

1. 고용노동부 고용센터로부터 지원금을 받는 경우

1) 회사가 지급하는 금액과 기간

① 우선지원대상 기업(대부분의 중소기업) : 최초 60일 동안 대상 근로자의 통상 임금 전액 중 고용센터에서 지원하는 금액을 제외한 금액

② 대규모 기업 : 최초 60일 동안 대상 근로자의 통상임금 전액

2) 고용센터에서 근로자에게 지급하는 금액과 기간

① 우선지원대상 기업 : 90일 모두 지원 한도 내에서 지급

② 대규모 기업의 경우 : 나중 30일에 대한 기간만 지원한도 내에서 지급

3) 근로자가 지급받는 금액 : 최초 60일 동안은 통상임금 전액, 나중 30일 동안은 고용센터로부터 지원한도 이내의 금액

2. 고용노동부 고용센터로부터 지원금을 받지 못하는 경우

최초 60일 동안에 대한 통상임금 전액

3. 우선지원대상기업 (고용보험법 시행령 제12조)

① 제조업 500인 이하 사업장

② 광업 건설업 운수업 출판, 영상, 방송통신 및 정보 서비스업, 사업시설관리 및 사업지원 서비스업, 전문, 과학 및 기술 서비스업, 보건업 및 사회복지 서비스업 300인 이하 사업장

③ 도매 및 소매업, 숙박 및 음식점업, 금융 및 보험업, 예술, 스포츠 및 여가 관련 서비스업 200인 이하 사업장

④ 기타 100인 이하 사업장

⑤ 중소기업기본법, 독점규제 및 공정거래에 관한 법률에 따른 상호출자제한 기 업집단 중 일정요건에 해당하는 기업

기타 임산부에 대한 보호 규정인 태아검진 시간, 육아시간, 그리고 「남녀고용평등 및 일가정 양립지원에 관한 법률」에 대한 모성보호 규정은 자주 변경되는 내용 중 하나이니 그때그때 관련법을 찾아 그 내용을 확인해보아야 한다. 이에 관한 내용은 법이 곧 실무의 지침을 제시하는 규정이니 생략하겠다.

이른바 직장 내 괴롭힘 방지법이 최근 시행되었고 관련 규정은 위에 기재하였다. 이미 사회적으로 이슈가 되어 다양한 방식으로 관련 내용과 기사를 접해보았을 것이다. 현실적으로 혼란을 줄 수 있는 것은 "직장에서의 지위 또는 관계 등의 우위를 이용하여 업무상 적정범위를 넘어 다른 근로자에게 신체적·정신적 고통을 주거나 근무환경을 악화시키는 행위"에 대한 경계선이 모호하다는 것이다. "업무상 적정범위"에 대한 것을 법률로 규정하기가 상당히 어렵기 때문이다. 즉 근태불량이나 직무에 대한 불성실 혹은 직무수행 능력이나 태도 등을 이유로 지적하는 경우 어느 정도의 수준까지가 "업무상 적정범위" 내에 해당하는지 판단하는 기준 자체가 매우 주관적이라는 것이다. 물론 이에 대해서 고용노동부가 지침을 제시하긴 하였지만, 차후 소송으로까지 이어진다면 법원에서 어찌 판단할는지는 눈여겨볼 필요가 있을 것이다. 그렇기 때문에 직장 내 괴롭힘에 대해 기업에서는 더욱 적극적으로 대응해야 할 것이다. 사내 분위기나 조직문화 등을 기반으로 직장 내 괴롭힘에 대한 내부적인 지침과 징계규정 등을 명확히 하여 업무상 과실 내지는 근태불량 등에 대한 책임을 구체화하여 각각의 징계 수위를 합리적으로 규정해두어야 한다. 과연 직장 내 괴롭힘 방지에 관한 규정을 통해 기업문화가 어떻게 변화하고 발전할지는 시간을 두고 판단해보아야 할 문제일 것이다.

취업규칙은 보통 사규, 내규, 회사 규정 등 다양하게 불리고 있다. 이를 「근로기준법」에서는 취업규칙이라 통칭하는 것이다. 「근로기준법」 제93조에서는 취업규칙에서 다루어야 할 필수 기재사항을 규정하고 있으며, 이러한 내용들을 기준으로 하여 기업에 필요한 것들을 하나씩 추가하다 보면 우리 기업만의 독특한 취업규칙이 만들어지게 되는 것이다.

　현재 고용노동부 홈페이지에서는 표준취업규칙의 내용과 함께 필수기재사항 및 선택적 기재사항에 대한 구분과 작성 요령 등을 자세히 기재한 것을 제공하고 있으니 반드시 확인해보기 바란다. 아래에는 「근로기준법」에서 규정한 취업규칙 필수기재사항을 기준으로 기업에서 직접 작성할 수 있는 방법을 설명해보겠다.

※ 취업규칙 작성법

취업규칙의 작성법은 그리 어렵지 않다. 「근로기준법」 제93조에서 그 내용을 알려주고 있기 때문이다. 취업규칙이 없는 기업이라면 다음의 내용을 기준으로 뼈대를 마련하면 된다. 이후 기업 내부질서의 유지 내지는 근로자들의 동기 향상 및 조직문화 등에 관한 것을 추가하면 된다. 단, 위법적인 내용은 배제하고, 기업의 목표나 문화에 적합하게 작성해야 하므로 반드시 전문가의 지도, 자문을 권유한다.

I. 「근로기준법」 제93조에 의한 취업규칙 필수 기재사항

1. 업무의 시작과 종료 시각, 휴게시간, 휴일, 휴가 및 교대 근로에 관한 사항
☞ 출·퇴근시간과 휴게시간, 휴일 등이 획일적이라면 그대로 기재하되, 직종 또는 부서마다 다르다면 각각 별도로 기재해야 한다. 별도의 언어적 설명이 없더라도 취업규칙만 읽어봄으로써 근로일과 휴무일 등을 명확히 이해할 수 있도록 상세히 기재하는 것이 좋다. 단, 근로자별로 다르거나 교대근무의 패턴이 자주 변경되거나 하는 경우에는 '개별 근로자의 근로계약에서 별도로 정한다.'라고 규정해도 좋다. 연차유급휴가의 경우는 입사일을 기준으로 할지, 회계연도를 기준으로 할지를 정한 후 근속연수별 구체적인 발생일을 기재하면 된다.

2. 임금의 결정·계산·지급 방법, 임금의 산정기간·지급시기 및 승급(昇給)에 관한 사항
☞ 보상파트 참조

3. 가족수당의 계산·지급 방법에 관한 사항
☞ 과거, 가족수당을 지급하는 기업들이 많았기 때문에 규정된 내용이다. 가족수

당 자체를 의무적으로 지급해야 하는 것은 아니므로 관련 내용이 존재한다면 기재하고, 그렇지 않다면 생략해도 된다.

4. 퇴직에 관한 사항

☞ 퇴직이나 해고의 절차 내지는 퇴직금 등에 대한 것을 의미한다. 주의해야 할 점은 어떠어떠한 경우에 퇴직한다고 기재되어 있더라도 그 내용이 법률상 허용범위가 아니라면 그 효력이 부정된다는 것이다. 근로자가 사직서를 제출하거나, 근로관계 당사자 중 일방 혹은 양방이 소멸하거나, 근로자가 정년에 도달하거나, 적법한 근로계약 기간이 만료되거나, 근로자가 횡령·배임 등을 행한 경우가 아니라면, 일반적으로 당연퇴직에 관한 내용은 효력이 발생하지 않는다.

5. 「근로자퇴직급여 보장법」 제4조에 따라 설정된 퇴직급여, 상여 및 최저임금에 관한 사항

☞ 퇴직급여의 경우에는 퇴직연금에 가입한 회사라면 '별도의 퇴직연금 규약에 의한다.'라고 규정해도 되나, 퇴직연금에 가입하지 않은 회사라면 「근로자퇴직급여 보장법」에서 정하는 퇴직금 이상을 지급해야 한다. 현재는 근로자를 사용하는 모든 사업장에 대해 퇴직금 지급의무가 발생하기 때문에 퇴직금을 지급하지 않거나, 월급에 포함해서 지급하거나, 근로자의 다른 채무와 일방적으로 상계하는 행위는 금지되고 있다. 상여금의 경우에는 그 지급이 가족수당과 같이 의무적인 것이 아니기 때문에 상여금 제도가 없는 기업에서는 '별도의 상여금은 없다. 단, 대표자의 재량에 의해 특별 상여금을 지급할 수 있다.' 정도로 규정해도 된다. 상여금을 지급하거나 지급할 예정이라면 그 지급기준과 금액 또는 비율, 지급일, 지급대상자 등을 명시적으로 기재해두어야 한다. 최저임금의 경우에는 「최저임금법」에 의해 매년 적용되는 최저임금을 사업장에 게시해두어야 하기 때문에 '회사는 매년 적용되는 최저임금을 게시판에 게시하고, 이를 준

수한다.' 정도로 규정하면 된다.

6. 근로자의 식비, 작업 용품 등의 부담에 관한 사항

☞ 식비를 현물로 지급하는 경우에는 '근로일에 지출되는 근로자의 식비는 (전액, ***한도 이내에서) 회사가 지원한다.'라고 규정하면 되고, 임금에 포함하여 지급하는 경우에는 임금의 구성항목에서 규정하면 된다. 작업 용품이란 직무수행에 수반되는 물품 내지는 작업복에 관한 것이므로, 그에 관한 내용을 구체적으로 기재하면 된다. 별도의 지원이 없는 경우에는 규정하지 않아도 된다.

7. 근로자를 위한 교육시설에 관한 사항

☞ 교육시설 역시 의무적인 것은 아니다. 다만, 능력개발을 위해 학원비 등을 지원하는 경우에는 그 규모와 방법, 시기 등을 구체적으로 기재하면 되고, 별도의 교육시설이 존재하는 경우에는 교육시설의 위치와 활용방법 등을 기재하면 된다.

8. 출산전후휴가·육아휴직 등 근로자의 모성보호 및 일·가정 양립 지원에 관한 사항

☞ 모성보호에 관한 것으로 자주 개정되는 내용 중 하나이다. 규정하지 않거나, 준수하지 않는다고 하더라도 관련법의 내용이 최소한의 보호장치이기 때문에 관련법의 내용을 그대로 옮겨와도 된다. 그보다 더 좋은 조건을 부여하고자 한다면 그 내용을 기재하면 된다. 직장 내 성희롱 예방교육이 여기에 해당한다.

9. 안전과 보건에 관한 사항
9의2. 근로자의 성별·연령 또는 신체적 조건 등의 특성에 따른 사업장 환경의 개선에 관한 사항

☞ 일반 사무직으로만 구성된 기업이 아니라면 매우 중요한 규정이다. 특히, 제조업이나 건설업 등과 같이 산업재해 발생 위험이 상대적으로 높은 업종의 기업

이라면 더욱 꼼꼼하게 규정할 필요가 있다. 재해예방에 대한 교육이나, 작업복 및 안전보호장구의 착용 및 비치, 위험물품에 대한 관리 규정, 위험요소에 관한 관리방안 등을 구체적으로 기재해두어야 한다.

10. 업무상과 업무 외의 재해부조(災害扶助)에 관한 사항

☞ 업무상 재해라면 당연히 「산업재해보상보험법」을 따르거나, 「산업재해보상보험법」의 적용을 받지 않는 사업이라면 「근로기준법」상의 재해보상 규정을 적용받게 된다. 문제는 업무와 연관성이 없는 재해부조의 경우이며, 대표적인 것이 병가이다. 병가는 의무적으로 부여해야 하는 것은 아니지만, 복리후생이나 도의적인 관점에서 접근해보는 것을 권유한다. 업무 외의 재해에 대한 보상을 예정하고 있거나, 규정이 존재한다면 반드시 기업문화에 적합한지를 검토해보아야 할 것이다.

11. 직장 내 괴롭힘의 예방 및 발생 시 조치 등에 관한 사항

☞ 예방하기 위한 조치와 발생하였을 때의 징계절차 및 구제방안 등을 규정해두면 된다. 필자의 사견으로는 선의의 피해자가 발생치 않도록 보다 구체적인 업무상 징계와 수위를 규정해 두는 것이 바람직해 보인다.

12. 표창과 제재에 관한 사항

☞ 일반적으로 우수사원에 대한 표창, 고성과자에 대한 성과급 등을 말하는 것으로 표창에 대한 기준과 보상수준 등을 기재하면 된다. 단, 별도의 표창이 없는 경우에는 '경영실적 또는 대표자의 결정에 따라 별도의 표창 진행 할 수 있다.' 정도로 규정해도 된다. 제재는 징계를 의미하는 것으로 직장 내 괴롭힘과도 연관되는 부분이다. 징계의 사유와 시기, 절차, 수준 등을 규정하는 것으로 최소한 징계 대상자에 대한 소명기회는 부여될 수 있도록 해야 한다.

13. 그 밖에 해당 사업 또는 사업장의 근로자 전체에 적용될 사항

☞ 기타 공통적으로 적용되는 내용들을 기재하면 된다. 사훈이라든가 예절, 채용 절차, 평가방법 및 개발방안, 인사이동, 비품 및 작업용품 보관 및 보전 등에 관한 내용을 기재하면 된다.

이러한 취업규칙은 상시 10인 이상의 근로자를 사용하는 사용자가 작성하여 근로자 과반의 의견을 들은 후 의견청취서와 함께 고용노동부 장관에게 이를 신고하여야 하며 변경하는 때도 동일하다. 단, 취업규칙을 불이익하게 변경하는 경우에는 근로자 과반수 또는 근로자 과반수로 조직된 노동조합의 동의를 얻어야 한다. 의견청취서가 없거나 신고를 하지 않은 취업규칙이라 하더라도 그 효력은 유효하게 발생한다. 단, 불이익한 변경에 있어 문제가 발생하는데 근로자 과반의 동의를 얻지 못하더라도 변경된 취업규칙은 새로이 입사하는 근로자들에게는 그대로 적용이 되지만, 기존의 근로자들에게는 불리하게 변경된 부분만 적용되지 않고 변경 전의 내용으로 적용을 받는다.

변경된 내용이 일부 근로자들에게는 유리하더라도, 다른 일부의 근로자들에게 불리한 경우에는 불이익한 변경으로 판단하고, 전체적으로 유리하더라도 일부 불리한 내용이 포함되어 있는 경우에는 종합적으로 판단한다. 불이익한 변경에 대한 동의는 사용자의 개입 없이 근로자들 간의 자유로운 의사결정 방식을 통해 집단적으로 결정한 방식이어야 한다.

앞서 모집과 채용부문에서 근로자 채용 시 근로계약을 서면으로 체결하고 근로조건의 변동 시에도 변동된 내용을 반영한 근로계약을 체결해야 한다고 설명한 바 있다. 근로계약의 예시를 모집과 채용부문에서 설명하는 것이 맞으나 노무관리에 대한 설명이 필요했음을 이유로 여기서 다루도록 하겠다.

근로계약은 반드시 서면으로, 근로자를 채용할 때 그리고 근로조건이 변경될 때 체결해야 하며, 체결한 근로계약서 사본을 근로자에게 반드시 교부해주어야 한다. 노무법인 송민에서 제공하는 근로계약서를 기준으로 작성법을 설명하겠다.

근 로 계 약 서 - 예시

사 용 자	성 명		사업의 종류	
	사업체명			
	소 재 지		(전화 :)	
근 로 자	성 명		주민등록번호	
	주 소		(전화 :)	

근로관계 양 당사자는 다음과 같이 근로계약을 체결한다.

제1조【해당 업무】

위 근로자는 위 사용자의 사업장 주소지에서 (   ), (   )의 업을 수행한다. 단, 사용자의 사업여건상 필요한 경우에는 다른 업무를 부여하고 근로자는 이에 동의한다.

제2조【임금】

① 근로자의 월급총액은 금 _____원으로하고, 급여의 구성내역은 아래와 같다.

② 월 기본급 산정 내역 : (8h*5d+8h)*365d/12m/7w ≒ 209h

구분(월)	기본급			월급총액
시간	209h			
금액				

③ (기업의 임금구성항목 구분에 따라 달라짐.)

④

⑤ 동 임금은 매월 1일부터 말일까지의 금액을 익월 05일에 근로자가 지정한 계좌로 지급토록 하며, 입·퇴사 시 및 결근 등으로 인해 일할계산 할 때는 월의 대소와 관계없이 30일을 기준으로 한다.

제3조【근로시간 및 휴게시간】

① 09시부터 18시까지 (월~금)

② 휴게시간 : 12:00부터 13:00까지 (1시간)

③ 사용자는 업무상 필요에 따라 동조의 휴게시간을 변경할 수 있도록 하고, 근로자가 동조의 휴게시간을 사용치 못한 경우 사용자는 근로자에게 사용치 못한 시간만큼 별도의 휴게시간을 부여하도록 한다.

제4조【근로계약기간 및 수습기간】

① 근로자의 입사일 :   , 동 근로계약의 적용일 :

② 근로자의 근로계약기간은 별도의 정함이 없을 경우 기간의 정함이 없는 것으로 한다.

  기간의 정함 여부 (여,부)   부터   까지

③ 전항의 규정에도 불구하고 사용자는 근로자의 경력을 이유로 수습기간을 설정할 수 있도록 하며, 수습기간 중 근로자의 근무태도 및 능력 등이 현저히 부족하다고 판단되거나, 동료 직원 또는 손님 간의 불화를 초래하여 사용자의 사업에 직·간접적인 손해를 끼친 경우에는 수습기간 종료 이전이라도 근로자의 본채용을 거부할 수 있도록 하며 근로자는 이에 동의한다.

  수습기간 설정 여부 (여,부)   부터   까지

④ 동조 제2항에 별도의 근로계약기간을 정하였을 경우 근로계약기간 만료일까

지 새로운 근로계약이 체결되지 아니한 경우에는 당사자 간 근로계약은 합의
해지된 것으로 본다.

⑤ 근로자가 근로계약기간 중에 퇴사하고자 할 때는 최소한 15일 전에 사용자에게 알려 승인을 구해야 하며, 그렇지 않으면 무단결근으로 한다.

제5조【휴일 및 휴가】

① 휴일 : 주휴일(매주 일요일) 및 근로자의 날, 휴무일 : 매주 토요일

② 전항의 주휴일은 근로자가 한주간의 소정근로일을 만근하였을 경우 유급으로 부여한다.

③ 근로기준법에서 정하는 바에 따라 연차유급휴가를 부여한다.

④ 근로자가 여성인 경우에는 근로자 본인의 신청에 따라 무급 생리휴가를 부여할 수 있도록 한다.

제6조【근태 및 복무사항 등】 지각, 조퇴, 결근과 관련하여 다음 각 항과 같이 처리한다.

① 지각이 월 3회인 경우 일급의 50%를 감봉 징계한다.

② 무단 조퇴가 월 2회인 경우 일급의 50%를 감봉 징계한다.

③ 무단결근인 경우 사유서를 제출하고 2일분의 통상임금을 공제한다. (결근 당일 + 유급주휴 수당)

④ 무단결근이 월 6일 이상이거나, 사유서를 3회 이상 제출한 경우에는 근로자를 징계위원회에 회부한다.

⑤ 근로자의 귀책사유로 사용자에게 사업상 중대한 지장을 초래하거나, 재산상 손실을 가져온 경우, 근로자는 손해배상책임을 지며, 사용자는 근로자를 해고할 수 있다.

7조【퇴직금】

　근로자퇴직급여보장법에서 정한 바에 따른다.

제8조【준용규정】

　본 계약에 명시되지 아니한 사항은 노동관계법령 및 사회통념에 의한다.

　　　　근로관계 양 당사자는 위와 같이 근로계약을 체결하며

　　　　　사용자는 동 계약서 사본을 근로자에게 교부한다.

　　　　　　　　　20 　년　 월　 일

　　　　　사용자:　　　　　　　　　　(서명)

　　　　　근로자:　　　　　　　　　　(서명)

근 로 계 약 서 - 작성법 및 참고사항

제1조【해당 업무】

  직무와 직책 등을 기재한다. (예, 관리부 과장, 기술부 대리 등)

제2조【임금/포괄임금제】

  ① ~ ④ 기업의 근로시간이나 근로일 및 임금구성항목 등에 따라 달라진다. 단, 통상임금에 대한 내용은 반드시 확인하여 내용을 기재해야 한다. 통상임금에 대한 이해 없이 임금구성항목을 설정하게 되면, 나중에 법정수당(연장, 야간, 휴일근로 수당)에 대한 분쟁이 발생할 수 있다. (법정 연장근로 등이 발생하지 않는 기업은 무관하다.)

  ② 월 기본급 산정 내역 : (8h*5d+8h)*365d/12m/7w ≒ 209h (일일 8시간, 한주 40시간 근로 시 산정 내역을 의미한다.)

  ⑤ 임금의 기산일과 지급일(언제부터 언제까지의 급여를 언제 지급할 것인지에 대함) 그리고 중도 입퇴사 및 결근 공제의 기준을 기재한다.

제3조【근로시간 및 휴게시간】

  ① ~ ② 기업의 실제 출퇴근시간과 근로요일 및 휴게시간 등을 기재한다. 만약 근로시간이 일일 8시간, 한주 40시간을 초과하는 경우에는 법정수당의 계산방법을 추가로 기재한다.

  ③ 기재된 휴게시간에 변동이 있을 경우에는 반드시 그 시간만큼 휴게를 부여해야 하고, 만약 휴게를 부여치 않았다면 해당 시간만큼 법정수당을 지급해야 한다.

제4조【근로계약기간 및 수습기간】

  ① 입사일은 최초 출근일을 기재하고, 근로계약의 적용일은 근로조건 등이 갱신되는 경우에는 근로계약 역시 갱신해야 하므로 기재해 둔 것이다. 근로조건이 변경된 날짜를 기재하면 된다.

② ~ ④ 근로계약기간 및 수습기간에 대한 내용 참고.

⑤ 훈시적인 것으로 무단퇴사를 예방하고자 함이고, 사직서가 수리되지 않은 상태로 근로자가 퇴사하게 되면, 근로계약서에 명시하지 않더라도 당연히 무단결근으로 간주된다.

제5조【휴일 및 휴가】

① 기업의 근로일과 휴일에 대한 것을 기재한다.

② ~ ④ 당연히 적용되는 내용이나 필수기재사항이기에 기재한 것들이다.

제6조【근태 및 복무사항 등】

일반적인 상벌 사항을 기재한 것이며 기업마다 달리 정할 수 있으나, 노동관계법에 위배되지 않아야 하고, 공정성과 형평성을 고려해야 한다.

제7조【퇴직금】

당연히 적용되는 내용이나 필수기재사항이기에 기재한 것들이다.

제8조【준용규정】

본 계약에 명시되지 아니한 사항은 노동관계법령 및 사회통념에 의한다.

근로관계 양 당사자는 위와 같이 근로계약을 체결하며
사용자는 동 계약서 사본을 근로자에게 교부한다.

20 년   월   일
근로계약을 체결하는 날짜를 기재한다.

사용자: (서명)

근로자: (서명)

(2) 인사관리

근로자들의 '사기'를 유지하고 향상시키기 위한 것과 함께 조직 내 인간관계의 관리 및 노사관계, 산업안전의 관리 등을 말한다. 즉 기업이 보유하고 있는 인적자원의 지속성을 향상시키기 위한 동기부여, 관계관리, 안전관리 등을 의미한다.

※ 유지단계에 대한 인사관리 이론.

Ⅰ. 유지관리

1. 동기부여

1) 동기부여의 의의

(1) 개념

목표달성을 위하여 인간의 행동을 자극하고, 방향을 설정하고, 유지하는 일련의 과정을 말한다. 즉 조직구성원에게 주어진 직무를 수행하게 하는 힘을 부여하는 것이라 하겠다. 조직의 구성원이 자신의 목표에 도달하려면 능력을 가져야 함과 동시에 자발적으로 자신의 직무에 임하려는 동기부여가 되어야 한다. 직무성과는 능력과 환경, 동기부여에 의해 영향을 받는다.

$$성과 = f\,(동기부여 \; X \; 능력 \; X \; 환경)$$

☞ 조직이 높은 수준의 성과를 내기 위해서 종업원은 자발적이며 지속적으로 동

기가 부여되어야 하고, 능력을 높이기 위해 교육훈련 시스템을 갖추고, 끊임없이 새로운 것을 배우는 학습조직이 있어야 하며, 바람직한 내·외부적 환경을 구축해야 한다. 토마스 제이왓슨 전 IBM회장은 "어떤 기업이 성공하느냐 실패하느냐의 실제 차이는 그 기업에 소속되어 있는 사람들의 재능과 열정을 얼마나 잘 끌어내느냐에 달려있다고 믿는다."라고 하면서 동기부여의 중요성을 언급하였다.

(2) 동기부여의 구성요소

동기부여는 자극을 통해 인간행동 뒤에 숨어 있는 에너지를 가동하여 동력화시키고, 목표달성을 위해 인간행동에 대한 방향을 설정하며, 인간행동을 유지하게 한다.

(3) 동기부여의 중요성

동기부여는 조직목표와 개인목표의 조화를 위해서 상당히 중요하다. 유효한 조직을 만들기 위해서는 참여와 일하려는 의사의 자극이라는 동기부여의 문제를 해결해야 한다. 또한, 동기부여에 대한 이해는 리더십 스타일이나 직무설계 등의 요인이 성과나 만족 등에 어떠한 영향을 미치는지 알 수 있게 하며, 조직의 유효성과 능률을 유지하거나 향상시킬 수 있는 방안들을 찾는 데 도움이 되기도 한다. 뿐만 아니라 능력 있는 구성원의 확보보다는 의지가 높은 구성원에게 동기부여 하는 것이 더욱 중요하다는 사실을 알 수 있게 하며, 인적자원의 중요성이 강조되는 이 시점에 더욱 중요한 비중을 차지하고 있다.

(4) 동기부여 이론

　동기부여 이론은 크게 동기부여 내용이론과 과정이론으로 구분된다. 내용이론은 '무엇'으로 인해 동기부여 되는지를 설명하는 것으로 주로 인간 내부에 존재하는 욕구의 종류와 욕구충족 여부에 초점을 맞추고 있다. 이러한 동기부여 내용이론은 욕구이론이라 부르기도 한다. 동기부여 과정이론은 '어떤 과정'을 통해 동기부여 되는지를 설명하는 것으로 인간의 행동이 어떻게 동기화되고 어떤 과정을 통해 이루어지는지에 초점을 맞추고 있다.

　2) 동기부여 내용이론

　(1) 욕구 단계이론 (Maslow)

　메슬로우는 인간의 욕구를 구분, 서열화하고 각 단계로의 이동(발전)을 결정하는 요소를 분석하였고, "인간은 기본적 욕구의 결핍상태에서는 건강하지 않으며 사회에 적응하지 못한다."라는 기본전제하에 욕구 단계이론을 연구하여 발표하였다. 메슬로우의 욕구 단계이론은 다음과 같이 5가지의 단계를 거쳐 발전한다.

　① 생리적 욕구 (1단계) : 인간의 삶을 유지하기 위한 가장 기초적이고 최하위 단계에 해당하는 욕구이며, 이는 기본적으로 의식주와 관련된 것으로 조직적 측면에서는 임금, 휴식, 작업환경 등과 관련되어 있다.
　② 안전 욕구 (2단계) : 인간의 육체적, 심리적 안전에 대한 욕구이며, 조직적 측면에서는 물가상승에 따른 임금인상, 직업보장, 작업환경의 안전 등과 관련되어 있다.
　③ 사회적 욕구 (3단계) : 소속·애정 욕구라고도 하며, 대인관계에 있어서는 어떤

가에 소속되려는 욕구이며, 조직적 측면에서는 작업집단의 분위기를 조성하는 것과 각종 단체 (동호회 등)의 가입 등과 관련되어 있다.

④ 존경 욕구 (4단계) : 타인으로부터 존경을 받고자 하는 욕구이며, 조직적 측면에서는 직위 상승, 승진 등과 관련되어 있다.

⑤ 자아실현 욕구 (5단계) : 자아실현 욕구는 하위단계의 욕구가 모두 충족되었을 때 나타나는 욕구이다. 자기가치를 추구하여 보람차고 가치 있는 삶을 추구하는 욕구이며, 조직적 측면에서는 도전적 직무를 맡거나 기술·지식의 향상, 더욱 창조적인 활동을 찾는 것 등과 관련되어 있다.

메슬로우는 인간의 5가지 욕구를 저차원 욕구(1~2단계)와 고차원 욕구(3~5단계)로 구분하였다. 저차원 욕구는 주로 외부요인에 의해 충족되고, 고차원 욕구는 주로 내재적 요인에 의해 충족된다는 차이점이 있으며, 상위수준의 욕구에 대한 충족방법이 더욱 다양하다는 것을 보여준다. 그리고 자아실현 욕구를 성장 욕구로 구분하여 완전히 충족될 수 없다고 하였고, 나머지 욕구는 결핍 욕구로 구분하였다. 메슬로우의 욕구 단계이론은 이론자체가 선구적이고, 인간 욕구에 대한 체계적 인식을 가능하게 하였으며, 5가지 욕구는 동시에 발생하는 것이 아니라 순서에 따라 하위욕구가 충족되면 상위욕구가 발생한다는 단계적 원리를 제시하였다. (결핍-지배, 만족-진행의 일방향 원리)

(2) ERG이론 (Alderfer)

알더퍼는 메슬로우의 욕구 단계이론의 한계점과 비판점을 근거로 메슬로우의 5가지 욕구를 3가지로 줄이면서 각 단계 간 이동이 가능하다는 것을 주장하였다. 이를 다음과 같이 구분하였다.

① 존재 욕구 (Existence needs) : 인간이 존재하기 위한 생리적이고 물질적인 안전욕구를 말하며, 메슬로우의 생리적 욕구와 물질적측면의 안전 욕구가 이에 속한다.

② 관계 욕구 (Relatedness needs) : 만족스러운 대인관계에 관한 욕구를 말하며, 메슬로우의 사회적 욕구와 존경 욕구 중 일부가 이에 속한다.

③ 성장 욕구 (Growth needs) : 자신의 잠재력 개발과 관련된 욕구를 말하며, 메슬로우의 존경 욕구 일부와 자아실현 욕구가 이에 속한다.

ERG이론의 특징은 인간의 욕구를 3가지로 구분하였지만 포괄적인 개념이라는 것이며, 각 욕구는 단계적·계층적이 아니므로 순서를 가지고 있지 않고, 동시에 2가지 이상의 욕구가 작용할 수 있으며, 고차원적인 욕구가 충족되지 않으면 저차원적인 욕구가 더욱 강해지는 좌절-퇴행의 양방향 원리를 적용하였다. 즉 알더퍼의 ERG이론에서는 존재 욕구가 충족되지 않으면 존재 욕구에 집중하게 되고, 존재 욕구가 충족되면 상위욕구에 집중하게 된다. 상위욕구가 충족되지 않으면 다시 하위욕구에 집중한다는 특징을 가지고 있다. 하지만 성장 욕구는 메슬로우의 자아실현 욕구와 같이 완전히 충족될 수 없다는 점에서 동일하다.

(3) 2요인이론 (Herzberg, 동기-위생이론)

☞ 16 페이지 참고.

(4) 미성숙-성숙이론 (Argyris)

개인은 미성숙 상태에서 성숙한 상태로 발달하면서 조직의 목표달성을 위해 변화한다는 것이다. 사회활동을 하는 개인은 성인이기 때문에 스스로를 성숙한 존재라고 생각하지만, 기업은 성인이라 하더라도 어느 수준까지는 미성숙한 존재라고 생각하기 때문에 갈등이 존재한다는 것을 전제로 하고 있다.

(5) 성취동기이론 (McClelland)

중요한 목표를 향해 능력을 발휘하고, 어려운 문제의 해결에 도전하며, 과거보다 혁신적이고 효율적인 목표를 달성하려는 것을 말한다. 이는 Murray의 다양한 인간 욕구 중 조직관리와 관련된 성취 욕구, 친화 욕구, 권력 욕구에 관한 내용을 바탕으로 제시한 이론으로 개인의 욕구를 다음과 같이 구분하였다.

① 성취 욕구 : 우수한 목표를 달성하기 위해 높은 기준을 설정하고 이를 이루고자 하는 욕구이다. 맥클리랜드는 인간의 모든 욕구는 학습되는 것이며, 행위에 영향력을 미칠 수 있는 잠재력을 지닌 욕구들의 서열이 개인마다 다르다고 하면서 그에 대한 연구결과로 성취 욕구가 동기부여와 직결된다고 하였다. 성취 욕구가 강한 사람은 노력이나 능력을 통해 무엇인가를 성취할 수 있는 상황을 선호하며, 목표달성 가능성이 중간 정도일 때 동기유발이 가장 잘되며, 노력의 결과에 대한 즉각적이고 효율적인 피드백을 원한다는 특징을 가지고 있다.

② 친화 욕구 : 밀접하고 친밀한 대인관계를 원하는 욕구이며, 메슬로우의 사회적 욕구와 유사하다. 친화 욕구가 강한 사람은 친화적 상호작용이 높은 과업을 수행하도록 하고, 적당한 피드백을 제공해야 한다.

③ 권력 욕구 : 타인에게 영향을 미치고 통제하며 지배하려는 욕구이다. 리더가 되기를 원하며 강압적이라는 특징이 있다.

(6) 직무특성이론 (Hackman, Oldham)

조직 구성원의 직무에 어떤 핵심특성이 포함되어있는지에 따라 직무수행자의 심리상태가 달라지며, 이로 인해 직무수행자 및 작업결과의 정도에 차이가 발생한다는 것이다. 즉 직무특성에 따른 중요심리상태의 유발이 직무수행자와 작업의 결과에 미치는 영향과 함께 종업원의 성장 욕구 수준에 대한 것을 설명하고 있는 이론으로 허쯔버그의 내재적 동기유발 방법의 하나인 직무 충실화 개념을 기초로 하여 해크만과 올드햄에 의해 체계화되었다. 그 주요 내용인 핵심직무특성과 중요심리상태는 다음과 같다.

직무가 가지고 있는 특성 중 가장 중요한 요인을 핵심직무특성이라 하며, 이를 다음과 같이 다섯 가지로 구분하였다.

① 기술 다양성 : 직무담당자가 해당 직무를 수행하기 위해 얼마나 다양한 기술과 재능을 사용해야 하는가를 말한다. 즉 여러 가지 종류의 기술을 보유했는지에 대한 것이다.

② 과업 정체성 : 직무담당자의 직무가 독립적으로 완성되는가 아니면 전체 일의 일부분만 관여하는가를 말한다. 즉 직무담당자의 직무로 하나의 완성된 제품을 생산해낼 수 있는지에 대한 것이다.

③ 과업 중요성 : 직무담당자의 직무가 타인의 삶이나 직무의 완성에 얼마나 중요한 영향을 미치고, 얼마나 중요한 역할을 하는지에 대한 것이다.

④ 자율성 : 직무수행자에게 의사결정 권한과 책임을 허용하는 정도를 뜻한다.

⑤ 피드백 : 직무수행자에게 직무성과에 대한 직접적이고 명확한 정보를 획득할 수 있는 정도를 의미한다.

핵심직무특성은 다음의 중요심리상태를 형성하게 하는 경우에만 직무수행자와 작업성과에 긍정적인 영향을 미치게 된다.

① 작업에 대한 의미 : 직무수행자 자신의 직무를 중요시하고 가치 있는 것으로 인식하게 하는 것을 말한다. 이는 핵심직무특성 중 기술 다양성, 과업 정체성, 과업 중요성이 결합하여 부여하는 것이다.

② 작업결과에 대한 책임감 : 직무수행자 자신의 행동 등에 따라 직무의 성과가 달라질 수 있다고 인식하는 것을 말한다. 이는 핵심직무특성 중 자율성의 영향을 받는다.

③ 작업결과에 대한 지식 : 직무수행자 자신의 작업결과에 대한 성과를 인식하는 것을 말한다. 이는 핵심직무특성 중 피드백의 영향을 받는다.

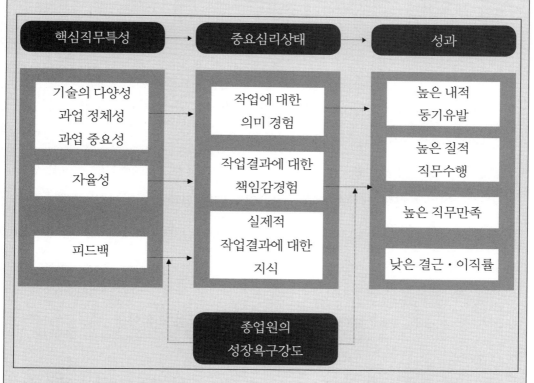

핵심직무특성과 중요심리상태의 결과는 종업원의 성장 욕구에 의해 조절된다. 즉 종업원의 성장 욕구 수준에 따라 긍정적인 동기유발을 초래하게 된다는 것이다.

성장 욕구가 높은 종업원은 성장 욕구가 낮은 종업원에 비해 직무충실도가 높은 직무에서 중요심리상태를 경험할 가능성이 크기 때문에 모든 종업원의 직무를 확대하거나 충실화하는 것은 의미가 없고 종업원 개인의 특성을 고려해야 한다는 것이다.

해크만과 올드햄은 이들의 상호작용에 따른 동기부여 정도를 동기 잠재력 지수(MPS)를 통해 제시하고 있으며, 무분별한 직무확대가 아닌 선별적인 직무확대를 통해 종업원의 성과향상에 도움을 주어야 한다고 주장한다.

> MPS = (기술다양성+과업정체성+과업중요성) / 3 X 자율성 X 피드백

3) 동기부여 과정이론

(1) 기대이론 (Vroom)

브룸은 어떤 행위의 결과(성과)에 대한 가능성(기대)과 그 결과에 대한 보상(수단성) 그리고 그 보상에 대한 매력의 정도(유의성)의 함수에 의해 동기부여의 정도가 결정된다고 한다. 즉 개인은 자신의 행동과정에서 여러 대안 중 자신이 원하는 결과를 가져올 행동을 선택한다는 것이다. 개인의 노력이 성과로 이어지고, 이러한 성과를 통한 보상이 만족을 주는지에 대한 것을 통해 동기가 유발된다는 것으로 이를 기대감과 수단성 그리고 유의성이라 표현한다.

> 동기부여의 강도 = 기대감 X 수단성 X 유의성

① 기대감 : 개인의 노력에 따른 성과 도달 여부를 자신의 능력과 가능성에 대한 주관적인 확률로 가늠해보는 것을 말한다. 1차적 결과라고도 하며, 이를 높이기

위해 기업은 종업원의 능력향상에 노력해야 한다.

② 수단성 : 1차적 결과인 성과로 인해 자신이 원하는 보상을 획득할 수 있을 거라
믿는 정도를 말한다. 보상을 2차적 결과라고 한다. 이를 증대시키기 위해선 보
상을 받을 수 있을 것이란 신뢰가 형성되어 있어야 한다.

③ 유의성 : 2차적 결과인 보상이 개인 목표나 욕구를 충족시키는지에 관한 것으
로 특정보상에 대한 선호의 강도를 말한다. 유의성은 보상, 승진 등과 같은 적극
적 유의성과 압력, 벌 등과 같은 부정적 유의성으로 구분된다. 이를 향상시키기
위해선 종업원의 욕구체계를 명확히 파악하여 보상내용을 개인 목표와 일치시
켜야 한다. 즉 종업원의 특성에 따른 다양한 보상체계를 개발해야 한다는 것이다.

(2) 공정성이론 (Adams)

☞ 32 페이지 참고.

(3) 목표설정이론 (Locke)

록크의 목표설정이론은 개인의 목표달성 의도가 동기부여의 원천이 된다는 것으
로서 조직구성원의 의식적인 목표와 과업성과 간의 관계를 설명하는 이론이다. 이
에 대한 요소로 목표속성과 상황 요인을 다음과 같이 제시하고 있다.

개인의 목표달성 의도를 높이기 위해 다음과 같은 목표속성이 필요하다.

① 목표 구체성 : 막연한 목표보다는 구체적인 목표를 제시할 때 개인은 동기부여
된다.

② 목표 난이도 : 쉬운 목표가 어려운 목표보다 더 잘 수용되지만, 어려운 목표일

지라도 일단 수용되면 개인의 동기유발이 더 잘 일어난다.

③ 목표 참여도 : 어려운 목표보다는 쉬운 목표가 더 잘 수용되지만, 목표설정 과정에 종업원을 참여시킨다면 수용 가능성이 높아진다.

☞ 참여적 목표가 지시적 목표보다 높은 성과를 달성하지는 못하더라도 참여를 통해 더 어려운 목표를 수용하게끔 한다. 즉 어려운 목표의 수용을 위해 참여도를 주장하지만, 참여도가 곧 성과로 이어지지는 않는다는 점에서 MBO와 차이가 있다. (실무에서는 크게 상관하지 않아도 무방해 보인다.)

④ 목표 몰입 : 목표 수용이 목표에 대한 일시적인 합의라면, 목표 몰입은 지속적으로 목표를 달성하려는 의지와 헌신을 말한다.

개인의 목표달성 의도를 실제 성과로 연결시키는 상황 요인은 다음과 같다.

① 조직적 지원 : 조직은 종업원의 목표달성 의도를 성과로 연결 지을 수 있도록 명확한 계획과 지원을 해야 한다.

② 개인 능력 : 목표속성과 조직적 지원이 뒷받침되더라도 종업원 개인의 능력이 부족하다면 원하는 과업성과를 이뤄내기 어려울 것이다. 따라서 조직은 유능한 인력을 선발해야 하고 종업원의 지속적인 능력향상을 위해 노력해야 할 것이다.

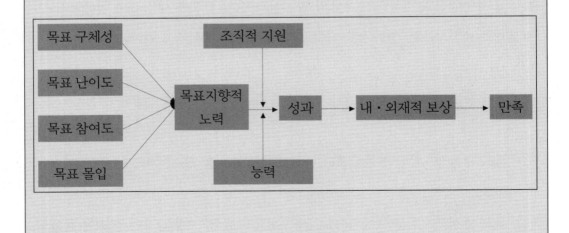

목표설정이론을 통해 목표달성 의도가 동기부여의 원천이 되며, 구체적인 목표가 성과달성에 도움이 되고, 어려운 목표일지라도 일단 수용되면 성과향상의 경향이 있으며, 피드백이 주어질 때 성과향상이 된다는 것을 알 수 있다.

(3)-1 목표관리 MBO, Management By Objective

Drucker & McGregor

목표관리는 목표설정이론과 유사한 현대적 관리기법으로 드럭커와 맥그리거가 주창하였다. 목표관리는 현대적 인사평가 기법의 하나로 측정 가능한 특정성과 목표를 설정하며 실행하고 결과를 평가하는 과정에 종업원이 함께 참여하는 것이다. 이는 통제에 의한 관리에 목표를 제시하여 동기부여 하는 것을 반영한 것이다. 목표설정이론과 목표관리의 공통요소로는 목표구체성, 의사결정에의 참여, 성과의 피드백 등이 있으며 불합치 되는 요소로는 참여가 있다. 목표관리는 참여를 옹호하는 반면, 목표설정이론은 경영자가 할당한 목표가 일반적으로 효과적이라고 한다.

☞ MBO에서의 참여는 필수적인 요소이나, 목표설정이론에서의 참여는 어려운 목표의 수용에 도움을 주는 부수적인 개념으로 이해하면 된다.

① 목표의 설정 : 목표는 측정할 수 있고, 비교적 단기적이어야 한다. 뿐만 아니라 조직의 장기적이고 일반적인 목표와 연관되어있어야 한다.
② 참여 : 목표설정 과정에 하급자를 참여시키는 것을 말하며 하급자와 상급자가 함께 협의하는 과정을 통해 목표를 설정하게 되면 결과적으로 직무만족도와 생산성이 향상될 것이다.
③ 피드백 : 상급자와 하급자 사이의 상호작용을 의미하며 목표설정 과정에 하급자의 의견이 충분히 반영되어야 하고, 하급자의 목표달성 과정과 정도를 상급

자와 함께 정기적으로 평가해야 한다.

(4) 인지평가이론 (Deci)

자기결정이론의 기초이론 중 하나이며 어떤 직무에 대해 내재적으로 동기 유발된 상태에서 외재적 보상이 주어지면 내재적 동기가 감소한다는 것을 말한다. 다시 말해 개인들이 자발적으로 나서서 업무를 수행하는 과정에서 외부적으로 금전적 보상을 주게 되면 자발적이라는 인식에 부정적인 영향을 미치게 되어 동기가 감소하는 것이다. 인지평가이론에 의하면 개인이 추구하는 목표와 개인의 핵심가치가 일치할 때 목표달성 가능성이 크다고 한다. 목표와 핵심가치가 일치한다면 목표달성에 실패하더라도 만족을 느끼게 되지만 보상의 획득이나 처벌의 회피와 같은 외적인 이유로 목표를 추구하는 경우에는 목표달성 가능성이 작고 만족도 느끼지 못한다는 것이다. 결국, 개인 자신이 스스로 선택하고 그에 대한 내적인 만족감을 기대하는 상태에서 외적인 보상을 도입하게 되면 동기유발 정도가 감소한다는 것이다.

2. 인간관계적 접근

1) 과학적 관리법 (Taylor)

과업관리라는 개념을 제공하여 각 과업을 수행하는 최고의 방법을 찾아 작업자의 생산성을 향상시키기 위해 과학적 관리법을 연구하였다. 또한, 과업관리를 바탕으로 생산성을 향상시키고, 과업과 관련하여 종업원을 선발·훈련·교육시키며, 관리자들과 종업원들은 협력하여 관리자와 종업원 사이의 일과 책임을 분할한다는 4가지 기본원리를 제시하였고 이러한 기본원리를 바탕으로 다음과 같은 핵심기법을 설명하였다.

① 시간 및 동작연구 : 시간연구는 과업을 수행하는데 소요되는 표준시간을 측정
하여 생산성을 평가하는 방법이며, 동작연구는 작업자가 과업을 수행하기 위한
동작을 다시 요소 동작으로 구분하여 불필요한 동작을 제거하여 과업수행에 필
요한 표준화된 작업 동작을 도출하는 방법이다.

② 차별적 성과급제 : 시간 및 동작연구를 통한 표준화된 시간과 동작을 적용하여
생산성 향상에 도움이 된 작업자에게는 높은 임금을 지급하고 그렇지 못한 작
업자에게는 낮은 임금을 지급함으로써 종업원들의 동기부여에 영향을 주어 생
산성을 극대화하고자 하였다.

③ 기획부제도 : 차별적 성과급제를 통해 작업자들의 생산성이 향상되고 생산성
이 향상된 작업자들의 수가 증가함에 따라 고임금자의 비중이 커지게 된다. 따
라서 표준화된 시간 또는 동작연구를 지속해서 시행하기 위한 기획부가 만들어
지게 되었다.

④ 직능별 직장제도 : 작업의 효율적 진행을 위해 작업을 전문화하고 각 전문분야
(검사·준비·작업속도·수선·시간·훈련 등)별로 감독자인 직장(통제자)을 통한
지원을 하게 하였다. 이는 line과 staff의 개념으로 발전하였다.

⑤ 작업지도표제도 : 표준작업방법과 이에 대한 표준시간이 동작의 순서에 따라
기재되어 있는 작업지도표를 통해 각 전문분야의 감독자인 직장에게 작업자들
의 작업을 지도하게 하였다.

테일러의 과학적 관리법은 이와 같은 방식을 통해 작업자의 생산성을 향상시켰
을 뿐만 아니라 생산성을 향상시킨 종업원은 고임금을 받을 수 있게 되었다. 이로
인해 기업은 임금 상승분을 초과하는 생산성 향상 효과를 얻을 수 있어 고임금-저
노무비를 실현하게 되었다.

☞ 고임금–저노무비의 원칙 : 종업원 개인은 높은 임금을 받을 수 있고, 기업은 전체 생산량 대비 낮은 임금총액을 지급하는 것을 말한다.

테일러는 과학적 관리법을 통해 조직의 생산성 향상 및 합리적 경영을 위한 관리기법으로 크게 이바지하였으나, 금전적인 유인에 의한 능률의 논리만을 강조한 나머지 인간적 측면을 경시하고, 인간의 노동을 기계시하였기 때문에 인간적 요소를 무시한 인간 없는 조직을 초래하였다는 비판을 받고 있다.

2) 인간관계론 (Mayo의 호손공장 실험)

호손연구란 미국 일리노이주의 웨스턴 전기회사에서 행한 일련의 연구들을 말한다. 메이요는 고전적 접근법의 내용을 옹호하기 위해서 생산성에 영향을 미치는 작업조건 등에 대해 구체적으로 밝히고자 연구를 시작하였으나, 고전적 접근법에 대신하여 새로운 인간관계에 관한 현상을 발견한 것이다.

① 조명실험 : 호손공장의 초창기 연구는 작업장의 조명이 종업원들의 작업결과에 미치는 영향력에 관한 것이었다. 조명실험은 같은 작업장에서 작업자들을 실험집단과 통제집단으로 구분한 후 통제집단의 조명은 일정하게 유지해놓고 실험집단의 조명 밝기에 변화를 주면서 두 집단의 생산성을 비교하는 것이었다. 결과적으로 조명 밝기와는 관계없이 생산성이 향상되었다. 따라서 연구자들은 조명 외에 보이지 않는 심리적인 요인이 작업자들에게 영향을 미쳤을 것이라는 결론을 도출하였고, 이는 작업현장에서 인간의 상호작용에 관한 관심을 불러일으키는 계기가 되었다.

② 계전기 조립실험, 면접실험, 배전기실험 : 작업자들의 휴식시간 수와 빈도, 감독방법, 근무시간 및 근무일수 등의 변화에 따른 생산성의 변화를 확인하기 위

한 실험이었다. 그 결과 변화가 주어질 때마다 생산성이 향상되었다. 이후 변화를 주었던 작업환경을 실험 이전의 조건으로 되돌려 생산성을 측정한 결과에서도 생산성이 향상된 것을 확인할 수 있었다.

③ 작업자들의 심리상태 발견 : 메이요는 호손연구를 통해 작업자가 스스로 또는 비공식적 리더를 통해 자신의 생산량을 조절할 수 있다는 것을 발견하였다. 작업성과가 낮은 작업자는 스스로 실험에 참여하고 있다는 심리상태를 통해 작업성과 향상에 더욱 노력하였으며, 작업성과가 높은 작업자는 다른 작업자의 사기를 위해 스스로의 작업성과를 조절하였던 것이다. 다른 한편으로는 대다수 종업원이 공유하고 있는 비공식적 작업 기준을 통해 작업성과를 초과한 작업자에게는 규칙위반으로 제재하고, 작업성과가 저조한 작업자에게는 의욕이 없는 것으로 간주하여 제재하기도 하였다.

④ 호손연구의 결과 : 결과적으로 메이요는 일련의 실험들로 인해 인간관계 운동의 등장에 이바지하였으며, 이는 조직 내에서 개인과 집단에 관해 연구하는 분야인 조직행동론의 영역으로 발전하게 되었다.

호손연구를 통해 '인간이 기계인이 아닐 수도 있겠다.'라는 가정을 세우게 되었다. 이로 인해 메이요는 종업원들은 감정의 원리에 따라 행동하고 경영진은 비용과 능률의 원리를 중요하게 생각한다고 주장하였다. 그로 인해 조직 내에서 구성원에 대한 관심과 참여, 의사소통의 중요성, 비공식 집단의 역할, 자생적 집단의 형성 등을 이해하는 데 크게 이바지하였을 뿐만 아니라 생산성 향상에 대한 고전적 접근법의 관점에서 벗어나 인간적인 측면에 초점을 맞추는 계기를 마련하였다는 것에 큰 의미가 있다. 하지만 지나치게 사람만 강조하여 조직 없는 인간이란 비판을 받기도 하였다.

3. 인간관계 관리제도 (인간관계 향상기법)

1) 제안제도

근로자들에게 기업의 운영이나 작업의 수행에 필요한 여러 가지 개선안을 제안하도록 하여, 우수한 제안에 대해서는 적절한 보상을 하는 제도를 말한다.

2) 인사상담제도 및 고충처리제도

☞「근로자참여 및 협력증진에 관한 법률」참고

3) 사기조사

사기란 행동에 초점을 부여하는 공통목적을 가진 개인 또는 집단의 심정이나 태도가 어떤 수준에서 계속되는 상태를 의미한다. 이러한 사기조사를 통해 종업원의 사기 또는 작업 욕구가 저하된 원인 등을 밝혀 대책을 수립할 수 있는 기초자료를 얻을 수 있다.

4) 소시오메트리

(1) 집단역학의 개념

일정한 사회적 상황에서 집단구성원들 사이에 존재하는 상호작용 또는 힘의 형성 및 관계를 의미한다. 구성원들 간의 상호작용이 긍정적인 역할을 하게 되면 집단응집성이 높아지고, 부정적인 역할을 하게 되면 집단갈등이 발생한다.

(2) 연구방법 (Socio-Metric Research)

집단구성원들 간의 선호관계를 기초로 구성원사이의 관계를 분석하여 집단행동
을 진단하고 평가하는 것이다.

① 소시오그램 : 집단의 규모가 작을 때 적합한 도구로 집단구성원들 간의 선호,
   무관심, 비선호에 대한 관계를 나타낸 도표이다. 이를 통해 구성원 간의 전체적
   인 관계유형뿐만 아니라 사회적 서열관계도 파악할 수 있고 선호신분 내지는
   자생적 리더를 발견하기도 하지만 선호강도에 대한 방향성만 분석할 수 있다는
   단점이 존재한다.
② 소시오매트릭스 : 소시오그램에서 나타난 집단구성원들 간의 관계를 수치로
   계량화한 표로써 소시오그램과 같이 소규모집단에 대한 관계뿐만 아니라 대규
   모집단에도 적합한 도구이다. 소시오매트릭스는 수치로 계량화한 표이기 때문
   에 방향성과 함께 상호작용의 강도도 분석할 수 있다.

5) 카운슬링

상담, 협의 또는 권고, 조언, 충고를 의미하며 직무성과에 초점을 맞추기보다는
문제의 원인에 초점을 두어 상담원이 전문적인 입장에서 조언 또는 지도하거나 공
감적인 이해를 보여 심리적인 상호교류를 통해 상담자의 문제를 해결하거나 심리
적 성장을 도움으로써 기업 내부의 갈등을 줄이고 기업에 대한 바람직한 태도를 유
지하여 기업의 목표달성에 이바지할 수 있다.

☞ 교육훈련 기법 중 역할연기법, 행동모델법, 교류분석법 등을 활용할 수 있다.

4. 산업안전

1) 산업안전의 의의

　산업안전 및 보건에 관한 기준을 확립하고 그 책임의 소재를 명확하게 하여 산업 재해를 예방하고 쾌적한 작업환경을 조성함으로써 근로자의 안전과 보건을 유지·증진함을 목적으로 한다. (「산업안전보건법」 제1조 목적)

　☞ 산업재해란 업무상의 사유에 따른 근로자의 부상·질병·장해 또는 사망을 말한다. (업무와 연관성이 있어야 한다)

2) 산업재해의 원인

① 기술적 원인 : 설계상 결함, 장비의 불량, 안전시설 미설치.
② 교육적 원인 : 안전교육 미실시, 작업태도 불량, 작업방법 불량.
③ 관리적 원인 : 안전관리 조직 미편성, 적성을 고려하지 않은 작업배치, 작업환경 불량.

3) 산업재해 예방대책

　재해방지프로그램, 안전전담위원회, 안전규정, 인력의 적재적소 배치, 안전훈련, 안전목표 달성을 위한 노력이 필요하다.

Ⅱ. 노사관계관리

1. 노동조합 및 단체교섭, 경영참가제도

1) 노동조합

헌법에 의한 노동3권(단결권, 단체교섭권, 단체행동권)을 구체적으로 실현하기 위한 근로자의 단결체를 의미한다. 이는 「노동조합 및 노동관계조정법」 제2조제4호에서 다음과 같이 규정하고 있다.

☞ "노동조합"이라 함은 근로자가 주체가 되어 자주적으로 단결하여 근로조건의 유지·개선 기타 근로자의 경제적·사회적 지위의 향상을 도모함을 목적으로 조직하는 단체 또는 그 연합단체를 말한다.

이러한 노동조합은 다음과 같은 요건을 갖추고 있어야 한다.

⑴ 실질적 요건 중 적극적 요건

① 근로자가 주체 : 노조법상의 근로자에 해당하는 사람들이 주체가 되어야 한다. 즉 노조법상의 근로자에 해당하지 않는 사람들이 주체가 되어서는 아니 된다.
② 자주적으로 단결 : 대내적으로는 근로자가 스스로의 의사에 의하여 조직하고, 대외적으로는 그 운영에서 사용자는 물론 국가로부터 독립적으로 단결하여야 한다.
③ 근로조건의 유지·개선 기타 근로자의 경제적·사회적 지위의 향상을 도모 : 근로조건의 향상을 통한 경제적·사회적 지위상승을 도모해야 한다. 단, 부수적인

목적으로 공제·수양·복리사업·정치운동을 할 수 있다.

④ 단체 또는 그 연합단체 : 단위노조 또는 단위노동조합의 단체들이 결합한 조직체를 말한다. 단위노조란 근로자가 개인의 자격으로 가입하는 노동조합을 말하며 독자적인 규약과 기관을 가지고 활동하는 조합형태이다. 연합단체란 근로자 개인이 아닌 노동조합을 구성원으로 하는 노동조합을 말한다. (근로자 개인과 노동조합이 모두 구성원이 될 수 있는 노동조합을 혼합노조라 부른다.)

☞ 노동조합은 설립신고를 해야 한다. 설립신고를 하지 않은 단체는 법외조합, 헌법노조, 법외노조 등으로 불리기도 한다.

(2) 실질적 요건 중 소극적 요건 (노동조합임을 부정하는 요건)

① 사용자 또는 항상 그의 이익을 대표하여 행동하는 자의 참가를 허용하는 경우 : 노동조합의 주체성·단결성을 저해할 수 있는 요소를 제거하기 위함이며 여기서 사용자의 이익을 대표하여 행동하는 자란 기업의 인사, 급여 등 근로조건의 결정이나 근로자들에 대한 지휘·감독의 권한을 사용자로부터 부여받은 자를 말한다.

② 경비의 주된 부분을 사용자로부터 원조받는 경우 : 노동조합의 어용화를 방지하기 위함이며 조합사무소의 제공, 노조전임자의 급여 등이 포함된다. 경비의 주된 부분이라 명시하고 있기 때문에 약간의 경비 정도는 허용될 여지도 있긴 하지만 상당히 민감한 부분이다.

③ 공제·수양 기타 복리사업만을 목적으로 하는 경우 : 근로조건의 유지·개선 등이 노동조합의 목적이다. 그러므로 이와 관련 없는 행위만을 목적으로 하는 경우에는 노동조합이라 할 수 없다. 근로조건의 유지·개선의 목적을 수행하면서 부수적으로 복리사업을 행하는 것은 무관하다.

④ 근로자가 아닌 자의 가입을 허용하는 경우 : 노동조합은 근로자가 주체가 되어
   야 하기 때문이다. 다만, 해고된 자가 노동위원회에 부당노동행위의 구제신청
   을 한 경우에는 중앙노동위원회의 재심판정이 있을 때까지는 근로자가 아닌 자
   로 해석하여서는 아니 된다.
⑤ 주로 정치운동을 목적으로 하는 경우 : 위 ③의 내용과 동일하다.

2) 단체교섭

　근로자들이 노동조합이라는 교섭력을 바탕으로 임금을 비롯한 근로자의 근로조
건에 대한 유지·개선과 복지증진 및 경제적·사회적 지위향상을 위하여 사용자와
교섭하는 것을 의미한다. 단체교섭을 통해 단체협약을 체결하기 때문에 단체교섭은
노동조합의 가장 중요한 기능이며, 핵심적인 존재 이유이다.

3) 경영참가 (의사결정참가, 성과참가, 자본참가)

　근로자 또는 노동조합이 기업경영과 관련하여 제기되는 여러 가지 의사결정에
참여하여 영향력을 행사하는 과정을 말한다. 경영참가제도는 노사 간의 협조와 인
간성 존중, 산업민주주의의 실현 및 경영의 효율화를 도모하기 위한 것이다.

① 의사결정참가 : 기업의 경영상 결정을 근로자 또는 노동조합과 함께 협의하여
   이행하는 것으로 노사협의회와 노사공동결정제 및 품질관리분임조, 자율적 작
   업집단 등이 있다.
② 성과참가 (이익참가) : 집단성과급과 유사한 것으로 기업의 생산성 향상을 위
   해 근로자 또는 노동조합이 적극적으로 참가하여 이윤의 일부를 임금 또는 임
   금 이외의 형태로 근로자에게 지급하는 것을 말한다. 성과참가제도는 크게 기

업의 이익을 기준으로 모든 근로자에게 이익의 일부분을 배분하는 이익배분과 근로자의 기업성과 향상을 위한 공헌을 고려하여 배분하는 성과배분으로 구분할 수 있다.

③ 자본참가 : 근로자를 기업자본의 출자자로서 기업경영에 참여시키는 것을 말하며, 우리사주제도(종업원 지주제도)와 스톡옵션제도가 대표적이다.

2. 근로시간 관리

☞ 보상 부문의 노무관리 참고.

6) 근로관계의 종료

근로관계의 종료는 크게 당사자 간 합의 해지, 사업주 혹은 근로자의 일방적인 해지 통보, 당사자 중 일방의 소멸을 들 수 있다. 노무관리 관점에서는 법률적인 분쟁을 초래할 수 있으며, 인사관리 관점에서는 발전적인 이별 혹은 잔류자를 위한 발전방안 제시의 과정으로 볼 수 있기 때문에 절대 소홀히 여기지 말아야 할 것이다.

(1) 노무관리

일반적인 기업에서의 근로관계 종료에 대한 것은 사실상 노무관리 측면이 대부분을 차지하고 있다. 특히 근로자의 일방적인 의사표시를 통한 사직과 해고가 골치아픈 업무로 취급받고 있다.

가장 이상적인 것은 근로관계 당사자의 합의를 통한 근로관계 종료일 것이다. 그 원인이 기업에 있든 근로자에게 있든 서로 정당한 과정을 거쳐 근로관계를 종료시키는 것이 무엇보다 바람직할 것이기 때문이다. 하지만 현실은 그렇지가 못하다. 사업주에게는 해고의 제한이 적용되고, 근로자에게는 근로의 강제가 금지되기 때문이다. 즉 기업의 입장에서는 저성과자나 근태불량자 혹은 지시불이행자에 대한 해고가 자유롭지 못하고, 일방적인 사직의사를 표시한 후 무단결근하는 근로자에 대한 별다른 제재수단이 없다는 것이다.

관련법령 – 「근로기준법」

제23조(해고 등의 제한)

① 사용자는 근로자에게 정당한 이유 없이 해고, 휴직, 정직, 전직, 감봉, 그 밖의 징벌(懲罰)(이하 "부당해고 등"이라 한다)을 하지 못한다.

② 사용자는 근로자가 업무상 부상 또는 질병의 요양을 위하여 휴업한 기간과 그 후 30일 동안 또는 산전(産前)·산후(産後)의 여성이 이 법에 따라 휴업한 기간과 그 후 30일 동안은 해고하지 못한다. 다만, 사용자가 제84조에 따라 일시보상을 하였을 경우 또는 사업을 계속할 수 없게 된 경우에는 그러하지 아니하다.

제24조(경영상 이유에 의한 해고의 제한)

① 사용자가 경영상 이유에 의하여 근로자를 해고하려면 긴박한 경영상의 필요가 있어야 한다. 이 경우 경영 악화를 방지하기 위한 사업의 양도·인수·합병은 긴박한 경영상의 필요가 있는 것으로 본다.

② 제1항의 경우에 사용자는 해고를 피하기 위한 노력을 다하여야 하며, 합리적이고 공정한 해고의 기준을 정하고 이에 따라 그 대상자를 선정하여야 한다. 이 경우 남녀의 성을 이유로 차별하여서는 아니 된다.

③ 사용자는 제2항에 따른 해고를 피하기 위한 방법과 해고의 기준 등에 관하여 그 사업 또는 사업장에 근로자의 과반수로 조직된 노동조합이 있는 경우에는 그 노동조합(근로자의 과반수로 조직된 노동조합이 없는 경우에는 근로자의 과반수를 대표하는 자를 말한다. 이하 "근로자대표"라 한다)에 해고를 하려는 날의 50일 전까지 통보하고 성실하게 협의하여야 한다.

④ 사용자는 제1항에 따라 대통령령으로 정하는 일정한 규모 이상의 인원을 해고하려면 대통령령으로 정하는 바에 따라 고용노동부장관에게 신고하여야 한다.

⑤ 사용자가 제1항부터 제3항까지의 규정에 따른 요건을 갖추어 근로자를 해고한 경우에는

제23조제1항에 따른 정당한 이유가 있는 해고를 한 것으로 본다.

제26조(해고의 예고) 사용자는 근로자를 해고(경영상 이유에 의한 해고를 포함한다)하려면 적어도 30일 전에 예고를 하여야 하고, 30일 전에 예고를 하지 아니하였을 때에는 30일분 이상의 통상임금을 지급하여야 한다. 다만, 다음 각 호의 어느 하나에 해당하는 경우에는 그러하지 아니하다.

1. 근로자가 계속 근로한 기간이 3개월 미만인 경우

2. 천재·사변, 그 밖의 부득이한 사유로 사업을 계속하는 것이 불가능한 경우

3. 근로자가 고의로 사업에 막대한 지장을 초래하거나 재산상 손해를 끼친 경우로서 고용노동부령으로 정하는 사유에 해당하는 경우

제27조(해고사유 등의 서면통지)

① 사용자는 근로자를 해고하려면 해고사유와 해고시기를 서면으로 통지하여야 한다.

② 근로자에 대한 해고는 제1항에 따라 서면으로 통지하여야 효력이 있다.

③ 사용자가 제26조에 따른 해고의 예고를 해고사유와 해고시기를 명시하여 서면으로 한 경우에는 제1항에 따른 통지를 한 것으로 본다.

제28조(부당해고 등의 구제신청)

① 사용자가 근로자에게 부당해고 등을 하면 근로자는 노동위원회에 구제를 신청할 수 있다.

② 제1항에 따른 구제신청은 부당해고 등이 있었던 날부터 3개월 이내에 하여야 한다.

「근로기준법」에서는 부당해고 등이라고 표현하면서 부당해고 관련 규정에 휴직·정직·전직·감봉·징벌을 함께 다루고 있다. 그렇기 때문에 인사이동 등에 관한 것이 근로자에게 불이익한 경우라면 관련규정에 저촉될 여지가 존재하지만, 이는 사용자의 경영권하고도 연관되는 문제이기 때문에 근로자에게 불이익하다고 하더라도 사용자의 경영권과 비교해 보았을 때 사용자의 경영권행사가 권리남용에 해당하거나 관련법을 위반하지 않는다면, 근로자가 받는 불이익과 사용자의 경영상 필요성을 비교하여 이를 개별적이고 종합적으로 판단해 보아야 한다. 단, 근로자의 명시적인 동의가 있는 경우에는 이를 판단해볼 필요가 없을 것이다. 사용자에 대하여는 업무상의 필요성을 근로자에 대하여는 생활상의 불이익을 각각 비교하게 되는데, 이를

업무상 필요성과 근로자의 생활상 불이익의 비교형량이라고 표현한다.

통상적으로 근로계약의 체결 시 근로자의 직무와 근무 장소가 한정되어 있다면, 이를 변경하고자 하는 경우에는 원칙적으로 당해 근로자의 동의가 있어야 한다. 즉 근로자의 동의가 없는 경우에는 당해 행위가 사용자의 월권행위인지 아니면 업무상 필요성이 존재하는 합당한 인사이동 조치인지를 검토해보아야 한다는 것이다.

기업 간의 인사이동으로서 근로자가 사용자와의 근로계약은 그대로 유지한 채 다른 사용자의 사업장으로 발령받아 근로를 제공하게 되는 것을 전출이라 하고, 기존 사용자와의 근로계약을 종료시키고 다른 사용자와 근로계약을 체결하는 것을 전적이라 한다. 전출과 전적은 근로 제공 또는 근로관계의 상대방을 변경하는 것으로 중요한 근로조건의 변경이기 때문에 근로자의 동의가 필요하지만, 사전에 포괄적인 동의가 있었거나 경영상 관행이 존재하였다면 근로자의 동의가 있는 것으로 해석될 수 있을 것이다. 주로 대기업 그룹사 간의 인사이동이나 영업의 양도·양수를 의미한다. 기업 간의 인사이동이나 고용승계 등의 경우에는 기업 간의 별다른 합의가 존재하지 않는 이상 근로자의 권리를 포괄적으로 승계하는 것으로 해석하는 것이 일반적이며, 이 경우에도 근로자의 동의는 필요하다고 한다.

징계의 종류는 다음과 같다.

① 견책, 경고 : 당해 근로자로부터 시말서를 받거나 개별면담 등을 통해 주의를 주는 것을 말한다.
② 감급 : 당해 근로자의 급여를 일시적 또는 한시적으로 감액하는 것을 말한다. 감급의 한도는 「근로기준법」에서 정하고 있기 때문에 이를 초과하는 감급은 행할 수 없다.

③ 정직, 휴직 : 당해 근로자의 출근을 정지시키는 것을 말하며, 대기발령이라고도 한다. 일반적으로 대기발령 기간은 무급으로 한다.

④ 징계해고 : 징계의 수위가 가장 높은 것으로 사용자가 근로자의 의사에 반하여 근로관계를 일방적으로 종료시키는 것을 말한다.

이러한 징계는 그 수위와 당해 근로자의 규율위반 행위의 정도에 따라 정당성 여부를 판단할 수 있다. 즉 당해 근로자가 사용자와의 근로계약을 통해 결정한 의무를 적극적으로 이행하지 않거나, 근로자의 과실로 이를 위반하게 되었거나, 혹은 피치 못할 사정 등으로 인해 이행하지 않게 된 결과가 나타났거나 하는 정도 등에 따라 징계수위를 결정해야 하며, 이러한 결정기준은 동일한 사업 또는 사업장 내부의 다른 근로자들에게도 차별적이지 않게 적용되어야 한다. 이러한 여러 가지 상황 등을 고려하여 그 징계의 정당성 여부를 검토하게 되는데 합리적인 사유와 징계의 수위가 적당하다고 인정되면 그 징계는 정당성을 확보하게 되고, 합리적인 사유가 있더라도 징계의 수위가 과하거나 징계의 수위와 상관없이 합리적인 사유가 존재하지 않는다면 정당성을 확보하지 못하기 때문에 이는 부당한 것이라 하겠다.

업무방해, 지시위반, 근무태만, 직장질서문란 등의 경우 근로계약에 의한 채무불이행과 함께 그 정도에 따라 직장 질서에 반하는 등 다른 근로자들에게 악영향을 미치는 경우에는 징계로까지 이어질 수 있다. 특히 경력 사칭의 경우에는 사용자가 근로자의 경력 사칭을 알고 있었다면 근로계약을 체결하지 아니하였거나, 적어도 동일조건으로는 계약을 체결하지 아니하였을 것으로 인정되는 정도의 것이라면 징계해고의 사유가 된다고 한다.

근로기준법에서는 경영상 이유에 의한 해고, 즉 정리해고에 관한 요건과 절차를 다음과 같이 규정하고 있다.

① 요건 (실질적 정당성) : 긴박한 경영상의 필요(경영악화를 방지하기 위한 사업의 양도·인수·합병을 포함), 해고회피 노력 및 해고대상자 선정협의.
② 요건 (절차적 정당성) : 근로자대표 또는 노동조합에 해고예정일 50일 이전 사전통지, 해고대상자에 대해 해고사유와 시기를 작성한 서면통지.
③ 효과 : 정리해고는 실질적 정당성과 절차적 정당성을 모두 갖추고 있는 경우에만 그 정당성을 인정받을 수 있는 것이다. 만약 실질적 정당성은 갖추었음에도 불구하고 서면으로 해고를 통지하지 아니하였다면 이는 부당한 해고가 되어 당해 근로자는 노동위원회에의 부당해고구제신청을 통해 구제받을 수 있게 된다. 절차적 정당성은 갖추고 있으나 실질적 정당성은 갖추고 있지 아니한 경우도 마찬가지이다.

긴박한 경영상의 필요란 이미 발생한 경영악화 현상이라든가 혹은 경영악화가 예상되어 이를 예방하기 위해 사업의 양도, 인수, 합병을 실행하게 되는 경우를 말하며, 해고회피 노력이란 긴박한 경영상의 필요에 따른 해고를 예방하기 위한 노력을 말하는 것으로 경영 정상화를 위한 노력이나 정리해고 대상자를 축소하기 위한 일련의 노력들을 포함하는 개념이다. 해고대상자 선정협의란 반드시 특정근로자의 해고 여부에 대한 의견일치까지를 요하는 것이 아니고 서로 간의 의견을 교환하는 과정을 통해 근로자 측의 의견을 참고하라는 정도로 해석할 수 있다. 이러한 실질적 정당성은 긴박한 경영상의 필요와 해고회피 노력이 모두 충족되어야 하고, 둘 중 하나 또는 모두를 충족하지 않은 경우에는 실질적 정당성을 확보할 수 없다.

해고예정일 최소 50일 이전에 근로자대표 또는 노동조합에 사전 통지한 후 협의를 통해 해고대상자를 결정하고, 해고대상 근로자에게 해고사유와 시기를 기재한 서면을 통지하여야 한다. 해고는 기본적으로 문서를 통해 전달하지 아니하면 그 정당성이 부정된다.

정당하지 아니한 해고에 해당한다면 당해 근로자는 해고 기간 동안 지급받을 수 있었던 임금의 상당액 (사실상 임금 전액)을 사용자로부터 지급받게 될 뿐만 아니라 원직에 복직하게 된다.

정리해고는 근로자의 귀책사유 없이 사용자의 긴박한 경영상 필요에 의해 행해지기 때문에 근로자에게 원인 없는 사유로 해고가 이루어지는 것이지만, ─ 결국 해고대상자 선정과정에서는 근로자의 직무수행 능력, 평상시의 행동 등에 관한 판단도 함께 이루어지기 때문에 근로자의 책임이 전혀 없다고는 할 수 없겠지만, 최소한 근로자가 직접적인 원인을 제공하지 아니하였다는 점에서 구별되는 것이다. ─ 징계해고는 근로자에게 직접적인 귀책사유가 존재하고, 그 행동으로 인해 사용자 또는 다른 근로자들에게 손해를 끼치게 되기 때문에 사용자가 당해 근로자를 징계하는 것이다. 징계해고는 근로자의 귀책사유가 해고에 이를만한 정도의 것이었냐는 것을 쟁점으로 한다.

① 요건 (실질적 정당성) : 근로기준법 제23조에 의거 사용자가 근로자를 해고하려면 정당한 이유가 존재하여야 한다. 만약, 정당한 사유가 존재한다고 하더라도 그 행위가 해고에 이를 만한 정도의 것인지를 검토하여, 최고의 징계수위인 해고에 해당할만한 것인지를 판단해보아야 할 것이다.

② 요건 (절차적 정당성) : 사용자는 근로자를 해고하려면 해고의 사유와 해고시기를 기재한 서면을 통해 당해 근로자에게 통지하여야 한다.

③ 효과 : 징계해고도 정리해고와 마찬가지로 실질적 정당성과 절차적 정당성을 모두 갖추고 있는 경우에만 그 정당성을 인정받을 수 있다.

취업규칙이나 단체협약을 통해 징계절차에 관한 규정을 두고 있는 경우가 있는데 이러한 징계절차에 관한 사규 등이 존재한다면 이는 반드시 지켜져야 한다. 취업규칙은 회사가 작성하여 근로자들에게 공표하는 것이고, 단체협약은 회사와 노동조합이 합의하여 만들어낸 규칙이기 때문이다. 만약 정해진 징계절차를 준수하지 않은 상태에서 해고 등을 단행한다면 이는 부당해고에 해당할 것이다. 정리해고에 관한 것도 마찬가지로 정리해고 절차에 관한 내용이 존재한다면 이를 준수해야 한다. 단, 절차상의 규정이 없다고 하더라도 대상 근로자에게 소명의 기회는 보장해주어야 한다.

정리해고 및 징계해고 모두 해고예고에 관한 규정도 준수해야 하며, 근로자에게 30일 이전에 문서로 통지한 경우에는 해고예고를 한 것으로 본다. 단, 사업을 계속할 수 없거나, 근로자가 고의적으로 사업에 손해를 끼친 경우로서 거래처로부터 금품을 제공받거나, 사업의 기밀을 경쟁업체에 제공하거나, 허위사실 유포 혹은 사용자의 제품 등을 훔치거나, 기물을 고의로 파손하는 등의 행위로 인해 사업에 지장을 주는 경우에는 예고 없이 즉시 해고가 가능하다. 또한, 근로자의 계속 근로기간이 3개월 미만이거나, 천재·사변, 그 밖의 부득이한 사유로 사업을 계속하는 것이 불가능한 경우에도 해고예고에 관한 규정을 적용하지 않는다.

비슷한 의미로 권고사직이란 표현이 있다. 해고는 근로자의 의사와 상관없이 사업주가 일방적으로 근로계약을 해지하는 것임에 반해 권고사직이란 그 원인과 상관없이 사업주가 근로자에게 사직을 권유하고, 근로자가 이를 수락하는 것이다. 즉, 근로관계 당사자가 근로계약 해지를 합의한 것이다. 주로 근로관계의 해지를 원만하게 합의할 때 활용되는 개념이나, 법률상 규정된 내용이 아니기 때문에 권고사직의 원인과 형태, 절차 등에 별다른 구애를 받지 않는다. 단, 근로자의 동의를 이끌어 내기 위해선 별도의 보상방안을 생각해 볼 필요는 있을 것이다.

권고사직은 주로 근로자의 실업급여 수령을 위해 사용되는 개념이기도 하다. 현재 고용보험의 이직사유 분류상 근로자의 귀책사유로 인한 권고사직과 사용자의 귀책사유로 인한 권고사직으로 구분되어 있다. 근로자 귀책사유란 권고사직의 원인이 근로자에게 있는 것으로 근태불량, 지시 불이행, 업무 미숙, 성과 미달 등이 존재하고, 사용자 귀책사유란 경영악화, 휴업, 근로자 수 감소의 필요성 등이 존재한다.

(2) 인사관리

인사관리 측면에서의 근로관계 종료는 이직관리 혹은 방출관리라고도 표현한다. 그렇다면 근로자들의 '사기'를 진작시키기 위한 이직관리는 무엇이 있을까? 앞서 언급한 바와 같이 떠나는 자들에 대한 발전적인 이별과 잔류자들을 위한 가능성의 제시 등이 있을 것이다. 즉 기업을 떠나는 자들에게는 다른 직장으로의 전직을 지원하거나 새로운 사업 가능성의 제시 등 우리 기업을 벗어나더라도 새로운 삶을 영위하는 데 도움이 될 수 있는 소득 창출 방안 내지는 연금관리 방안을 도와주는 것이고, 기업에 계속 남아있는 잔류자들에게는 또 다른 동기부여 내지는 직무 재설계 등을 통한 조직 재설계, 조직개발 등으로 연계시킬 수 있도록 조력하는 것이 되겠다.

※ 근로관계 종료 단계에 대한 인사관리 이론.

1. 이직관리

1) 이직의 원인

① 외부환경요인 : 종업원이 현재 소속되어 있는 기업에 대해 좋지 못한 태도를 보이고 있는 경우에는 외부노동시장의 환경에 따라 이직을 결정할 수 있게 된다. 즉 외부노동시장에서 노동력에 대한 공급이 낮고 기업의 수요가 높은 상태라면 이직을 선택할 수 있다.

② 조직전체요인 : 종업원이 현재 소속되어 있는 기업 내부의 임금 공정성 등이 결여되어 있거나, 종업원 개인의 공헌에 비해 유인이 낮은 경우에는 이직을 선택할 수 있다.

③ 작업환경요인 : 리더십의 스타일, 집단내부의 상호작용, 위생요인의 충족여부에 따라 이직을 선택할 수 있다.

④ 직무내용요인 : 직무목표에 대한 속성, 동기요인의 충족여부에 따라 이직을 선택할 수 있다.

⑤ 개인특성요인 : 종업원 개인의 연령, 성격과 직무의 적합성, 가족환경에 따라 이직을 선택할 수 있다.

2) 이직원인 분석방법

① 이직 인터뷰 : 이직자에 대한 면접 등을 통해 이직원인을 분석하는 방법이다.
② 이직 후 설문지법 : 이직 후 일정기간이 지나고 이직사유 등에 관한 것을 설문지를 통해 분석하는 방법이다.

③ 인사기록법 : 이직이 잦은 부서나 직무 등에 대한 인사기록자료를 통해 분석하는 방법이다.

④ 태도조사법 : 현재 기업에 재직 중인 종업원들을 대상으로 근속하고 있는 이유를 파악하여 분석하는 방법이다.

3) 이직의 기능

① 이직자 측면 : 경력개발, 소득의 증가, 능력발휘의 기회수단으로 활용할 수 있으나, 이직의 성공여부에 따라 조직 생활에서의 불확실성이 증가할 우려가 있다.

② 잔류자 측면 : 직무이동 및 승진의 기회 증가, 새로운 구성원의 유입으로 인한 자극을 얻을 수 있으나, 기업 내 사회적 관계가 훼손되고 새로운 구성원이 유입되는 기간 내지는 새로운 구성원이 직무에 적응하기까지의 기간 동안 업무량이 증가할 수 있다.

③ 기업 측면 : 무능한 종업원이 이직할 경우 기업의 목표달성에 긍정적인 효과를 기대할 수 있으며, 새로운 구성원의 유입으로 조직문화가 개선될 수 있으나, 이직에 따른 제반 비용이 발생하고 유능한 인적자원이 이직할 경우 기업의 경쟁력이 약화될 수 있다.

4) 인력감축 (인력공급과잉)의 원인

① 장기적인 저성장시대의 도래, 기업 경쟁력 약화로 인한 매출액 및 생산량 감소
② 기계화·자동화·전산화로 인한 노동인력 감소 (신기술의 도입 등)
③ 원가 일부분인 인건비 절감을 통한 기업 경쟁력의 확보 노력 등

5) 전직지원제도

세계대전 이후 미국에서 제대군인의 취업을 지원하기 위한 상담서비스 도입을 시작으로 하였으며, 현재는 기업의 구조조정 등으로 종업원이 비자발적으로 이직하는 경우 해당 기업에서 이직자에 대해 지원하는 활동을 말한다. 즉 경영상의 이유로 퇴직하는 종업원이 다른 기업으로 재취업할 수 있도록 해당 기업에서 제공하는 서비스인 것이다. 현재 우리나라에서는 취업 활동에 대한 지원으로 구직활동 급여인 실업급여 사업 등을 시행하고 있다.

6) 적정이직률

이직률이 너무 낮으면 기업은 침체되고, 이직률이 너무 높으면 보다 많은 이직비용을 감수해야 한다. 그래서 기업은 이직비용과 인력보유비용의 합이 최소가 되는, 즉 총 이직비용이 최저가 되는 지점인 적정이직률 지점에서 기업의 이직률을 관리해야 한다.

7) 직무배태성 (자발적 이직의 결정요소)

자발적 이직을 예측하기 위해 Mitchell이 제시한 개념으로 종업원이 현재의 직무와 기업에서 계속적으로 근속하도록 영향을 미치는 종합적이고 광범위한 연결망과 같은 것을 의미한다. 기업은 아래의 직무배태성 요소를 향상시켜 유능한 인적자원의 자발적 이직을 감소시킬 수 있다.

① 연결고리 : 종업원이 조직생활을 통해 구축한 기관들이나 다른 사람들과 맺고 있는 공식 또는 비공식적인 관계망

② 적합성 : 종업원이 기업 및 기업환경과의 지각된 적합성 또는 편안함

③ 희생 : 현재의 기업을 떠남으로 인해 잃어버릴 수 있는 물질적 또는 정신적 혜택의 비용

일하기 좋은
기업이란

5. 일하기 좋은 기업이란.

인사노무관리의 가장 큰 목표는 무엇일까? 필자는 앞에서 언급한 것과 같이 근로자에 관련된 법률을 준수하고, 근로자의 '사기'를 향상시켜, 기업의 경영활동 및 목표달성에 긍정적인 역할을 할 수 있도록 하는 것이라고 정의해보고자 한다. 이와 관련하여 근로자들이 일하기 좋은 기업에 대해 다음과 같이 필자의 의견을 공유한다.

1) 조직의 정의

조직이란 공동의 목표를 실현하기 위해 두 사람 혹은 두 개의 집단 이상이 모여 조직의 목표를 실현하기 위한 의지를 가지고 상호작용하는 모임을 말한다. 이러한 조직은 병원, 군대, 국가 등으로 구분해 볼 수 있는데, 가장 대표적인 조직이 바로 기업인 것이다.

(1) 조직의 등장배경 및 속성

① 노동의 분업 : 노동을 가능한 한 적게 할수록 좋다는 의미에서 인류는 효율적
   노동을 위해 도구와 분업을 발명하였고, 이를 위해 조직을 구성하게 되었다.
② 거래비용의 최소화 : 인간의 기회주의 성향, 정보의 왜곡과 부족, 제한된 합리
   성, 인지적 한계 등으로 인해 시장이 제대로 작동할 수 없는 현상을 시장실패라
   한다. 이 때문에 거래비용이 발생하게 되는데 이러한 거래비용을 최소화하기
   위해 내부화, 외부화를 구분하기 위한 조직이 형성되게 된다.
③ 조직의 속성 : 이러한 조직은 공동의 목표를 가지고, 조직 구성원 간 역할을 분
   담하기 위해 분업을 하게 되며, 공동의 목표를 달성하기 위해 유기적인 통합관
   계를 형성하고, 권한과 지휘체계를 구축하게 된다.

(2) 기업의 목표

과거에는 "이윤의 추구"가 기업의 가장 큰 목표였다면, 최근에는 "지속가능한 성
장"이 기업의 최대 목표가 되고 있다. 이는 최근의 환경 및 패러다임 등의 변화로 인
한 것이며, 그로 인한 전략의 설정 및 환경과 기업목표 등과의 적합성이 중요하게
대두되었기 때문이다.

(3) 기업의 환경

과거의 기업은 폐쇄된 시스템하에서 운영되었으나, 현재에는 개방형 시스템으로
정의되고 있다. 즉 기업은 내부환경과 외부환경 간 상호작용으로 운영되고 있어야
한다.

2) 이상적인 조직의 정의

(1) 조직관점

앞서 언급한 것처럼 조직은 "지속가능"해야 하고, 이를 위해 환경과 계속적인 "상호작용"을 해야 한다. 그렇다면 이상적인 조직이란 무엇인가. 결국, 조직이 추구하는 목표에 도달하기 위해 자원을 효율적으로 활용하고, 바람직한 상태에 효과적으로 달성하는 조직이 바로 이상적인 조직일 것이다. 즉 조직의 목표에 적합한 구조와 구성원, 의사소통 시스템을 갖추고, 상황에 적합한 효율성과 효과성을 도출해내야 이상적인 조직이라 할 수 있을 것이다.

(2) 사회적 관점 (CSR)

이는 기업의 사회적 책임이라고도 할 수 있으며, 윤리경영인 ISO26000과도 연관이 있다. CSR은 단순한 윤리적 책임의 관점에 머무르는 것이 아닌 장기적인 기업전략과 경쟁력 강화를 위한 주요한 방안으로 대두되고 있다. 또한, 이상적인 조직은 종업원에게 조직몰입, 직무만족과 같은 긍정적인 태도에도 영향을 미칠 수 있으며, 아울러 재무적 성과와도 긍정적인 상관관계가 존재한다고 할 수 있을 것이다.

3) 실현방안

(1) 목표의 설정

조직의 주요 속성 중 하나가 바로 목표이다. 목표가 없으면 조직이라 할 수 없고, 조직은 어떠한 목표를 달성하기 위해 운영되기 때문이다. 조직은 일반적이고 장기적인 목표를 가지고 있으며, 조직 구성원에게는 구체적이고 단기적인 목표 – MBO 와 같이 – 부여해 조직의 목표달성을 효과적으로 관리할 수 있다.

조직이 바라는 이상적인 상태와 현재의 상태에 차이가 있음을 인식하는 것을 "문제의 발견"이라 하고, 이러한 문제의 발견을 통해 대안을 탐색하고 결정하는 "의사결정 과정"을 통해 조직은 원하는 목표를 달성할 수 있을 것이다.

하지만 최근 급격한 환경변화로 인해 조직의 목표가 변경되는 경우가 많고, 조직의 구성요소인 집단의 경우에도 목표달성 또는 목표달성의 실패, 변경된 목표를 위한 집단의 재구성 등 다양한 방안을 통해 목표달성도를 향상시키려고 하고 있다. 즉 조직은 "원래의 목표달성"도 조직유지에 중요한 요소로 인식할 수 있겠지만, 환경변화 및 조직성과 등에 따라 목표변경 가능성을 고려하여 조직의 내부적, 외부적 요인에 적합한 목표를 재설정할 수 있는 의사결정 능력도 필요할 것이다.

(2) 환경에의 적응 (문제의 인식)

조직은 균형성과표(BSC)를 활용하여 조직의 재무적 관점, 고객관점, 내부프로세스 관점, 학습 및 성장 관점에 따른 조직 효과성을 검증해 볼 수 있다. 이는 기존의 재무적 관점에 입각해서 조직의 성과를 평가하던 것을 다른 3가지 관점을 추가하여 골고루 평가할 수 있게 되었다고 하여 "균형"성과표라 하는데, 조직의 외부환경 변화 내지는 내부적 문제의 진단을 통해 목표달성도를 향상시키는 데에도 활용할 수 있을 것이다. 즉 지속적인 조직평가를 통해 문제를 인식하여야 하고, 내부적인 문제라면 과감한 결단을 통해 이를 해결할 수 있어야 하며, 외부적인 문제라면 통제 가능 여부에 따라 적합한 해결방안을 모색하도록 노력해야 할 것이다.

(3) 의사결정 시스템

Simon은 기업의 경영활동은 의사결정의 연속이며, 경영활동의 효율성은 의사결정의 질에 달려있다고 주장한 바 있다. 이러한 의사결정의 주체는 조직의 구성원인 인적자원이기에 "인간"에 대한 본질과 성향, 태도, 동기부여 방안 등을 지속적으로 관리해야 할 것이다.

아울러 효과적인 의사결정을 위해 다양한 기법들을 활용해 볼 수 있는데, 대표적으로는 다다익선, 결합개선, 비판금지, 자유분방의 원칙에 의한 브레인스토밍, 익명의 의견을 보장하고 반대적인 논쟁을 최소화 하는 명목집단법, 외부 전문가들의 서신교환을 통한 델파이 기법 그리고 의도한 반론자를 통해 보다 합리적인 결정에 이르기 위한 악마의 주창자법 등이 있다.

이처럼 조직은 "인간"의 속성과 다양한 의사결정 기법 그리고 제한된 합리성을 인식하여 의사결정 시스템의 활용을 통해 조직성과를 향상시킬 수 있을 뿐 아니라 일하기 좋은 기업으로 도약할 수 있을 것이다.

(4) 동기부여와 리더십

조직은 결국 조직의 구성원인 "인적자원"의 결합체라고 해도 과언이 아닐 것이다. 사람이 있는 조직은 존재하지만, 사람이 없는 조직은 곧 조직이 아니기 때문이다. 이에 조직은 "사람"의 특성 중 중요한 "욕구"를 이해하고, "인지적 동기"와 "내재적 동기"를 활용하여 조직 구성원 개인별 그리고 각각의 상황에 적합한 동기부여 방안을 관리해야 할 것이다.

조직의 구성원에 대한 동기부여 방안과 함께 이들을 이끌기 위한 리더십의 활용도 중요하다. 과거에는 거래적 리더십이라 하여 리더의 특성에 따른 리더십 유형, 상황 또는 조직 구성원의 성숙도에 따른 리더십 유형들이 존재하였고, 이들의 공통점은 리더와 부하 간 거래적 관계에 초점을 두고 있다는 것이다. 최근에는 변혁적 리더십이라 하여 부하들의 자각에 의한 변화를 촉진함으로써 부하들의 동기를 향상시켜 성과를 창출할 수 있다는 내용이 주목받고 있다. 즉 변화를 중심으로 한 리더십 이론인 것이다.

(5) 조직문화

최근에는 개인·직무 적합성(PJ-FIT)보다는 개인·조직 적합성(PO-FIT)이 주목받고 있다. 조직문화란 공유가치, 신념, 이상과 관련 있는 것으로 조직 구성원, 조직구조, 규범을 제공하는 통치체제와 상호작용하는 공유된 가치와 신념의 시스템을 말한다. 이는 조직의 운영과정 등에 광범위하게 영향을 미칠 수 있기 때문에 중요시되고 있다.

이러한 조직문화는 조직의 외부환경에 대한 적응과 내부통합의 문제를 해결하는 과정에서 형성되고, 조직 구성원들에게 정체성, 행동지침, 변화에 대한 저항, 유사성 매력을 부여한다. 대표적으로 파스칼과 피터스의 7S 모형에서는 조직문화의 구성요소로서 공유가치, 전략, 조직구조, 제도, 구성원, 관리기술, 리더십 스타일이라고 말하고 있다.

(6) 일하기 좋은 기업 (Great Work Place)

기업문화가 뛰어나고, 종업원들이 경영진과 상사를 신뢰하며, 자신의 업무에 대한 자부심을 바탕으로 동료들과 즐겁게 일하는 일터를 의미한다. GWP는 다음과 같은 요소들로 구성되어 있다.

① 신뢰(Trust) : 구성원과 경영진, 상사 간 상호신뢰가 중요하다. 이를 위해 인간미, 도덕성, 원칙과 기준에 근거한 공정한 절차가 필요하다. '신뢰경영'과도 연관이 있는 요소이며, 신뢰는 능력, 호의, 성실, 성과, 개방성을 구성요소로 하고 있다.

② 자부심(Pride) : 구성원이 자신의 직무에 대해 자부심을 갖는 정도를 말한다. 자부심이 높으면 구성원의 만족도가 올고 몰입과 책임감에 기반한 생산성 향상을 이루게 된다.

③ 재미(Fun) : 신바람 나게 직무와 조직 내 인간관계를 즐기는 것을 의미한다. 단순한 재미뿐 아니라 보람과도 연관이 있는 구성요소다.

GWP는 로버트 레버링(Robert Levering) 박사가 뛰어난 재무적 성과를 보이는 기업들의 문화적 특성을 조사하여 정립하는 과정에서 제시된 개념이다. 이에 따르면 GWP를 추구하는 것은 구성원들의 심리적 만족 증진에 그치는 것이 아니다. 조직의 경제적 효율성을 제고하는 데에도 큰 역할을 할 수 있다는 시사점을 내포하고 있다. (나아가 '노동의 인간화' 추구의 중요성 및 의의와도 연관해볼 수 있겠다.)

4) 결론

일하기 좋은 기업은 구성원의 직무만족, 조직몰입, 성과향상의 것들도 중요하겠지만, 더욱 중요한 것은 목표와 환경, 의사결정, 동기부여, 리더십, 조직문화 등이 한데 어우러져서 형성되는 것임을 잊지 말아야 할 것이다. 바람직한 조직 또는 일하기 좋은 기업은 "One Best Way"에 대한 환상을 버리고, 각각의 상황에 적합한 요소들을 시스템적으로 결합하여, 구성원들을 소모품이 아닌 인적"자원"으로 인식하여 지속적인 동기부여와 개별 인적자원의 특성과 조직에 적합한 리더십을 활용하고, 이에 대한 윤리적 요소의 결합을 통해 외부적으로도 인정을 받을 수 있게 될 것이다.

6.

조직문화

6. 조직문화.

인사노무관리와 밀접하게 연관된 것이 바로 조직문화이다. 조직문화는 조직행동론의 하위분야로서 기업이 보유하고 있는 가치관으로 설명할 수 있다.

※ 인사관리가 근로자들에 대한 실용적인 것을 다룬 학문이라면 조직행동론은 근로자들에 대한 연구를 통해 이론을 정립한 것으로 상당히 연관성이 높은 학문이다. (동전의 양면과도 같다)

조직문화를 언급하기 전에 이해해야 할 것이 있는데 바로 사람에 관한 가치관이 그것이다. 가치관이란 개인이 믿고 따르는 도덕적 신념 내지는 옳고 그름을 판단하는 행동기준을 말한다. 즉 특정 행동양식이 다른 행동양식보다 더 낫다고 생각하는 개인의 확신을 의미한다. 따라서 가치관은 여러 가지 행동대안 중 하나의 행동을 선택할 때 사용되는 판단의 기준이 된다. 이러한 가치관은 오랜 학습으로 형성되어 쉽게 변하지 않는 영구성을 지닌다.

이제 조직문화에 대해 언급해보도록 하겠다. 조직문화란 조직의 구성원들이 각자 가지고 있는 가치관들을 공유하고 있거나, 하나의 조직을 다른 조직과 체계적으로 구별되게 해주는 속성으로서 구성원들이 공유하는 가치체계를 의미한다. 즉 구성원들이 공통으로 소유하고 있는 조직의 가치관, 규범, 행동유형 등을 포괄하는 개념이다. 이러한 조직문화는 일반적으로 다음과 같은 특징을 가지고 있다.

① 정체성 : 조직문화는 조직 구성원들이 조직에 소속되어 있다는 정체성을 느끼게 해준다.

② 행동지침 : 조직문화는 조직 구성원들의 행동이나 사고방식을 바람직한 방향으로 이끌어 준다.

③ 변화에 대한 저항 : 조직문화는 조직구 성원들에게 조직의 틀에서 벗어나는 행동을 허용하지 않는다.

조직문화는 조직 구성원들의 내적통합을 형성하고 유지하기 위해 중요한 기능을 수행하고, 조직의 목표달성에 긍정적인 영향을 미친다. 즉 조직문화의 특성과 강도에 따라 조직의 효과성에 차이가 발생한다는 것이다. 이러한 조직문화는 조직의 전략형성과 수행에 영향을 미칠 뿐만 아니라 조직경쟁력 원천의 기능과 조직합병 시 통합의 시너지를 만들며, 조직 내 하위집단의 문화를 통합하여 조직일체감을 강화시키고 조직의 의사소통 역량과 생산성에 영향을 미치게 된다. 이러한 조직문화는 다음과 같은 순기능과 역기능을 가지고 있다.

① 순기능 : 조직문화는 조직의 구성원에게 일체감과 정체성을 부여하기 때문에 결속력을 강화시켜주고, 조직을 위해 몰입할 수 있게 하며 조직의 안정성을 향상시켜주고 행동의 지침을 제공한다.

② 역기능 : 환경변화에 대한 적응과 대응이 어렵고 조직변화의 필요성에 대한 저항이 있을 수 있다.

조직은 끊임없이 변화하는 환경 속에서 다가올 변화를 예측하고, 그에 대한 적절한 대응책을 마련하기 위해서, 조직을 둘러싼 외부환경과 환경에 대한 적응과정에서 발생하는 조직 내 갈등의 통합과정을 겪으면서 조직 특유의 바람직한 문화가 형성될 수 있도록 노력해야 한다.

앞에서 근로자의 직무 적합성과 조직 적합성을 언급한 바 있다. 기업의 조직문화와 근로자의 가치관이 일치하는 것을 조직 적합성이 높다고 하는 것이다. 조직문화는 기업의 경영전략과 함께 인사관리 전반에 영향을 미치게 된다. 즉 조직문화의 특성에 따라 직무 수행방식이 달라지는 것이고, 조직문화에 적합한 인재상이 수립되며, 채용방식과 개발방안 및 평가시스템과 보상안 등이 체계적으로 짜여지게 되는 것이다. 이러한 조직문화는 경영자의 주도적인 역할로 인해 창업 초기부터 수립되는 경우도 있고, 기업이 성장하면서 자연스럽게 기업 구성원들이 공유하는 가치관이 형성되는 경우도 있다. 또한, 환경 내지는 경영전략, 목표의 변화 등을 이유로 조직문화를 의도적으로 변화시키는 경우도 있다.

※ 조직문화 및 조직변화에 관한 주요 이론.

1. Pascale과 Peters의 조직문화 구성요소 (7S)

파스칼과 피터스는 조직문화의 구성요소로 7가지를 정의하고, 이 중에서 가장 핵심적인 의미를 갖는 것은 공유가치라고 주장하고 있다.

① 공유가치 (shared value) : 조직 구성원들이 공동으로 가지고 있는 가치관으로 이념, 전통가치, 기본목적 등을 의미한다. 공유가치는 조직의 목표설정과 구성원의 행동패턴 등에 영향을 미침으로써 조직문화 형성에 가장 중요한 기여를 한다.

② 전략 (strategy) : 조직의 방향과 조직의 기본성격을 지배하는 요소이다. 조직이 목적달성을 위해 설정한 계획과 이에 따른 조직의 자원 배분유형 및 방법을 의미한다.

③ 구조 (structure) : 조직의 전략을 수행하는 데 요구되는 직무설계, 권한의 구성과 배분, 조직원들 간의 상호작용을 규율하는 조직 내 다양한 규범과 제도 등을 의미한다.

④ 시스템 (system) : 조직의 경영과 일상적인 조직운영에 관련된 다양한 제도로서 의사소통 제도, 정보관리 시스템, 임금 및 성과관리 시스템 등 조직의 목표를 달성하는데 필요한 관리 및 운영체계 일체를 의미한다.

⑤ 구성원 (staff) : 조직의 인적자원 요소로서 인적자원의 구성과 배분에 관련된 일체의 시스템을 의미한다.

⑥ 리더십스타일 (style) : 조직구성원들의 행동패턴과 방식 특히 조직 내 리더십의 행동유형을 의미한다.

⑦ 기술 (skill) : 조직구성원들이 보유하고 실제 작업과정에 활용되는 능력 및 지

식에 관련된 요소로서 동기부여, 강화, 통제, 갈등관리 등을 의미한다.

2. 퀸의 경쟁가치모형 (CVM: Competing Values Model, Quinn)

조직 효과성 연구에 활용되는 틀을 퀸이 발전시켜 조직문화를 연구하는 분석 틀이자 조직문화를 진단하는 도구로 활용되기도 한다. '변화 대 안정'과 '내부지향 대 외부지향'의 두 가지 차원을 기준으로 조직문화를 구분하고 있다. 변화는 조직의 신축성과 유연성을, 안정은 통제와 질서 및 효율성을 강조하는 개념이다. 조직 내부지향은 기존의 조직을 유지하기 위해 조직 내부의 통합과 조정에 초점을 두는 성향이고, 외부지향은 조직 외부환경과의 상호작용 및 환경적응과 경쟁을 강조하는 성향이다. 이들의 조합에 따라 조직문화는 다음과 같이 구분된다.

① 위계지향 문화 : 안정과 조직 내부지향을 중시한다. 위계지향 문화는 관료제의 규범이 반영되어 공식적 명령이나 규칙, 집권적 통제 등을 강조한다. 따라서 관료제의 핵심인 능률적 목적달성을 중시하고 안정적이고 예측 가능한 성과를 만드는 데 초점을 맞춘다.

② 관계지향 문화 : 변화와 조직 내부지향을 중시한다. 관계지향 문화의 조직은 구성원에 대한 배려와 관심도가 높고 팀워크를 중시하는 편이기 때문에 개인의 발전과 조직구성원의 참여 등이 강조되고, 이러한 면에서 인적자원 개발과 조직몰입의 증진이 조직성과의 주된 기준으로 작용한다. 조직의 리더는 구성원에게 권한을 위임함과 동시에 그들의 참여, 헌신, 충성심을 촉진하는 역할을 한다. 따라서 조직 구성원은 충성심과 조직의 전통에 대한 인식을 바탕으로 조직에 몰입된다.

③ 과업지향 문화 : 안정과 조직 외부지향을 중시한다. 과업지향 문화는 성과목표를 달성하는 것을 강조하기 때문에 과업수행에 있어 생산성을 중요하게 본다.

또한, 시장점유율을 높이고 다른 조직과의 경쟁에서 이기는 것에 가치를 두고 조직의 생산성을 높이기 위해 구성원들에게 명확한 목표를 제시하고 구성원들의 경쟁을 독려한다. 외부환경에 대해서는 적대적인 자세를 취한다.

④ 혁신지향 문화 : 변화와 조직 외부지향을 중시한다. 혁신지향 문화에서는 조직 구성원의 모험정신이나 창의성 및 기업가 정신에 가치를 두면서 조직의 적응과 성장을 지원할 수 있는 적절한 자원의 획득을 중시한다. 또한, 외부적 환경을 중시하여 경쟁에서 이기는 것을 우선으로 여기되 위험을 감수하더라도 모험을 즐긴다. 혁신지향 문화는 변화에 있어 적응력이 높고 혁신적이고 창의적으로 변화를 관리한다.

3. 조직성장과 조직문화 (Schein)

조직문화는 조직의 외부환경과 내부환경의 변화 및 조직의 성장과 함께 변화한다. 샤인은 조직의 발전단계와 각 단계에서 직면하게 되는 조직문화적 이슈들을 크게 세 단계로 분류해서 설명하고 있다.

1) 조직성장에 따른 조직문화 발전단계

① 창립과 초기성장기 : 창업자의 가치와 철학이 핵심적 요소이다. 이 단계에서는 조직문화를 보다 명확하게 정의하고 규범화하고자 하며, 이를 통해 구성원들에게 일체감과 통일성을 부여함으로써 조직통합을 성취하고 유지하고자 한다. 조직의 창립이 성공적으로 진행되고 초기의 조직문화가 형성되고 나면 조직은 창업자의 2세, 3세로의 승계 과정을 경험하게 되면서 기존의 질서를 유지하고자 하는 조직 내 기득권 집단의 보수적 성향과 새로운 세대들의 혁신적 경향이 출동하는 과정을 겪게 된다.

② 성장기 : 조직 창립기의 지배구조가 더는 유효하지 않은 상태로서 창립자 가계가 조직경영의 지배적 권한을 소유하지 못하는 것으로 전문경영진의 조직 내 힘이 가족 경영자들의 권한보다 더욱 커지게 되는 시점을 의미한다. 이 단계에서는 조직이 지속 가능한 성장을 유지하기 위해서 계속되는 혁신과 성과를 통해 시장 내 지위를 확고히 하려고 함과 동시에 새로운 하위문화가 생성되어 문화적 통합의 정도가 약화된다.

③ 성숙기 : 조직의 지속적인 성장으로 인해 강력한 조직문화를 만들어내는 단계이다. 외부환경이나 시장의 변화가 발생하지 않는 한 조직의 생산성을 위해 매우 중요한 기반역할을 하지만, 외부환경이 변화될 경우 강한 기업문화는 오히려 조직성장의 걸림돌이 되기도 한다. 즉 성숙기에 접어든 조직은 더 이상 발전과 변화에 적응하지 못하게 되며, 문화적 요소들 역시 보수적이고 보존적으로 변하게 된다.

2) 시사점

성숙기에 접어든 조직은 이전의 조직문화적 요소들에 대한 비판적인 재검토를 허용하지 않는다. 이러한 단계에서 경영자들은 일대 변혁을 통해 조직재생을 도모해야 하지만, 기존 조직문화에 대한 강한 믿음으로 인해 생존을 위한 새로운 전략이 필요하다는 사실을 인식하지 못하게 된다. 기존의 조직문화는 과거의 영광을 보전하고자 하며, 조직에 대한 자부심과 자기방어의 원천이 된다.

4. 조직의 성공적인 변화과정 (Greiner)

그라이너는 조직의 성공적인 변화에 관한 사례를 조사한 후 이를 바탕으로 조직의 성공적인 변화는 최고경영층의 공식적인 권한과 영향력의 재분배 과정을 통해 발전한다고 하였다. 즉 의사결정에 참여하는 권력구조의 변화에 따라 권력공유의 수준이 높아진다는 것이다. 이러한 변화과정은 일방적이고 방임적인 것이 아닌 공동해결이 성공의 요인이라고 밝히고 있다.

① 압력과 각성 : 최고경영자의 책임영역에 강한압력이 있는 경우 조직변화의 필요성을 느끼게 된다.

② 개입과 순응 : 강한압력에 대한 권력구조의 각성도 중요하지만 외부인의 객관적인 시각에 의한 조직평가를 통해 최고경영층이 이에 순응하게끔 하여야 한다.

③ 진단과 인식 : 외부인은 물론 최고경영층에서부터 하위층까지의 구성원들이 문제와 원인을 규명하는데 협력하고 정보를 수집해야 한다. 이 단계에서는 조직문제에 대한 철저한 진단을 거쳐 그에 대한 지식을 얻는 것뿐만 아니라 최고경영층의 변화의지를 피력하여 하위층의 아이디어가 상위층에 인정된다는 것을 인식시켜야 한다.

④ 발견과 실행 : 외부인의 능동적인 역할과 함께 집단적인 문제해결 과정을 거쳐 새롭고 독창적인 해결책을 찾아 이를 실행하여야 한다.

⑤ 실험과 조사 : 현실성을 검증하는 단계로 새로운 해결책에 대한 타당성뿐만 아니라 이를 결정하는데 기초가 되는 권력공유의 적절성도 세밀히 검사해야 한다. 새로운 해결책은 최종적이라기보다는 실험적인 것으로 간주하여 이에 대한 변화의 실험과 효과를 살펴보아야 한다.

⑥ 강화와 수용 : 조직이 성공적으로 변화되면 조직의 성과가 향상되고, 모든 계층에서의 변화에 대한 기대도 명확해진다. 아울러 긍정적인 결과는 강한 보상효과를 가지게 된다.

5. 조직변화 8단계 (Kotter)

존 코터는 조직의 변화관리를 수행하여 실패하거나 성공한 기업들을 집중 분석한 후 변화에서 성공한 8가지 원인을 규명하였다. 이 기법은 조직이 급격한 외부환경 변화에 능동적으로 대처함과 동시에 각 조직 구성원에게 변화와 혁신 마인드를 고취시키면서, 지속적인 혁신을 추진하는 데 필요한 체제를 제공해 줄 수 있다. 이에 대한 성공적인 조직변화 실행기법을 다음과 같이 체계화하여 제시하고 있다.

① 위기의식을 조성하여 조직을 해빙

② 강력한 변화 선도팀을 구성

③ 비전과 전략을 구축

④ 비전을 공유하고 전파하기 위한 의사소통 전략을 수립하고 실천

⑤ 비전의 실행 및 촉진

⑥ 단기성과를 인정하고 보상함으로써 변화 가시화에 대한 자신감 제공

⑦ 단기성과를 기반으로 더 큰 변화의 당위성을 확보하여 변화를 확대

⑧ 변화된 상태를 조직문화로 재결빙하여 고착화시킴

6. 조직변화에 대한 저항과 극복

1) 저항의 배경

① 변화의 거부와 반발, 부정적 결과의 예측 등으로 인한 저항요인 상승

② 변화의 공감대 형성실패 또는 변화의 기법이나 범위에 대한 저항

③ 불확실성, 관점과 판단의 차이, 자원의 제약, 변화관리 기법의 부재

④ 경영자와 조직구성원 간의 변화에 대한 시각차

2) 저항의 원천

① 개인적인 원인 : 습관 및 안전에 대한 위협, 경제적 요인, 새로운 방식에 대한 두려움, 선택적 지각
② 조직적인 원인 : 기존체제를 유지하려는 습성, 집단의사결정의 오류, 변화 범위의 제약, 전문성 및 권력관계에 대한 위협

☞ 변화의 범위 : 집단이 변화하려면 해당 집단과 상호작용하는 다른 집단 내지는 조직이 함께 변화해야 한다. 만약 다른 집단이나 조직에서 이를 수용하지 않으면, 조직변화는 성공적이기 어려울 것이다.

3) 저항의 극복방안 (변화대응방안)

최고경영자의 지원, 변화에 대한 조직의 준비상태 점검, 구성원들의 참여유도, 광범위하고 지속적인 의사소통, 구성원들의 변화 필요성인식 증대, 공정하고 합리적인 보상 등을 의미한다. 구체적으로는 교육과 의사소통, 구성원 참여, 촉진과 지원, 협상, 구체적인 보상의 약속, 위협이나 권력을 통한 강제를 들 수 있다.

7. 조직변화가 어려운 이유 (LG경제연구소 자료 발췌)

① 익숙한 방식대로 행동하려는 구성원들의 관성
② 리더만 바뀌면 변화가 수월할 것이라는 인식
③ 한꺼번에 너무 많은 것을 변화시키려는 욕심
④ 구성원의 행동보다는 신념과 가치관의 변화를 우선시함

8. 조직개발을 통한 변화관리

계획적인 변화관리 기법의 집합체로서 조직의 경쟁력 강화와 장기적인 효율성 및 경영성과의 향상을 목적으로 조직구조와 경영과정 그리고 구성원 행동과 조직문화의 개선을 가져오는 체계적인 변화과정을 말한다. 즉 조직개발이란 조직변화의 한 방법으로서 조직 효율성을 계속 유지하기 위해 조직을 변신하고 환경에 적응하는 조직으로 만들어나가기 위한 인간중심의 변화과정인 것이다.

1) 조직개발의 배경과 목적

① 급격한 환경변화에 적응
② 조직의 지속가능을 위한 가치체계의 변화
③ 관료적인 관리를 벗어나 민주적이고 수평적인 관리로의 변화
④ 조직의 유효성과 구성원의 삶의 질 향상을 위함

개인차원에선 직무만족과 동기부여, 집단차원에선 의사소통 향상과 리더십 및 갈등해결, 조직차원에선 조직몰입과 조직시민행동 등을 통해 조직이 바람직한 상태로 변화하기 위함이다.

2) 변화담당자의 설정 (CA, Change Agent)

조직변화의 과정을 돕기 위해서 의도적으로 간섭하는 존재를 말한다. 변화담당자는 조직의 문제를 객관적으로 인식하고 진단하여 그에 대한 해결방안을 제시하는 역할을 수행하여야 하며, 이러한 역할을 성공적으로 수행할 수 있는 지식과 경험, 성격, 행동조건 등을 갖추어야 한다. 뿐만 아니라 조직 전체 즉 공식적인 집단과

비공식적인 집단에 대한 정보와 조직 내부의 권력 구조와 상호작용 관계 등에 대한 이해도 갖추고 있어야 한다. 전략적인 인적자원관리를 위해서는 담당직원 또는 담당부서가 변화담당자의 역할을 충실히 수행할 수 있어야 하겠다.

9. 조직개발기법

☞ 인적자원관리의 교육훈련 기법으로도 활용된다.

1) 개인수준

① 감수성 훈련 : 자신의 행동이 타인에게 어떠한 영향을 미치는지를 파악하는 훈련을 말한다. 이는 조직 구성원으로 하여금 사회관계에서 보다 적합한 행동을 할 수 있도록 개발시키는 것이다. 대인관계에 대한 감수성 증대를 통해서 갈등해결 능력과 인간관계 능력 및 조직 유효성을 향상시킬 수 있다. 인간이 다른 누군가에게 잘 보이고 싶어 하는 심리를 이용하는 것으로 'T-Group 훈련'이라고도 한다.

② 상호교류분석 : 개인의 특성이나 인간관계의 유형을 다양하게 분석하여 개인이나 집단의 성숙을 목표로 하는 기법이다. 이는 인간행동의 심리요법으로써 개인의 성장과 변화를 통해 대인관계를 향상시킬 수 있다. 인간관계의 유형을 부모의 자아, 어린아이의 자아, 성인의 자아로 구분하고 가장 이상적인 자아는 성인의 자아라고 한다.

③ 경력개발 : 개인의 경력개발을 통해 개인의 욕구를 충족.

2) 조직수준 (집단수준)

① 서베이 피드백 (설문조사 피드백) : 조직 구성원을 대상으로 조직과 관련된 다양한 이슈를 조사한 후 이에 대한 자료를 구성원들에게 피드백하여 토의하게 함으로써 해결방안을 마련할 수 있도록 하는 기법이다. 대량의 정보를 신속하고 효율적으로 획득하는 것이 가능하고, 융통성이 높으며, 감수성 훈련이나 팀 구축법에 비해 효율적이다.

② 과정자문법 : 업무와 관련된 대인관계와 협력문제 등 조직 내부의 문제를 해결하기 위해 외부컨설턴트 등의 변화담당자로부터 전문적인 조언을 얻어 구성원들의 분석능력과 해결능력을 향상시켜주는 기법이다.

③ 팀 구축법 (팀 빌딩) : 팀원들의 작업 및 커뮤니케이션 능력, 문제해결 능력을 향상시켜 조직의 효율을 높이려는 조직개발 기법이다. 팀 구축법에서 가장 중요한 것은 구성원에게 명확한 목적의식을 공유하게 하고 그 목적을 성취하려는 의욕을 고취시키는 것이다. 팀의 성공이 개개인의 성공보다 우선시되는 분위기를 형성시켜 팀원들이 서로 적극적으로 협력하여 작업하게 만드는 것이 핵심이기 때문이다.

☞ 감수성 훈련이 개인을 개발시키기 위한 것이라면 팀 구축법은 집단과 조직 전체의 협력과 조정을 개선하기 위한 것이다. 팀 구축법은 감수성 훈련과 유사하며, 일반적으로 태도변화의 과정인 해빙·변화·재동결의 단계를 거치게 된다.

④ 집단 간 개발 : 조직 내 집단이 다른 집단에 대해 가지고 있는 편견이나 이해 부족 등을 해소하기 위한 기법이다.

조직문화는 개인의 가치관과 같이 쉽게 파악하기 어렵고, 저마다의 고유한 특징이 있으므로 정량적인 비교판단이 사실상 불가하다고 생각한다. 하지만 그러한 특색은 기업의 경영시스템에 녹아들어 자신만의 고유한 색깔을 표현하게 된다. '삼*맨', '현*맨'이란 표현을 들어보았을 것이다. 여러 가지 의미가 있겠지만 필자가 과거 여기에 해당하는 분들과 자리를 함께했을 때 들은 얘기가 있다. '삼*맨'은 업무를 실행하기에 앞서 전략을 치밀하게 짠 후 움직인다고 하였고 '현*맨'은 목표를 설정하면 주저 없이 실행한다는 점에서 차이가 있다는 것이다. 하지만 그에 대한 성과의 차이는 그리 크지 않다고 한다. 즉 어떠한 방식이 상위의 것이고, 옳고 그름을 판단하는 기준이 아니라는 것이다.

샤인에 따르면 기업은 창립기와 초기성장기, 성장기, 성숙기의 과정을 거쳐 발전하면서, 더욱 성숙한 조직문화를 형성한다고 한다. 기업의 성장과정에 따른 조직문화 이슈에 적절하게 대응하지 못하면, 조직문화의 형성에 실패하게 되고, 기업의 성장에도 걸림돌로 작용하게 된다는 것이다. 즉 기업의 성장단계 및 환경에 적합한 조직문화를 구축하고, 그에 맞는 인사관리 시스템의 변화를 통해 지속적인 발전이 가능하다는 것이다.

공정성은 개인의 주관에 의해 확보되는 것이기도 하지만 조직문화의 영향을 받기도 한다. 조직문화란 결국 구성원들이 공유하고 있는 가치이기 때문이다. 개인의 가치관에 벗어난다고 하더라도 조직문화에 합당하다고 지각한다면, 공정성은 확보되는 것이다. 그러므로 필자는 이 책을 통해 다음과 같은 메시지를 전하고자 한다. - 이 책에서 조직문화를 언급한 이유이기도 하다. - 인사관리 시스템을 통해 기업이 발전하고자 한다면, 먼저 기업이 추구하는 목표를 명확히 설정해야 하고, 목표실현을 위한 우리만의 가치체계를 구축함으로써 조직문화를 형성한 후 그에 적합한 인사관리 시스템을 구축해야 한다는 것이다. 이를 위해서 기업은 구성원인 근로자들과 끊임없이 소통해야 할 것이다. 기업의 일은 결국 사람이 하는 것이기 때문이다. 역사란 과거와 현재와의 끊임없는 대화인 것처럼 말이다.

참고도서 및 추천도서

❖ 산업 및 조직심리학, Paul M. Muchinsky, Satoris S. Culbertson 지음, 유태용 옮김, 시그마프레스

❖ 조직행동론, 강정애, 권순원, 김현아, 양혜현, 조은영, 태정원 지음, 시그마프레스

❖ 조직행동론, 정범구, 박상언, 김주엽, 송계충 공저, 경문사

❖ 신 인사관리, 박경규 지음, 홍문사

❖ 인적자원관리, 백삼균, 정범구, 한국방송통신대학교출판부

❖ 창업학, 박춘엽, 보명Books

❖ 인간행동과 심리학, 오세진, 김청송, 신맹식, 양계민, 이요행, 이장한, 이재일, 정태연, 조성근, 조수현, 현주석 공저, 학지사

❖ 노사관계론, 김종진, 이규용 공저, 한국방송통신대학교출판부

❖ 이론판례 노동법, 김기범, 법학사